皇太子殿下の容赦ない求愛

目次

皇太子殿下の容赦ない求愛

序章　愛欲の楔《くさび》に貫《つらぬ》かれて

「う……ん、あ……っ、ァ」

間接照明のみが光る豪奢《ごうしゃ》な部屋で、喘《あえ》ぎ声が響く。

大人が四、五人は寝転がれる巨大なベッドの上で、優花《ゆうか》は金髪の男性に組み敷かれ、熱い楔《くさび》をその身に穿《うが》たれていた。

四《よ》つ這《ば》いで逃げようとしても、背後から男が覆い被さっているのでそれも叶わない。

「――ぁ、優花、優花……っ、どこにも、行くな……っ」

切なげな男の声に、優花は頭が真っ白になり何も答えられない。

蕩《とろ》けきった媚肉に、日本人のそれとは明らかにサイズの異なるモノが抉《えぐ》るように出入りしているのだ。

グチュグチュという水音が聞こえ、耳からも優花を攻め立てていく。

優花はゴブラン織りのクッションに縋《すが》り付き、いくらするか分からない上等な寝具に淫《みだ》らな涎《よだれ》を垂らす。

「あ……っ、ぁ、あうっ、あァあっ、あァーっ！　駄目……っ、ダメぇっ」

ブルブルと震える手が力なくシーツを握り、優花は悲鳴に似た嬌声《きょうせい》を上げた。

その直後にせり上がった快楽が弾け、子宮が収斂《しゅうれん》する。

深く繋《つな》がっているので、男は優花が達したことを理解したはずだ。だというのに耳元で歓喜の吐息が聞こえたかと思うと、より一層深い場所まで抉《えぐ》られた。

「ん、ぅーっ、ダメぇ、も、ダメぇっ、だか、らぁ……っ」

あまりの快楽にこのままでは正気を保てないと思い、優花は泣きながら男に哀願する。

「ダメじゃない。もっと私に君を愛させてくれ」

男が背後で陶然《とうぜん》とした笑みを浮かべたのが分かった。

激しいピストン運動は一旦止み、その代わりに男は腰で円を描くようにして優花を攻める。子宮口を切っ先でいじめ抜かれ、優花は掠《かす》れた悲鳴を上げてまた達した。

もはやどこにも縋《すが》ることも叶わない手足が、ビクビクッと痙攣《けいれん》して跳ねる。

「あぁぁアあぁーっ！」

「私の気が済むまで、たっぷり付き合ってくれ」

男は恍惚《こうこつ》として言い、優花の頭を撫でる。

その言葉に、優花は自分が彼にとても愛されているのだと痛感しつつも、これでは自分がもたないのでは？　と懊悩《おうのう》する。

「……っ、おねが……っ、少し、やすま、せてっ」

「私の気が済むまで、と言っただろう？」

ふと優花の腰を掴《つか》んでいた男の手が、彼女の胸元に伸び、凝り立った赤い宝石を指の腹で優しく擦《こす》る。

胸の先を弄《いじ》っていた手は優花の体のラインを辿《たど》って臀部《でんぶ》まで届き、やがて濡れた茂みに到達する。そして爛熟《らんじゅく》した肉粒を遠慮なく弄《いじ》り回してきたので、優花はまた男を強く締め付け達した。

「――っぁ、ア、あぁ、ん……っ、ァ、あ」

クッションに体を押しつけたまま、優花は蕩《とろ》けた顔をする。体の筋肉すべてが弛緩《しかん》して、何一つ言うことを聞いてくれない。

男は最奥に亀頭をつけたまま、ぐりぐりと腰を回して優花を攻める。指の腹で膨れた肉粒をピタピタと素早く叩き、絶え間ない刺激を送り込んできた。

「――も、ダメぇっ！　ゆるしてっ、許してぇっ！」

顔をグシャグシャにして喘《あえ》ぎ、優花は男に許しを乞うものの、本心ではこの状況を悦《よろこ》んでいた。

こんな――美しく誰もが求めるような存在が、自分を溺愛してくれている。

普通の日本人でしかない優花に「愛している」と情熱的に囁《ささや》くのだ。

女としてときめかないはずがない。

「あ……っ、ァ……――あぁア」

最後に声までもが弛緩《しかん》して、とうとう優花は全身の力を抜いて気を失った。

意識を手放したあと、快楽により体がビクビクッと動いたことを優花は知らない。

そうして痙攣《けいれん》して果てたあと、男が「優花？」と呼びかけたことも――

第一章　東京で

澄川《すみかわ》優花は二十六歳で、フリーランスの通訳をしている。

父は大手自動車会社に勤めており、幼い頃は父の海外転勤について世界各地を転々としていた。

一番多かったのは東南アジアだが、アメリカやヨーロッパにいたこともある。

遠い記憶――まだ物心つくかつかないかぐらいの頃に住んでいた美しい街並みは、あとになってフラクシニアという北欧にある小国だと聞かされた。

ヨーロッパの街並みのようであり、どこかオリエンタルな雰囲気もあり――。大人になった今もふと思い出しては、あの美しい街をまた歩きたいと思う。

高校生になる頃に、優花は日本に帰ってきた。

周囲とも打ち解けて高校生活を終え、どうせなので今までの経験を生かし、進学は海外の大学に行こうかと考えた。しかし家族が「せっかく日本に住めたのだから、家族全員一緒にいたい」と渋る。

結局将来何になりたいかということまでを考え、優花は語学が強みとなる職業――通訳を選んだのだ。

大学は通訳を育成する四年制に進み、そこそこいい環境で楽しく過ごせた。

卒業後はフリーランスとして、まず両親のツテから仕事を探し、そこから徐々にエージェントに登録し仕事を得ていった。

最初こそは親に頼ってしまったものの、通訳の仕事は実力・経歴主義だ。経験を培《つちか》うためなら、何だって利用する。

優花は英語、中国語、フランス語、ドイツ語、ロシア語と、少しだけイタリア語を話せる。加えて幼い頃フラクシニアという小国にいたので、その国の言葉も話せた。

こうして優花は、二十五歳になる頃には〝信頼のできる若手通訳〟という地位を確立した。

現在、二十六歳の優花は宝石商の社長、富樫勝也《とがしかつや》と年単位の契約をしている。

勝也の会社『クラリティア・ビューティー』は台東区上野にあり、宝石の買い取りやデザインのオーダーメイドなどをしている。勝也は宝石鑑定士の資格を取り、自《みずか》らバイヤーとして宝石産出国に赴《おもむ》いていた。

「それで、一週間後にフラクシニアに向かうのですね？」

「ああ、今回も優花に同行してもらう。あそこは良質なピンクダイヤやレッドダイヤが採れるから、以前から狙っていたんだ。それに優花はあのあたりに住んでいたことがあったんだって？　だったら適役だな」

年齢より若々しく見える勝也は三十五歳だ。趣味でサーフィンをしていて、パーティーも好きで、どちらかというと派手な印象の男性だった。

だが優花は勝也の仕事への熱意、宝石への深い知識や情熱を知っている。だからこそ彼と契約して仕事をすることを選んだ。

「確かにフラクシニア語は話せます。……でも大体は英語で済んでしまいますけれどね？」

優花はパソコンを使ってフラクシニアのことを調べる。

「けどやっぱり、母国語を操《あやつ》れる相手だと印象がいいだろう？　俺だって海外の人と話をしていて、相手が日本語を話すと『おっ』て思うよ」

「確かにそうかもしれませんね。フラクシニアにいたのは幼い頃なので、日常会話は可能です。ですが商談は英語でしますからね？」

「OK、OK。頼りにしてるよ」

二人ともコーヒーを脇に、それぞれのパソコン画面を見ながら会話を続ける。

「あと、沙梨奈《さりな》も連れて行くから、ホテルの部屋は女子同士仲良くな」

沙梨奈とは、足立《あだち》沙梨奈という二十七歳の宝石鑑定士だ。

もともと美術系の大学を出ていて、宝飾デザイナーとして生計を立てたいと希望していたそうだ。だが今の時代、宝飾デザイナーだけで生計を立てられるのは、ごく一部の売れっ子のみ。なので沙梨奈は宝石鑑定士の資格も取り、マルチに仕事ができるよう努力している。

「沙梨奈さんも行くんですね。それは確かに盛り上がりそう。でも商談の前夜に飲み明かすのだけはやめてくださいね？」

「それはさすがにしないって」

優花の軽口に勝也は笑い、マウスをクリックしてから「お」と声を出す。

「フラクシニアの皇太子はやっぱりいい男だな。今回フラクシニアの鉱山に連絡をしたら、鉱山の見学のあとに皇太子殿下じきじきに挨拶《あいさつ》があるっていうから……。こりゃあ、新聞載っちゃうかな？」

軽い調子で勝也が言うのを聞き、優花もフラクシニアの皇太子を検索する。

「アレクサンドル殿下でしょう？　確かに素敵ですね」

優花の視線の先には、金髪碧眼《きんぱつへきがん》の美青年の画像がある。

北欧圏の国なので金髪の色が薄い。目の色も青というよりは、アイスブルーという表現が似合う気がする。

オーダーメイドのスーツを着こなし、女性なら誰もが憧《あこが》れるのでは、という美丈夫《びじょうふ》だ。

「俺がいるのに他の男に見とれるなよ？　まぁ、何はともあれ皇太子殿下からのお墨付きとなれば、フラクシニアでの買い付けも今後スムーズに行くと思う。しっかり頼むよ、優花。上手くいったら食事奢《おご》るから」

「お仕事はちゃんとしますよ？」

軽口のような優花の言い方に、勝也が笑った。

優花は勝也とこっそり付き合っており、交際して一年と少しだ。一緒に食事をし、キスをする仲ではあるが、まだそれ以上のことは許していない。

彼からプロポーズも受けており、古風な考え方かもしれないが、それなら色々なことをきちんと順番に……と考えている。

そうやって仕事も、プライベートと分けて真面目に取り組んでいた。

先ほどから話しているフラクシニアの案件に優花も同行するのだが、かなり大きな仕事なので身が引き締まる。それに加え、一国の皇太子と会食をすることが決まり緊張を隠せない。

皇太子は、「我が国は小国なので、ぜひ日本への土産話《みやげばなし》にフラクシニアのピーアールポイントを知ってほしい」と言っていたとのことだ。

勝也の取引先である鉱山の権利者がアレクサンドル皇太子と知り合いらしく、親日家の皇太子が興味を持って勝也を招待したのだとか。

「しかし運命ってどう転がるか分からないな。これが転機になって、うちの店が爆発的な人気になったりして。『フラクシニア皇太子お墨付き』とか。ほら、ピンクダイヤって稀少だけど女性に人気があるだろう？　ＳＮＳとかで上手く拡散したら、もしかするんじゃないか？」

「まぁまぁ、捕らぬ狸《たぬき》の皮算用《かわざんよう》って言いますし……。まずは出国。それから入国。商談が終わって帰国するまでが旅ですから、その後に考えましょう」

熱くなりやすい勝也を宥《なだ》めると、彼はすぐに「そうだな」とクールダウンする。

「しかし優花が側にいてくれて助かるよ。言葉の壁だけじゃなくて、俺の扱いもいつの間にか上手になってるし」

「勝也さん、分かりやすいですからね」

プライベートの親しげな雰囲気を見せて言うと、勝也も含み笑いする。

「さて、出国に向けて準備を進めつつ、最新のニュースも集めておこう。相手さんの資料を集めても、まだまだ足りない部分があるかもしれない」

「はい」

気を引き締めて、優花は再び情報の海に飛び込んだ。


一週間後、優花は勝也と沙梨奈と共に飛行機に乗っていた。

飛行機の中で最新の映画を流しつつも、優花は資料を捲《めく》る手を止めない。

加えて宝石に関する専門用語の単語集も復習し、ついでにフラクシニア語のテキストも開く。フラクシニア語のテキストはかなりレアなもので、まず書店では買えない。今回の旅行が決まるとすぐにネットで検索して注文した。

載っているのは基本的な文法や単語だが、それでも正確な言葉を思い出すのに役立ってくれる。

成田空港から乗り継ぎや待ち時間も含めて十二時間以上かけ、ようやくフラクシニアに到着した。


「うわぁ……涼しい！」

季節は六月。東京なら汗ばむ暑さだというのに、フラクシニアはひんやりとしていた。こちらの六月の平均気温は二十度前後らしい。

「夏はこっちで過ごしたいぐらいだなー」

半袖シャツの上にジャケットを羽織った勝也も、冗談なのか本気なのか分からないことを言っている。沙梨奈は半袖ワンピースにカーディガンなので、少しだけ寒そうだ。

優花は機内でゆったり過ごせるように、マキシ丈のスウェットワンピースを着ていた。その上にジージャンを着ているので沙梨奈よりは暖かいはず。

「とりあえずタクシーに乗ってホテルまで向かおうか」

三人ともガラガラとスーツケースのキャスターの音を立てつつ移動する。

空港から出ると、優花は看板などを見て勝也と沙梨奈を先導した。

「タクシー乗り場はこっちですね。日本で言う個人タクシーとタクシー会社の二種類がありますが、タクシー会社のものに乗りましょう」

「さっすが帰国子女！　海外のこと詳しいわねぇ」

沙梨奈は茶色に染めた髪をかき上げ、はやし立てるように優花を褒める。

沙梨奈の腰まであるロングヘアは、かなり色が明るい。髪が傷《いた》んでいてもおかしくないのに、艶々《つやつや》としていて綺麗だ。きっと美容室に通い詰め、トリートメントなどを念入りに受けているのだろう。

メイクもばっちりしていて、暇な時間があると優花に「どこのブランドの新商品がいい」などといった話題を振ってくる。「今日のリップは新色なの」と嬉しそうに言い、好きなことにお金を使って楽しんでいる彼女の姿に微笑ましくなる。

いっぽう優花は、それほど自分の外見を飾ることに興味が持てない。ビジネスシーンで着る物は相手に舐められないよう良い物を買っているし、メイクや美容室もお金を掛けている。

だが、「自分が夢中になれるものとは何だろう?」と日々模索しているのが現状だ。

通訳の仕事は楽しいけれど、のめり込んで夢中になるというほどではない。

もっと身を焦《こ》がすような情熱にさらされて、何かに夢中になりたい。そう思っているのだが、なかなか現実はその通りにいかない。

『ここまでお願いします』

タクシーのトランクにスーツケースを詰め、後部座席に三人で乗り込んだ優花はホテルの名前と住所が書いてあるメモを見せ、フラクシニア語で告げた。

空港がある海沿いの街から、フラクシニアの首都トゥルフまでは一時間ほどだ。

『分かりました。お嬢さん、アジア人なのにフラクシニア語が話せるのですね』

金髪の中に白いものが混じっているタクシードライバーは、眼鏡の奥にある青い目を嬉しそうに煌《きら》めかせた。

『ずっと小さい頃にこちらに住んでいたんです。相変わらずとても美しい街並みですね』

車窓から見える景色は、白い壁にオレンジの屋根の街並みが続いている。

優花がフラクシニア語でタクシードライバーと話しているあいだ、勝也と沙梨奈は日本語で異国の街並みの感想を言い合っていた。

『日本人ですか？　後ろの人の発音からそんな感じがしました』

『はい。仕事でフラクシニアに来ました』

「こっちの人は凄《すご》いな。こんなに涼しいのに半袖の人が多い」

行き交う人々が半袖を着ているのを見て、勝也が感嘆の声を上げる。

勝也の言葉を、優花はドライバーに訳して伝えた。するとバックミラー越しに彼が微笑んだ。

『こっちは冬が長いですからね。人々は夏になると積極的に日差しを浴びようとします。日本人はどうか分かりませんが、庭先にビーチチェアを置いて日光浴をするのは珍しくないですよ』

彼が言ったことを勝也に訳すと、彼は何度も頷いて納得していた。

「確かにこっちの人は髪も目も色が薄いからな。日光が少ないんだと思うよ。黒目黒髪の俺たちから見たら、綺麗で羨《うらや》ましいことこの上ないけど。そうだ、優花。オススメの食べ物とか聞いてくれ」

勝也に言われ、優花はドライバーに尋ねる。

『フラクシニアで美味《おい》しい物って何ですか？』

『そうですね。主食はレイブというライ麦でできている黒パンです。ニシンやウナギなども盛《さか》んに食べられています。同様にブラッド・ソーセージもよく食べますね。あとポークステーキを名物とする店も多いです。マッシュポテトやドイツのザワークラウトのような物もあります。ノルウェーサーモンもよく流通していますね』

優花越しにドライバーの話を聞き、勝也と沙梨奈はもう明日の夕食に思いを馳せているようだ。

このあとも人のいいタクシードライバーからフラクシニアの話を聞きながら、ホテルまでの街並みを楽しんだ。

「はー！　着いた！」

首都トゥルフの中央部にあるホテルに到着すると、勝也はツインルームに一人、優花は沙梨奈と同じ部屋で休憩する。

結花は勝也に求婚されているものの、返事を保留にしてもらっている。

なのでこういう部屋割りにしてもらえるのは、非常にありがたかった。

食事は機内で取ったので、あとはホテル内のレストランで飲み物や軽食を食べ、眠りについた。

＊＊＊

翌日はフラクシニアの空気に慣れることと、打ち合わせに一日を費《つい》やした。

フラクシニア到着三日目の早朝には、良質のダイヤが採れる鉱山へ向かう。

価値ある宝石を扱う仕事なので、緊迫したシーンもあった。しかし勝也と沙梨奈はダイヤやカラーダイヤをじっくり見て、納得のいくものを買うことに成功した。

優花も彼らの言葉を同時通訳で伝えて商談の手助けをし、結果的に全員満足いく仕事ができた気がする。

支払いを済ませ再びトゥルフに戻る頃には、勝也は大量に宝石が入ったブリーフケースをしっかりと抱えていた。

「いい取り引きができたなぁ」

「本当に、フラクシニアのカラーダイヤは良質だったね」

「無事に終わって安心しましたが、これから着替えて気持ちも切り替えないと」

優花がそう言うと、勝也と沙梨奈は笑顔のままうなずく。

「分かってるよ。しかし移動中に見えたけど、遠目にも立派な宮殿だったよなぁ」

「そうそう。私ヨーロッパ系のお城ってまともに入ったことなかったから、ドキドキするわぁ」

この後は、フラクシニアの皇太子との晩餐会《ばんさんかい》だ。

三人は昼食を食べなかったので、トゥルフに戻ったあと店で軽食を買いホテルの部屋で食べている。本当はしっかり食べたかったのだが、宮殿の料理を残しては失礼だと思ったからだ。

「宮殿の食事、楽しみですね」

「そうだな。日本びいきの皇太子殿下へのお土産《みやげ》もしっかり買ってきたし」

それぞれ一国の皇太子に会う前なので、食事が終わり次第身だしなみを整えることにした。

沙梨奈と二人でホテルの部屋に入る前に、勝也が呼び止めてくる。

「優花」

「なに？」

沙梨奈を先に部屋に入れ、ドアを閉じてから優花は控えめな声で返事をした。

「その……。しつこいかもしれないけど、宮殿に行ってあのイケメン皇太子と会っても、惚れないでくれよ？」

浮気を心配する勝也に、優花はクシャッと笑ってみせる。

「もう、変な心配しないで。相手はよその国の皇太子殿下だよ？　私のことなんか好きになるはずないじゃない」

そう言うと、勝也もやっと安心したようだ。

「そうだよな。……うん、そうだ。分かった。じゃあ、支度をしよう」

「うん。またあとで」

思わず笑みが零《こぼ》れ、優花は勝也と手を振り合ってから部屋に入った。


十七時になり、ホテルの前に黒塗りのリムジンが横づけされた。

運転手はヨハンという男性で、三十一歳らしい。北欧圏らしく金髪で、整った顔立ちをしている彼は、日本語が話せるのだという。

それぞれタキシードやイブニングドレスに着替えた優花たちは、リムジンに乗り込む。

ヨハンに、リムジンの中にある飲み物は自由にしていいと言われた。だがさすがに、これから皇太子との晩餐《ばんさん》を控えているのに手を出せる訳がない。

「あーあ、高級そうな酒だなぁ」

目の前には上品なライトに照らされた酒のボトルがあり、磨き上げられたグラスも光っている。

「まぁまぁ。全部終わってから飲めばいいじゃないですか」

優花は落ち着いたワインレッドのドレスを着て、肩にショールを掛けていた。

華奢《きゃしゃ》な肩紐や胸元のビジュー、足元までの裾や高いヒールなど、普段ではまず着ない服に緊張する。

沙梨奈は「何かキャバ嬢みたいだね」と言って笑っていたのだが、正直笑える気持ちではない。

緊張で変な汗まで掻いている。

気を紛《まぎ》らわそうと目を向けた窓の外からは、陽気な声があちこちで聞こえる。治安のいい国なので、ガイドブックには夜に出歩いても大丈夫だと書いてあった。

（さすがに大きなネット書店でも、王族に対するマナーを書いた本はなかったなぁ）

昔の貴族の令嬢はどういう生活をしていた、などの資料本はある。しかし現代の一般日本人が海外の王族に会う時、どうすればいいのかが書かれた本はないのではと思う。

（とりあえずテーブルマナーだけは三人揃って頭に叩き込んだ。会話は私が頑張ればいい。さすがに……本当にワルツとかそういうのを踊るとかはないよね？）

リムジンの中で優花は難しい顔をして考え込む。

「まぁまぁ、優花。そんな顔するなよ。何とかなるって」

クラッチバッグを握り締めるようにして考え込む優花に、勝也はどこまでも明るい声で言うのだった。

しばらくすると、宮殿らしき大きな建物が見えてきた。

昔ながらの宮殿は、何度も修繕工事が行われている。昔の形を残しつつ、内部は住みやすくなっているそうだ。

もちろん、塔や牢獄など使われていない場所はある。空き部屋には宮殿が管理する美術品などが保管されているらしい。宮殿の一部は観光用に開放されているが、今回優花たちが招待されるのは奥にあるプライベートエリアだ。

宮殿前の跳ね橋を渡ると、目の前には薄暮《はくぼ》の中ライトアップされた城がドンとそびえている。観光エリアのあたりをグルリと回り、車は衛兵のいるゲートを通っていった。

「うわぁ、緊張する……」

沙梨奈が呟《つぶや》いた時、車が裏口と思われる扉の前で停止した。

ヨハンがドアを開け、左側に座っていた女性二人をエスコートする。

「どうぞ、中へ」

ヨハンが言い、降車した先にあるドアに向かって進んでいく。ドアの両側には衛兵が立っていて、思わず日本人三人は会釈《えしゃく》をした。

「わ、赤い絨毯《じゅうたん》だ」

三人が入った場所は白黒のタイルの上に赤い絨毯《じゅうたん》が敷かれた廊下だった。

廊下と言っても広々としていて、どこまでも左右に続く壁際には高価そうな絵画が掛かっている。

「こちらです」

ヨハンが三人を先導し歩き始めた。よく見ると、彼は執事のような黒い燕尾服《えんびふく》を着ていて体つきもいい。

「私は殿下の秘書や運転手、ボディーガードなど、身の回りに関わる仕事をこなしております。他にも似た職に就いている者はいるのですが、年齢の近い私が常にお側にいるのがいいと、一任されております」

ヨハンは流暢《りゅうちょう》な日本語を話すので、優花の出番がない。

「現在殿下はプライベートな用事を済ませておいでです。そのあいだ、私が皆様をお迎えに上がりました」

「ありがとうございます。ちなみに、私たちは皇太子殿下のことを何と呼べば？」

勝也の言葉に、ヨハンは感じのいい笑みを浮かべる。

「普通に殿下で構いませんよ」

皇太子を「殿下」と呼ぶのが〝普通である〟とサラリと言われ、勝也と沙梨奈はここが本当に日本ではない、他国なのだと思い知ったという顔をする。

長い廊下の途中にはいくつも扉があり、やがてその内の一つの前でヨハンが立ち止まった。

「ここが迎賓室《げいひんしつ》になっております。続き間にダイニングがございますので、まずは殿下とお話をされてからお食事をどうぞ」

「分かりました。あの……ヨハンさんはどうされますか？」

不安げな勝也の言葉に、彼はふわりと微笑む。

「同席致しますよ。私は殿下の身の回りのことを任されていますので、常にお側に控えさせて頂いております」

すると勝也は「俺たちだけだと心細いので、安心しました」と笑顔を見せた。

ヨハンがドアを開くと、まさしく〝お城〟というインテリアが目の前に広がる。

ロココ調のような華美な装飾のついた壁や天井を始め、ソファなどの家具もモダンな作りではなく女性的な印象を受けるものばかりだ。

勝也は優美なインテリアに落ち着かない様子だが、優花と沙梨奈は「お姫様みたい」と顔を見合わせてはしゃいだ。

どこか既視感があるような気もするが、きっと事前にフラクシニアについて調べた画像や、テレビで何度も流れる西洋のお城特集のせいだろう。加えて過去にヨーロッパで宮殿を見学したことがあるので、その記憶と混じっている可能性も高い。

「あ、じゃあまずこれ……。日本のお菓子とちょっとばかりのお土産《みやげ》なのですが、ヨハンさんから殿下に渡して頂けますか？　もちろん中を開けて確認して、毒味して頂いても構いませんから」

勝也が手に提げていた紙袋を差し出すと、ヨハンは「ありがとうございます」と微笑んで受け取った。

「お茶を淹《い》れますから、どうぞお座りください」

優花たち三人はソファに座り、上座に当たる部分は皇太子であるアレクサンドルのために空けておく。

続き間に姿を消していたヨハンは、すぐにワゴンを押して戻って来た。

「殿下はもう間もなくいらっしゃるかと」

繊細な手つきでヨハンは紅茶を淹《い》れ、手慣れた様子で高い位置からカップに注ぐ。

女性二人がその姿に感動した時、廊下に続くドアからノックの音と衛兵の声がした。

「殿下がいらっしゃいました」

ヨハンに言われ、三人は緊張して立ち上がる。

胸に手を当てて軽く頭を下げたヨハンを見て、三人もそれを真似た。

ドアが開き、アレクサンドルが入室する気配がする。

フラクシニア語で『失礼はなかったか？』『問題ございません』というヨハンとのやりとりが聞こえた。

「皆様、どうぞお顔をお上げください」

ヨハンの声が聞こえて三人は頭を上げる。

目の前には仕立てのいいタキシードに身を包んだ、金髪碧眼《きんぱつへきがん》の皇太子が立っていた。

スポーツが得意だという彼は、胸板も厚く肩幅も広く堂々とした体躯《たいく》で、タキシード姿がとても格好いい。

金髪碧眼《きんぱつへきがん》は、フラクシニアに来てヨハンや他の人である程度慣れたはずだ。だが一国の皇太子である彼は、殊更《ことさら》に特別な存在に思えた。

薄いプラチナブロンドは照明を反射して淡く輝き、瞳の色はただのブルーではなく、とても薄い色の青だった。見つめられると瞳孔《どうこう》が際立っているので、思わずドキッとしてしまう。

立っているだけで気品があり、近寄りがたい存在感があった。決して人を威圧する雰囲気ではないのだが、自然と人を従え、こうべを垂れさせる魅力がある。

「初めまして。日本からようこそいらっしゃいました。今回は私の我《わ》が儘《まま》にお付き合い頂き、ありがとうございます」

丁寧な挨拶《あいさつ》をして優雅に礼をするアレクサンドルの言葉は、流暢《りゅうちょう》な日本語だった。

それに驚きつつも勝也を見れば、彼は小声で「俺のあとにフラクシニア語で挨拶《あいさつ》してくれ」と優花に指示をした。

「このたびは一介の宝石商に過ぎない私をお呼び頂き、光栄の極みに存じます。私は富樫勝也と申します。彼女は鑑定士でデザイナーの足立沙梨奈。皇太子殿下におかれましては、大の日本びいきと伺っております。今晩の歓談で少しでも我が国について良いお話ができればと思っております」

勝也が日本語で挨拶《あいさつ》をしたあと、優花は彼の指示通りフラクシニア語で挨拶《あいさつ》をした。

『初めまして。私は通訳をしております、澄川優花と申します。このたびはご縁があり、この美しい国に来られたこと、非常に嬉しく思っております』

アレクサンドルは驚いた顔で優花を見る。背後で控えているヨハンも同様だ。

「君……。通訳か。フラクシニア語が話せるのか」

思わず口調が砕けたのは、アレクサンドルが心を開いた証拠だ。

「はい。幼い頃に少しだけフラクシニアに住んでいました」

優花の首には、フラクシニア産のピンクダイヤのペンダントが下がっている。

ピンクダイヤにしてはとても上質なものらしく、フクシアと呼ばれる濃いピンクほどの濃度がある。純度も高くて混じりけがなく、カットも最高級だ。

幼い頃に両親がフラクシニアの友人から優花に、と受け取った物らしい。

「このペンダントは、その時の思い出なのでこの機会につけて参りました。両親の話では、フラクシニア産のピンクダイヤだそうです」

指先でそっとペンダントに触れると、優花の胸元を凝視していたアレクサンドルが一歩踏み出す。

「――失礼。少し見させてもらっても？」

「構いません」

身長一八五センチ以上はあるかと思われるアレクサンドルが、ゆったりと優花の側に歩み寄る。彼からはとても上品な香りがした。

仕事上さまざまな人に会うが、海外の人は高確率で香水をつけている。

だがアレクサンドルは今まで会ったどの人よりも、〝いい匂い〟だと思った。香りそのものというよりも、人物像と香りの印象がとても合っているのだと思う。

「失礼」

アレクサンドルの長い指が二十四金のチェーンに掛かり、そっとペンダントトップを持ち上げる。ティアドロップ――雫《しずく》型にカットされたピンクダイヤは、他に装飾がなく実にシンプルだ。だがその分、ダイヤそのものの純粋なカットや輝きが際立っている。

「…………っ」

吐息がかかる距離にアレクサンドルの端整な顔があり、優花は一気に真っ赤になった。

身を屈めないと優花のペンダントが見えないほどの長身。少し俯《うつむ》くとセットされた金髪が、彼の美貌に影を落とす。伏せられた睫《まつ》毛《げ》も白金で、間近で見る彼の目はシベリアンハスキーのようだ。

ドキドキしつつ視線を彷徨《さまよ》わせると、こちらを羨《うらや》ましそうに見ている沙梨奈と目が合う。その向こうにいる勝也は、嫉妬の混じった目を向けていた。

（あうぅ……。ふ、不可抗力……）

フラクシニアと縁があるということを言いたかっただけで、優花もこんな展開になるとは思わなかった。

やがてアレクサンドルは「ありがとう」と目の前で微笑むと、優花の手を取って甲にキスをする。

「確かにこの石はフラクシニアの物のようだ。君はこの石によって、フラクシニアに呼び戻されたのかもしれないね」

「……呼び戻された……」

アレクサンドルの言葉を復唱すると、何となく納得がいったような気がする。

宝石は特別な力を有している。パワーストーンを信じる人がいるように、勝也たちも石の相性などをよく口にしていた。

その中に、身の安全や原点回帰などの力がある石があったとしても、おかしくない。

「殿下。富樫様よりたくさんのお土産《みやげ》を頂いています」

ヨハンの言葉にアレクサンドルがソファに腰掛けると、優花たちも再び座る。

アレクサンドルの側に立ったヨハンは、ワゴンの上に綺麗に並べたお土産《みやげ》を手で示した。

「こんなにたくさん持ってきてくれたのですね。ああ、好きな菓子がある。これも。あ、これも。……嬉しいな」

優花たちにとっては少し足を延ばせばどこでも買える菓子折りなのに、アレクサンドルは感動している。

ヨハンが江戸切り子のグラスセットが入った包みを開くと、アレクサンドルの整った顔が「ワァオ」という歓声と共に喜色に彩《いろど》られる。

「……綺麗だな。これは知っている。江戸切り子ですね？　大切にします」

アレクサンドルの言葉を聞き、勝也が小さく拳《こぶし》を握ったのが見えた。

五色の江戸切り子グラスは、勝也が「重たい。割れないか気を使う」と文句を言いつつ運んできた物だ。それを喜んでもらえて、優花も嬉しい。

そのようにして和《なご》やかに始まった皇太子との会話は、やがてフラクシニアの印象や日本のことを教えてほしいというものへ変わる。

しばらくして美味《おい》しそうな食事の匂いが鼻腔《びこう》に届くと、隣室にあるダイニングに向かった。テレビでしか見たことのないような長いテーブルに、ピカピカの食器がセットされている。更に、BGMとして静かなクラシックが流れた。

「どうぞそちらにお掛けください」

長いダイニングテーブルの上座にアレクサンドルが座り、勝也がその向かいに座る。優花と沙梨奈はサイドの長い部分の中央に座った。いずれも座る時は、ヨハンや給仕の男性が椅子を引いてくれるという高級レストランのような待遇だ。

目の前にあるナプキンは、複雑な形に折り畳まれている。

アレクサンドルがそれを無造作に広げたので、優花たちも真似をしてナプキンに手を伸ばした。

「メニューはこちらで決めさせて頂きましたが、特に食べられない物はないという認識で大丈夫でしょうか？　一応ミスター富樫とメールをさせて頂いた時に、同行者の好き嫌いやアレルギーを確認致しましたが」

ヨハンの言葉に、優花たちは頷く。

幸いにも三人とも好き嫌いはない。沙梨奈は「納豆が食べられない」と言っているが、さすがにフラクシニアで納豆は出ないだろう。

「大丈夫です。何でも食べます」

冗談めかした勝也の言葉にアレクサンドルとヨハンが微笑み、ヨハンがつけ加えた。

「メニューは完全なフラクシニアの料理……となると色々偏《かたよ》りますから、フラクシニアの食材を使ったフレンチ仕立てになっています」

ドレス姿で食事をするのが初めてで、優花は緊張で口が渇きそうになるのを必死に唾で誤魔化す。背筋を伸ばして顔を強張《こわば》らせていたからか、ふとアレクサンドルがこちらを見てフラクシニア語で話しかけてきた。

『フラクシニアに住んでいたそうですが、現在は日本に？』

問いかけつつ、アレクサンドルはグラスに入っている透明な液体を飲む。それはきっと水で、自由に飲んでいいのだろうと解釈した優花は、ありがたく水を飲んで口を潤《うるお》すことにした。

同時にそうやってさりげなく水を飲むよう促《うなが》してくれたアレクサンドルは、親切で気配りのできる人だなと思う。

『はい。父が自動車会社に勤めていまして、子供時代は東南アジアを中心にヨーロッパやアメリカなど、様々な国にいました。高校生になる頃に日本に帰国しています』

『色々な国にいて、いい思い出はありましたか？』

アレクサンドルの薄いブルーの目が、親しみを込めて優花を見つめる。

『そう……ですね。多くの国に友人ができたのは、今でも財産だと思っています。今こうして通訳という仕事ができているのも、当時の経験があるからですし、今回このような光栄な場にいられるのも、フラクシニアとご縁があったお陰です』

給仕がそれぞれの席を回って、食前酒であるシャンパンをフルートグラスに注ぐ。

勝也と沙梨奈は、フラクシニア語で優花とアレクサンドルが話していることが気になっているようだ。特に勝也の視線を感じるので、あとで誤解がないように説明しなければと思う。

「……では、乾杯しましょうか」

アレクサンドルが日本語で言い、フルートグラスを掲げる。

優花たちも同様にフルートグラスを掲げると、アレクサンドルが「フラクシニアと日本の友好と発展に」と微笑んだ。

運ばれてきた前菜はフレッシュサーモンのカルパッチョで、初夏らしくアスパラが使われて色彩が鮮やかだ。

「いただきます」

フレンチのコースだが、優花はいつもの習慣で胸の前で手を合わせた。

それをアレクサンドルが、柔らかい視線で見ている。

「日本人の、その『いただきます』『ごちそうさま』という習慣はいいですよね」

ふとそんなことを言われ、三人の日本人は何か答えようと慌てて口の中の物を呑み込む。

「ああ、お気になさらず。ただミズ澄川を見て思っただけです。どうか食事を楽しんでください」

「ありがとうございます。確かに……こちらですと、敬虔《けいけん》な方は食前のお祈りですものね」

グリーンピースのソースが掛かったアスパラを呑み込んだ優花が言えば、アレクサンドルは嬉しそうに微笑む。

「他にも仏教国はありますが、日本人独特の挨拶《あいさつ》が私は好きなのです。日常の中に労《いたわ》りや優しさが溢《あふ》れているような気がして……。憧《あこが》れますね」

「フラクシニアにも素敵な言い回しがありますよね？　運命を感じた時、『星が瞬《またた》いた』と言うと子供の頃に覚えました」

優花がフラクシニアの慣習を口にすると、沙梨奈が「ロマンチック」と喜ぶ。

その後も両国の好きな点を話し、質問などを交えつつ食事が進む。

フレンチのフルコースが終わる頃には、アレクサンドルはすっかり上機嫌になっていた。

＊＊＊

「もしビザとスケジュールの都合がつくのなら、一週間ほど宮殿に滞在しませんか？」

食後の紅茶を楽しんでいる時、アレクサンドルがとんでもないことを言い出した。

「え……えっ？」

勝也が動揺し、沙梨奈も「嘘でしょお？」という顔をしている。

確かに宮殿は素晴らしいし、アレクサンドルもヨハンも日本語で意思疎通ができるので夢のような申し出だ。だが外国滞在が長引けば、その分優花が勝也に請求する金額は跳ね上がる。

優花は勝也と長期契約しているものの、エージェントから他の仕事が紹介されれば、そちらで仕事をする。長期契約には、勝也から仕事の依頼があれば最優先するという条件も含まれているが、勝也との契約だけで優花は生きていけないからだ。

それとは別に、通訳一回あたりの報酬は都度払いなので、滞在日数が長くなればなるほど、勝也の支払い額が増える仕組みになっていた。

チラッと勝也を見るが、彼は宮殿に泊まれるという驚きでそれどころではないようだ。

「もちろん、今回のお仕事で得られた宝石などは、警備された金庫でお預かり致します。当たり前ですが宿代なども請求致しません。昼間は私も執務がありますが、夜や空いた時間などに話し相手になって頂きたいんです」

アレクサンドルの申し出に、特にヨハンは動じない。彼は相変わらずアレクサンドルの後方に控えていて、主人が決めたことに口を出さない方針のようだ。

きっとアレクサンドルは何でもそつなくこなす人で、自身を追い詰めるスケジュールの立て方はしないのだと思う。その本人が泊まって話し相手になってほしいと言うのだから、滞在しても恐らく迷惑にはならないのだろう。

「どうですか？」

青い瞳に見つめられ、優花は勝也たちと視線を合わせる。

「わ、私は勝也さんがいいならいいけど」

口元に喜びを隠しきれない沙梨奈が言い、優花も「私も」と頷いた。

勝也は視線を空中に彷徨《さまよ》わせ今後のスケジュールを思い出していたようだが、ニカッと笑うと
「よろしくお願いします！」と決断を下した。

「決まりですね。ではヨハン、ミスター富樫たちのお部屋を用意しておいてくれ」

「畏《かしこ》まりました」

「あなたたちの荷物は、ホテルからこちらに引き取るよう手配致します」

「お気遣いありがとうございます」

勝也がきっちりと頭を下げ、優花と沙梨奈も礼をする。

「これからヨハンがあなたたちを客間にご案内しますから、荷物が届き次第おくつろぎください。バスルームなどの設備についてもヨハンから説明させます」

アレクサンドルの口調から、優花はこれでもう今日はお開きになるのだと予感した。

朝から商談があり、夜になれば皇太子と食事会。実に濃厚な一日だった。

（お風呂があるなら、お湯を溜めてゆっくり浸《つ》かりたいな）

ぼんやりと思いつつ豪華な内装を見ていると、優花の視界に突然アレクサンドルの整いすぎた顔が入り込む。

「っ⁉」

ビクッとして顔を引いた優花を、アレクサンドルはキラキラとした目で見つめる。おまけに両手で手を包み込んできた。

「な……何でしょうか……」

驚きを隠せない優花に、アレクサンドルは好意を隠さず微笑みかける。

「ミズ澄川。もしよければこれから私とバーで一杯飲みませんか？」

「バ、バー？」

面食らって言葉を反復すれば、彼は魅力的な笑みで別室の方を親指で示す。

「私室の一つに、備え付けのバーカウンターがあるのです。趣味でバーテンダーの真似事もしていまして、一杯だけお付き合い頂けませんか？　フラクシニアに住んでいたというあなたと、お話がしたいのです」

一国の皇太子からナンパされ、優花は何と返事をすればいいのか口を喘《あえ》がせる。

助けを求めて勝也と沙梨奈を見れば、勝也がちょいちょいと優花を手招きしている。

「ちょ、ちょっとすみません」

小さく会釈《えしゃく》をして勝也の方まで行くと、彼が顔を寄せ耳元で囁《ささや》いた。

「優花。この際だから色仕掛けでも何でもして、皇太子に気に入られて来いよ」

（……え？）

心臓がドクリと嫌な音を立てたが、勝也は構わず言葉を続ける。

「このまま皇太子殿下のお気に入りになったら、うちも繁盛するかもしれないだろう？　昼間の鉱山の所有者とも懇意《こんい》になれるかもしれない」

「あ……、そ、そうですね……」

勝也の野心は分かっていたはずだ。だが仮にも求婚されている人から「別の男に色仕掛けをしろ」と言われると、内心穏やかではない。

それを見抜いたのか、勝也が小さく笑う。

「色仕掛けって言っても、俺を裏切るようなことはしなくていいから。それっぽく話をして気に入られれば、それでいい」

「え……ええ」

少し強張《こわば》った顔で頷けば、勝也がわざとらしく大きな声を出して優花の背中を叩いた。

「いやぁ、光栄じゃないか優花！　ぜひとも日本と我が社を売り込んできてくれ」

周囲も笑顔なので優花はむりやり笑うしかない。

その後、勝也と沙梨奈はヨハンに客間へ案内されていった。優花はアレクサンドルと二人きりになり、あまりの緊張で卒倒しそうだ。

「じゃあ、私たちも行きましょうか。ミズ……。私も優花と呼んでも？」

「え、ええ。構いません、殿下」

断れるはずもなく快諾すれば、彼は人懐こい笑みを浮かべた。

「では、私のこともサーシャと呼んでほしい」

「そんな、畏《おそ》れ多いです」

「プライベートな時間に、私も新しい友人が欲しいのだけどね？」

そう言われると返す言葉もなく、優花はおずおずと彼の愛称を口にする。

「よろしくお願い致します……。サーシャ」

優花の言葉にアレクサンドルは完璧すぎる笑顔で応え、肘を差し出す。それがエスコートの誘いだと理解し、優花はそっと彼の腕に手を掛けた。

廊下に出るとシンとしており、広々とした宮殿は豪華な迷路のようだ。

「そのドレス、とてもよく似合っているね」

「ありがとうございます」

「もっとフランクに話していいよ。私もそうする」

「え、ええ」

とは言え、一国の皇太子相手に友人のように話せなど、ハードルが高すぎる。

「優花の好きな酒は？　ジンベース、ウォッカベース、カシスなどのリキュールにクリーム系。色々な酒を揃えているから、大体の物は作れる」

「そうですね……。舌が子供っぽいので、カシスオレンジとか甘いお酒が好きです」

「可愛いな」

チラッとアレクサンドルの横顔を盗み見すると、彼は笑みを深めた。

「急に同行人と離してしまってすまない。誓って危険な目に遭わせたりしないから」

「いえ、それは本当に殿下……サ、サーシャを信じています」

ぎこちなく名を呼べば、アレクサンドルは実に嬉しそうに笑った。

「私のことを警戒している？」

「い、いいえ！　そんな……。でん……サーシャは生まれながらの紳士だと思っております。決してそのようなことは……」

優花は慌ててかぶりを振る。

そもそも一国の皇太子に女性として見られると思うこと自体、図々《ずうずう》しい妄想だ。

「ならいいんだが」

そう言い、アレクサンドルは階段を上って複雑に入り組む部屋のうちの一室に入った。

「ここが私室だ。続き間にリビングやベッドルームもあるが、今日はここで過ごそう」

「す、素敵なお部屋ですね」

城の内部だが、先ほどの迎賓室《げいひんしつ》とは違ってこちらは近代的だ。実用重視の家具が目立ち、実際に彼がここで生活しているのが分かる。

アレクサンドルが言っていたように、その部屋にはバーカウンターとスツールが並んでいた。カウンターの奥には数え切れないほどの酒瓶が並び、キャビネットには高級ブランドと思われる、様々な形のグラスがあった。

カーテンを閉めていない窓からは、トゥルフの夜景が一望できる。景観を守るために高層ビルやネオンは日本ほどないそうだが、繁華街と思われる方面は明るく美しい。

床にはペルシャ絨毯《じゅうたん》らしき高級な敷物。ゆったりとしたソファセットはモダンな物だ。壁には洋書が詰まった本棚が並び、側には一人掛けのリクライニングソファがある。

恐らくアレクサンドルは、ここで一人優雅な時間を過ごしているのだろう。

「好きな場所に座ってくれ」

アレクサンドルはジャケットを脱いでハンガーに掛けると、シャツの袖を捲《まく》る。カウンターに置いてあったアームバンドで袖を留めた姿に、優花は思わず胸を高鳴らせた。

一般的な女性がそうであるように、優花も男性のスーツ姿が好きだ。しかしそれに小道具が加わると、一気に罪深いまでの色気を醸《かも》し出すので心臓に悪い。

日本にいても、せいぜいスリーピースを纏《まと》った男性を見て「格好いい」と思う程度だった。しかしアレクサンドルを前にすると、彼が次にどんな色気を出してくるのか気持ちが持たない。

おずおずとカウンター前のスツールに腰掛けると、優花はアレクサンドルの手元を見る。

高身長に伴って手も大きいが、指はスラリとしていて美しかった。

左手の親指にある赤い宝石が嵌《は》まった指輪は、恐らくフラクシニアの宝石なのだろう。優花のピンクダイヤよりもっと濃い色だ。

勝也からフラクシニアに来る前にカラーダイヤの話を聞かされていたのだが、その中でもレッドダイヤは特に稀少だそうだ。それを王族である彼が身につけているのを見て、なるほどと納得する。

「じゃあ、君が好きなカシスオレンジをまず作ろうか」

そう言うと、アレクサンドルは細長いタンブラーにキューブアイスをトングでカランカランと入れる。カシスをメジャーカップの小さい方で量《はか》りグラスに入れると、冷えたオレンジジュースを注いでマドラーで混ぜる。

冷蔵庫から取り出した小さな密閉容器にはカットされたオレンジが入っていて、それをグラスの縁《ふち》に挟んだ。

「どうぞ」

「あ、ありがとうございます……。本当に手慣れているんですね」

皇太子とは思えない鮮やかな手つきに、優花は本当に驚いていた。この美しい魔法の手なら、楽器の演奏やパソコンのキーボードを打つにも滑《なめ》らかに動きそうだ。

「一日の終わりには、ヨハンと飲んでいるからね。その時に彼に練習台になってもらっているんだ」

悪戯《いたずら》っぽい言い方に、優花は思わずクスッと笑った。

「ああ、いい笑顔をもらった。やっと心から笑ってくれたね、優花」

「え？　そ、そうですか？」

「立場上、色んな人の表情を見ている。作られた笑顔か、心からのものかはすぐに分かるさ」

焦って頬に手を当てる優花に、アレクサンドルは「先にどうぞ」とカシスオレンジを飲むよう勧めてくれる。言われて初めて、優花は自分がガチガチに緊張していることに気付いた。同時に、彼が気遣って気さくに振る舞ってくれたのだと知る。その心遣いがありがたかった。

一口飲んだカクテルは異国のオレンジジュースの味がし、甘さの中のほんの少しの酸味が美味《おい》しかった。

その後アレクサンドルは、自分用にジンライムを作り、カウンターに立ったままロックグラスを傾ける。

「音楽でもかけようか。沈黙は人を緊張させるからね」

小さな音をさせてグラスを置くと、アレクサンドルはコンポが置かれているチェストに向かう。

CDをセットしてやがて流れたのは品のいいジャズだった。

「とてもストレートな質問をするが、優花はミスター富樫と恋人同士？」

「っごふっ」

いきなりな質問に、優花は飲んでいたカシスオレンジに思いきり噎《む》せた。ひどく咳《せ》き込み、心配したアレクサンドルが背中をさすってくれる。

「すまない。急な質問すぎたね」

「い、いえ……。どうしてです？」

涙目になった優花は、マスカラが滲《にじ》んでいないか不安になりながら尋ねる。

「フラクシニアにいたことがあるという君に、純粋な興味が湧いた。それに、そのピンクダイヤにも興味があるしね」

「ピンクダイヤ……。これ、ですか？　頂き物ですが……」

胸元にある宝石に触れると、アレクサンドルはじっとそこを見つめてくる。胸元を見られるのが恥ずかしくて、優花はそっと手を外した。

「宝石に石言葉というものがあるのは知っているね？」

「はい。今回の仕事に関して調べましたが、ピンクダイヤは愛を表す言葉や、婚約指輪にするに相応《ふさわ》しい『完全無欠の愛』という意味があると知りました」

「そうだ。だがこのフラクシニアでは、原産国ならではの言い伝えがある」

「言い伝え……ですか？」

それは聞いたことがなく、優花は隣に座るアレクサンドルをきょとんと見る。

「女性がフラクシニアの宝石を贈られると、贈った男性と結婚するという言い伝えがある。だから近年では、海外に進出したいと望む女性は宝石から距離を取ろうとするんだ」

「それは……。初耳です」

聞いた限りおそらくは、迷信……なのだろう。

だが現代においても占い師やシャーマンを頼る人がいる以上、こういった事柄を『嘘』とは言い切れない。人、土地、状況により迷信は真実になるのだ。

「まぁ、信じずに綺麗な物は綺麗と、喜んで宝石を受け取る女性もいるけれどね」

優花の考えを見透《みす》かしたのか、アレクサンドルがクスッと笑う。

「サーシャはその言い伝えを信じていますか？」

「どうだろうね。あったら素敵だな、とは思っている」

肯定せず否定もしない。それは大人の答えだと優花は思った。

「でもだからこそ、幼い頃にフラクシニア産のダイヤを手にした優花なら、フラクシニアの男と恋に落ちる可能性もあるかな？　と思ったんだ」

アレクサンドルの言葉がようやく「富樫と恋人か？」という唐突な質問に繋《つな》がり、優花は先ほど噎《む》せた時の焦りを思い出す。

「フラクシニアの男って……」

「もちろん、私のことだ」

アレクサンドルはそう言って、アイスブルーの瞳で結花をジッと見つめる。熱っぽい眼差しにドキッとするが、相手は外国の皇太子で、その荒唐無稽《こうとうむけい》さに優花は首を振って笑った。

「何を仰《おっしゃ》っているのですか？　冗談はいけませんよ？」

「おや、冗談に聞こえるかな？」

スツールに腰掛けて長い脚をゆったりと組み、アレクサンドルはじっと優花を見る。瞳孔《どうこう》が際立つ薄い色の目に見つめられ、優花はドギマギして目を逸らした。

（こんなの……。きっと現実じゃない）

場所は宮殿で、目の前にいるのは皇太子。自分はドレスを着ていて、まるで夢の世界だ。だからそんな世界で皇太子に口説かれたように思えても、きっとそれは気のせいに違いない。

「……お、お仕事はいいのですか？　皇太子殿下ってとてもお忙しそうなイメージがありますけれど」

あからさまに話題を逸らせば、アレクサンドルは眉を上げて溜め息をついた。

「今日の執務は夕方までに済ませておいた。下手なことをすればヨハンに怒られるしね。これから一週間優花たちが滞在しても、私のスケジュールに差し障りはない」

アレクサンドルはじっと優花の目を見つめたまま話す。

相手の目を見て話すのは礼儀だ。優花もそのように話す習慣がついているものの、アレクサンドルの目に見つめられるとドキドキする。

「……優花。そんなに私の言葉は薄っぺらいか？」

ふとアレクサンドルが優花の手を取り、そっと甲に唇をつけた。

「な、何をなさるんですか！」

驚いて手を引こうとするが、しっかり握られていて動かない。

「では、もっとストレートに言おう。私は優花に強い興味を持っている。惹かれていると言っていい」

「…………っ」

強い目が優花を射貫き、もう一度温かい唇が手の甲に押しつけられた。

今度はなんと言って躱《かわ》していいのか分からず、優花は顔を真っ赤にして言葉を失う。動揺がアレクサンドルに伝わってしまいそうなほど、掴《つか》まれた手がブルブルと震えた。

「子ウサギのように震えて……。そんなに私が恐ろしいか？　それとも、私のような男の言葉は信じられない？」

そう言われるものの、やはり優花はどう答えるべきなのか戸惑う。

完璧な美を誇る彼を前に、優花は自分がとても矮小《わいしょう》に思えてきた。

必要以上に自分を卑下《ひげ》する趣味はないが、これといった特技もないのにアレクサンドルに惚れられる要素が見つからない。

勝也とだって一年以上の付き合いがあり、何度も食事やデートを重ねて今に至る。キス以上のことはされていないものの、それは勝也が本気である証拠だと思っている。

でもアレクサンドルはどうだろう？

初対面で口説いてくる理由に皆目見当がつかない。

怖いし、不安だ。

からかわれているのなら、本気にした自分があとで馬鹿にされて笑いものになる。

優花はそれを恐れていた。

「……サーシャだって、出会う女性全員を同じように口説いていると思われるのは、本意ではないでしょう？」

強張《こわば》った顔のまま静かに言うと、彼は「してやられた」という顔で苦笑する。

「確かにそう思われては心外だ。では、優花はどんな言葉が欲しい？　何を言われたら安心する？」

面白そうに輝いているアレクサンドルの目は、新しいゲームでも楽しんでいるかのようだ。優花の反応をつぶさに見て、どうやったら上手に攻略できるかを頭の中で素早く計算しているように思える。――考えすぎなのかもしれないが。

「私が望む言葉を言って私を安心させて、サーシャは満足なのですか？　……すみません。私、何言っているんだろう」

ひねくれた言葉を言って、アレクサンドルを困らせるつもりはない。

ただ優花は、この自分が自分でなくなりそうな状況から逃げたいのだ。

「あの……私、自分がとても普通だと分かっているので、サーシャみたいな人に突然そういうことを言われると、どうしていいのか分からないのです。からかわれていると知って大人の対応をすればいいのか、真に受けて小娘みたいに恥じらえばいいのか……本当に分からなくて」

混乱の果てに、優花は思っていることをすべてぶちまけた。

言葉が素直になると、体も素直になる。

顔は真っ赤になったまま目を合わせられず、視線は彼のネクタイのあたりに落ちる。

『……参ったな』

ふとアレクサンドルはフラクシニア語で呟《つぶや》き、口元を覆って酒瓶が並んでいる方を見た。

(……ああ、呆れられたんだ。男性を上手にあしらうこともできない子供だって、幻滅させちゃった。でも、本当にこんな風に口説かれたことなんてないから、分からないんだもの)

優花が気まずく黙っていると、アレクサンドルが両手で優しく手を包み込んできた。

「……え？」

それまでの追い詰めるかのような態度とは異なる雰囲気に顔を上げれば、どこか照れた顔のアレクサンドルが微笑んでいた。

「私が思っていたより、優花はずっと素直で純粋な女性だった。試すような物言いをしてすまない」

「……え、あ……はい」

（試されていたの？）

状況が理解できず、優花は内心で首を傾げる。

「私の思いを素直に言おう。もともと私が日本びいきだということは知っているね？」

「はい。フラクシニアの国営サイトにもそのように書かれています」

「私はアジアという神秘に包まれた地域がとても好きで、その中でも日本のことを格別に愛している。学生時代に留学したこともあるし、このフラクシニアに積極的に日本食のレストランや直営ショップを作ろうと試《こころ》みている。日本人が食べる物はとてもヘルシーで有名だから」

「そうですね。納豆とかは好き嫌いがありますが、味噌や醤油《しょうゆ》、豆腐やしらたきなどはヨーロッパにも進出していると聞きます」

先ほどの甘い雰囲気とは打って変わって、会話の内容はとても真面目だ。何がどうなって日本の話になったのか分からないが、こういう雰囲気なら優花は饒舌《じょうぜつ》になれる。

「加えて私は日本人女性が好きだ。日本人の真っ直ぐな黒髪や、控えめなようでいて芯の強い性格に惹かれている。自然と誰かのために動こうとする心が根付いているのも、とても素敵だと思うんだ」

「ありがとうございます」

ひとまず彼の言葉に、日本人女性を代表して礼を言う。

「優花からはそれを感じられた。クライアントであるミスター富樫を気遣い、当たり前に私たちにも気を使ってくれる。フラクシニア語が話せるのも好感が持てるし、世界中を見て回ったという経験も尊敬に値する」

「……褒めすぎ、です」

面映《おもは》ゆくなってまた視線を落とした優花の手を、アレクサンドルは何度も優しく撫でる。

「私は君の経験すべてに敬意を表する。だから……好意を抱いたんだ」

先ほどまでの熱っぽい眼差しから一転、アレクサンドルは柔らかな視線を注いでくる。

「ありがとうございます。ご好意は嬉しいです。ですが――」

きっぱりと断ろうとして、優花はハッと勝也に言われた言葉を思い出した。

『この際だから色仕掛けでも何でもして、皇太子に気に入られて来いよ』

途端にふわふわしていた気持ちが冷え、嫌な汗が浮かぶ。

(そうだ。私は個人でフラクシニアに来ているのではなくて、勝也さんの通訳として滞在しているんだ。クライアントである彼の利益になることを考えなくてはいけなくて……)

果たしてそれは通訳の仕事の範疇《はんちゅう》なのだろうか？　という疑問はある。

それに勝也のため、彼の会社のために色仕掛けをすると思うと、素直に従う気持ちになれない。

だがここで〝皇太子のお客さん〟をしているだけなら、あとで勝也に何と言われるか分からない。

胸の奥にぎこちない決意が生まれ、優花はそっとアレクサンドルの手を握り返す。彼は「おや？」という顔をしたが、優花を探るように見つめつつ指を絡ませてくる。

「……私の気持ちに応《こた》えてくれようとしている、と考えていいのかな？」

「お、お話を聞く程度なら……と」

「ふむ」

優花の態度をどう取ったのか、アレクサンドルは一度頷いて手を離した。

立ち上がり、バーカウンターを回り込んで向こう側に立つ。

「それならば、もう一杯ぐらい飲んでおこう。優花、君のフラクシニアでの思い出を話してくれるか？　私も自国のことを聞けると嬉しいから」

「あ、はい」

心配していた展開にならずホッとして、優花は残っていたカシスオレンジを飲み干した。アレクサンドルに「何が飲みたい？」と聞かれ、「甘い物でお任せします」と頼む。

彼はレシピを見ることなく、流れるような手つきでカクテルを作り始める。

ベースとなる酒が琥珀色《こはくいろ》だったので、ブランデーなのだろう。それに白い液体——生クリームが注がれ、ボトルに『カカオ』と書かれた酒がシェイカーの中に注がれる。

シャカシャカと小気味いい音を立ててシェイカーを振る姿に、優花は思わず見とれた。背後でジャズが流れていることもあり、まるで映画のワンシーンのようだ。

やがてシェイカーを振る速度がゆっくりと落ち、優花の目の前に冷やされたカクテルグラスが出された。シェイカーの中身がトロリと注がれる。

「どうぞ。アレキサンダーです」

芝居がかった口調で勧められたカクテルは、奇《く》しくも彼の名と似ている。

それがどうにもロマンチックで、気恥ずかしい。

「あ、ありがとうございます……」

チョコレート色のカクテルの香りを嗅《か》ぐと、ベースとなるブランデーの香りと共にカカオの美味《おい》しそうな匂いもした。

「いただきます」

グラスに唇をつけ一口飲むと、チョコレートの甘さと生クリームの滑《なめ》らかさに思わず笑顔になった。ブランデーのアルコールによって、あとから体がポッと熱くなる。

「美味《おい》しい！」

「ブランデーは控えめにしておいたけれど、甘いからといって油断したら酔ってしまうからね」

その気になれば酔わせてしまうことだってできるのに、アレクサンドルはどこまでも紳士だ。

「私、今まで全然カクテルのことを知らなかったんだなって思います。居酒屋とかに出る有名なのしか知りませんでした。興味を持たなかったというか……」

「世界は素晴らしいもので満ちている。一つを徹底するのも美しいし、多くを知ろうとするのも美しい」

歌うように言った彼は、自分用にまたジンライムを作った。

「人のあり方を『美しい』と言えるのって……素敵ですね」

思わず本音をポツリと呟《つぶや》くと、アレクサンドルが魅惑的に微笑む。

「それは……単純に褒めている？　それとも私に興味を持ったと思っていい？」

「う……」

誤魔化すように、口に含んだ甘いお酒をごくんと嚥下《えんげ》する。アルコールではない理由で優花の顔が赤くなっていく気がした。

(ダ、ダメダメ。ときめいていないで、勝也さんのために色仕掛けしないとならないんだから)

お腹の奥でぐっと決意し、優花はアレクサンドルにフワリと微笑みかけた。

「きょ……興味は、ありますよ？」

目を伏せ気味にし、食事が終わったあと隣接していた化粧室で直した唇を少し強調するように、ちょんと突き出す。リップティントの艶《つや》を強調したあと、カクテルを静かに飲んだ。

ゆっくりと脚を組むと、イブニングドレスのスリットから膝下が覗《のぞ》く。カウンターに肘を突けば、Eカップの胸の谷間が強調された。

チラリとアレクサンドルに目をやると、彼は少し驚いた顔をして優花の谷間を見ている。

(よし！)

内心ガッツポーズを取り、優花はそのままスツールを回転させアレクサンドルに向き直った。

その時にワインレッドのドレスの間から、薄いストッキングに包まれた脚が覗《のぞ》く。

沙梨奈が言っていたようにキャバ嬢が着るような深いスリットが入っていれば、もっとセクシーに太腿が出ていたかもしれない。だが今回はフォーマルなお呼ばれなので、あまり肌を出しすぎないものにした。このくらいなら見られても何とか平常心を保てる。

「フラクシニアでの私の思い出ですが、特にこれと言って珍しいものはないのです。まだ小学校に上がる前の年齢でしたし、母に連れられて家と幼稚園、公園やスーパーの往復でした。白夜とオーロラの思い出も、薄《うっす》らとあります。ですが小学校入学と同時に、親の転勤で別の国に移ってしまいました」

「もしかしたら、私は街角で君を見ていたかもしれないね？」

アレクサンドルはニッと笑い、組んだ脚のつま先でツゥッと優花の脚をなぞり上げた。

（えっ……⁉）

ドレスの薄い布地越しにツルリとしたエナメルの靴の感触がし、優花はビクッと足を跳ね上げ目をまん丸にした。

「どうした？　優花」

驚いて彼を凝視しているというのに、アレクサンドルは大人の余裕たっぷりで笑みを深める。

（け、経験不足の小娘ですってバレたら、終わりな気がする……っ）

かろうじて笑顔はキープしたものの、がちがちに強張《こわば》っている自信があった。

「こ、こういうことをされたことがなかったので、ちょっとビックリ……しました」

すると彼は楽しそうに目を細めた。

「優花が魅力的だから、私も相応の態度を取らなければ失礼だと思って」

言いつつも彼のつま先は器用に動き、優花のふくらはぎのラインを撫で回している。

こういうシーンは女スパイが活躍する映画で見たことはある。しかし実際に自分がアプローチされるとどう反応すればいいのか分からず、優花は泣きそうになった。

だというのに、アレクサンドルは優花の手を取ってまた甲に口づける。

「え……っ」

先ほどは挨拶《あいさつ》程度のキスだったが、今度は手首、腕、肘……と、どんどん場所を上げてきた。

「ちょ……っ、ちょおっ、ま、まま待って⁉」

焦って身を引こうとするが、それよりも早くアレクサンドルが立ち上がっていた。

カウンターに両手を突き、腕の中に優花を閉じ込めてしまう。驚いて彼を見上げると、捕食者の目が笑っていた。

「あの……」

「キス、させてくれないか？」

「えっ？」

突然の申し出に上ずった声が出て、身動きできないスツールの上で優花は体を小さくする。

「君がミスター富樫のために私にモーションを掛けようとしたことぐらい、分かっている。滞在中に君が構ってくれるのなら、彼にとって悪くない条件を採掘会社の社長に伝えておこう」

「なっ……ず、狡《ずる》い……」

体を差し出せと言われているかのような物言いに、優花の顔から血の気が引いていく。

「先に『そういう』要求を見せたのはそちらだろう？　私は一時の味見のために君に手を出すつもりはない。長期的に考え、澄川優花という一個人と懇意《こんい》になりたいと思っている」

「どうしてです？　私のような者といても、あなたに得はないでしょう」

少し怯《おび》えてアレクサンドルを見上げつつも、優花は彼へ純然たる疑問をぶつけた。

こうやって二人きりで飲んでいること自体、不思議でならないのだ。フラクシニアに住んでいたという理由で興味を持たれたのは分かる。だが皇太子手ずからカクテルを作ってくれる上、こんな風にモーションを掛けられる理由は見当たらなかった。

嫌ではない。むしろ想像を絶する美形に迫られ、夢見心地だ。

だからこそ親密な関係になるようなことがあれば、自分が変わってしまいそうで恐ろしかった。それに優花には勝也がいる。求婚の返事を我慢強く待ってくれている彼がいるのに、不誠実なことをしてはいけない。

「得……ね。君は恋をする時、損得で始めるのか?」

「し、しませんけど。こ、恋?」

声を裏返らせてのけぞる優花には、もう先ほどまでの誘惑してやろうという意気込みがない。アレクサンドルの圧倒的な色香に押され、すっかり霧散してしまった。

いっぽう彼はゆったりと立ったまま、カウンターに突いた腕をゆっくり曲げ優花に迫っている。

「私だって脅《おど》したい訳ではない。だがこうでもしないと、君は私に何も許してくれないだろう?」

二人の顔の距離が近付き、今にも吐息が掛かりそうになる。

間近で見る彼の眉毛も睫毛《まつげ》も金色だ。薄い色の目の奥にある黒い瞳孔《どうこう》を、優花は魅入られたように見つめた。

その時――あろうことか下腹がヒクッと疼《うず》いてしまった。

（ちょ……っ!!）

——ありえない！

瞬間、優花は発熱したかのように顔を赤くし、身をよじってアレクサンドルから逃れようとする。

すると、彼の大きな手に頬を包み込まれ。

「顔が熱い。どうかしたか？」

余裕たっぷりのアレクサンドルの前で、優花は赤面するあまり顔から湯気が出そうになった。涙目になり、「だめ、だめ」と繰り返して彼の腕から抜け出そうとする。

「優花、落ち着いて」

「だめ……っ、ごめんなさい！　私、そんなつもりじゃ……っ」

アレクサンドルの顔を見ただけで自分の〝女〟の部分が疼《うず》いてしまったことに、優花は酷い罪悪感を覚えていた。

——こんな綺麗な彼の側に、私みたいなのがいてはいけない。

今までにない自分への卑下《ひげ》が、更に情けなさを助長させる。

「優花！」

強い声に我に返ると、目の前に綺麗な青が映っていた。

一瞬それに見とれたあと、唇が柔らかなものに塞《ふさ》がれる。

「ん……っ？　ん……んぅ」

驚いて顔を振ろうとしたが、唇が啄《ついば》まれ、軽く噛まれ、柔らかな舌で舐められてフワフワとした心地になる。

力強い手が背中に回り、グッと抱き締められた。

グラスが滑る音がし、カウンターの上にあった邪魔者が退場させられる。遮《さえぎ》る物がなくなった大理石の上に、優花の背中が押しつけられた。

「んぅぅっ」

――冷たい。

背中が開いたドレスデザインなので、大理石のヒヤリとした感触をダイレクトに受ける。思わず下着の中で乳首が勃ってしまった。

唇が一瞬だけ解放され、その隙に息をすれば、アレクサンドルの高貴な香りをたっぷりと吸い込む。

上品な匂いに酩酊《めいてい》していると、すぐにまた唇が塞《ふさ》がれ、油断した唇のあわいにトロリと舌が入り込んできた。

「ん……ふっ」

柔らかな舌の甘美さに、思わず腰が浮きそうになった。しかし優花の脚のあいだにはアレクサンドルの太腿がグッと入り込み、身動きすることが叶わない。

結果、体をゾクゾクと震わせたまま優花は口腔《こうこう》を蹂躙《じゅうりん》された。

微《かす》かにライムの香りがする舌が口内を這い、逃げようとする優花の小さな舌をすぐに探り当てた。

ツルツルとした舌先が優花のそれに擦《こす》れ、理性が根こそぎ持って行かれそうになった頃、本体が絡まってくる。

「ふ……っ、ん、ふぅ……っ」

息継ぎも許さない長いキスに、優花は小鼻で懸命に呼吸をし体をわななかせた。両手はどうしたらいいのか分からなかったが、結局彼のシャツの袖を軽く掴《つか》む。

腰を手で支えられ、太腿のあいだには彼の脚という格好で、優花は混乱の極みにいる。だというのに極上のキスを与えられ、彼女は陶然《とうぜん》としていた。

加えてアレクサンドルの片手が優花の頭をいい子いい子と撫でるので、このキスは〝良いもの〟なのだと思い込まされそうになる。

「あ……は」

切なげな吐息が漏れ、やっと唇が解放されたのはたっぷりと一分ほど経ってからだった。

「落ち着いたか？」

至近距離で聞く低い声は、感じ切った今だと下腹にまで響いてしまう。

これまで「素敵な声だな」と思っていた純粋な気持ちは、今や淫《みだ》らな下心を纏《まと》う。優花はそれが情けなくて堪《たま》らない。

「すみ……ません」

眦《まなじり》に浮かんだ涙がマスカラを滲《にじ》ませてしまっているかもしれないことなど、もうどうでも良かった。

一国の皇太子の前で〝メス〟の顔になってしまった自分が許せない。

――何という不敬だろう。

加えて勝也がいるというのに、アレクサンドルのキスに呑まれてしまうなんて。

「どうして謝る？」

この上ない罪悪感と自己嫌悪に陥《おちい》っているというのに、アレクサンドルは優花の頬にキスを落としてくる。

慰《なぐさ》めるようにちゅ、と唇をつけ、涙が滲《にじ》んでいる目元にも唇を押し当てた。

「わ……私、サーシャを見て……」

そこから先は言えなかった。

きゅう、と唇を引き結び、優花は言葉も涙も堪《こら》える。

「……いじめすぎたかな？　すまない、優花。君がミスター富樫のために色仕掛けをしようなんてするから、私も少し対抗してしまった」

「……対抗？」

「私は先ほどから優花を一人の女性として気にしていると言っている。なのに君は躱《かわ》してばかり。やっと私に靡《なび》くかと思ったら、それはミスター富樫のためだ。そりゃあ嫉妬もするさ。だから少し懲《こ》らしめてやろうと思って」

「……」

何と答えればいいのか分からず、優花は言葉を探す。

しかも、ドレスの布越しに下腹に押しつけられている彼の熱が芯を持っていることに気付き、赤面した。

「私は……サーシャのその言葉に何と応《こた》えれば正解なのですか？　日本人の私がフラクシニアの皇太子に『嫉妬する』と言われても、どうすればいいか分かりません」

途方に暮れて本音を言う優花に、アレクサンドルは困ったように笑った。

「……君が自分の気持ちを分かっていないのなら、私としても導《みちび》きようがないな」

そこでやっとアレクサンドルは体を離し、置き時計を確認した。

もうすでに、日付が変わるか変わらないかという時間まで針が進んでいる。

「お互い明日のこともあるし、今日はもう休もう。君の客室まで送るから、行こうか」

「……はい」

カウンターの隅に追いやられた空のグラスを見て、優花はこっそり溜め息をつく。

――こんなはずじゃなかった。

――もっと上手く立ち回れるはずだった。

大人の女性らしくアレクサンドルに接し、勝也が有利になる会話をするつもりだった。なのに蓋を開ければ、アレクサンドルという美しい男性に口説かれて我を忘れてしまった。

反省している優花に「行こうか」と告げ、アレクサンドルは脱いだジャケットはそのままに、エスコートして部屋を出る。

「街のホテルにあった君の荷物は、もう部屋にあるはずだから」

「はい」

「いきなりキスをしたことを怒っているか?」

「……いいえ」

――その前に、優花の方がアレクサンドルを性的に見てしまった。

あまりの後味の悪さに、素直に告白することもできない。

「では、明日続きをしても大丈夫?」

「へっ?」

驚いて隣を仰《あお》げば、悪戯《いたずら》っぽく笑った目が優花を見下ろしていた。

「冗談だ。君が私を『好きだ』と言ってくれるまで、キス以上のことはしないとも」

「も、もう……」

焦りと照れとで唇を尖《とが》らせた優花を見て、アレクサンドルがクスクスと笑う。

からかわれたと思うと同時に、皇太子というお堅い印象の彼が、この数時間で随分と身近に感じられて微笑ましくなる。

三十歳というと大人に聞こえるが、優花よりも四つ年上なだけだ。皇太子としての振る舞いは完璧でも、まだまだ子供っぽいことが好きなのかもしれない。

(そういう意味では……私、彼を一個人として見ていなかったのかも)

それに比べ、アレクサンドルは最初から優花を個人的にもてなしてくれた。

皇太子という肩書があるため仕方なかったとはいえ、数時間かけてやっと心の壁の一枚目を取ることができたのだが……何という手間を掛けさせてしまったのだろう。

彼の素直な好意に対し、優花は自分の固い態度をまた反省した。

「明日はどのようなご予定なのですか？」

「明日は夏至祭《げしさい》の下見をする予定だ。連日国内をあちこち移動したり、海外からの賓客《ひんきゃく》をもてなしたり……。皇太子と言っても色々働いているよ」

少し冗談めかして言う彼に、優花はそんなつもりではないと首を振る。

「い、いえ。明日は私たちどうやって過ごしていたらいいのかな……と」

「ああ、なるほど。ヨハンは私についているが、他にも君たちの案内をする者はいるから安心してほしい。観光のために開放している宮殿内部を探索してもいいし、街を歩いても構わない。外出して宮殿に戻る時は、許可証を渡しておくのでそれを見せれば大丈夫だ」

「そうなのですね。ありがとうございます」

赤い絨毯《じゅうたん》が敷かれた廊下は、シンとしている。

どこかに警備の人間やこの時間になっても働いている者がいるだろうが、さすがにアレクサンドルが歩き回る場所には出てこないようだ。

階段を上がり入り組んだ廊下を進むと、アレクサンドルが「あそこだ」とドアを示した。

光沢のある木材のドアで、ドアノブは細かな彫刻が施《ほどこ》された金属製だ。他の部屋のドアも似たような感じだった。

城内が同じような造りになっているのにも理由があって、攻め入られた時にすぐどこに王がいるか分からなくするためらしい。

「じゃあ……」

このあたりで、と優花が礼を言おうとした時、信じがたい音が耳に入って体が固まった。

優花の部屋と言われた隣のドアの方からギシギシと何かが激しく軋《きし》む音と、女の甘ったるい声が聞こえる。

まさか――と思うが、情事の音のようだ。

アレクサンドルもそれに気付いたのか、軽く目を瞠《みは》って立ち止まる。

「あん……ぁ、あ！　勝也ぁ……っ、ン、かつやぁ」

「――――！」

次に聞こえた声に、優花は冷水を浴びせられた気分になった。

信じたくない。

信じたくないが。

これは、勝也と沙梨奈の音だ。

第二章　傷心

廊下で足の裏が床に貼り付いたように動けなくなった優花を、彼が部屋の中へ誘導してくれた。

呆然とした彼女はソファに座らされ、隣にアレクサンドルが腰掛ける。

そして「男の膝枕でも効果はあるかな？」と独り言《ひとご》ちたあと、彼は優花の頭を引き寄せた。

ポン、ポン、と優しく頭が撫でられ、気が付けば優花は大粒の涙を流していた。

彼の上等な服を涙で汚してしまうことも頭になく、グスグスと洟《はな》を啜《すす》りメイクが落ちるのも構わず泣きじゃくった。

「けっこん……っ、してほしいって言ったくせに……っ」

——保留にしていたから？

——それとも、自分より前から沙梨奈と関係があった？

——簡単に体を許さない自分は、つまらないと思われていた？

何をどう考えても、正解が出ない。

当の勝也がここにいないので、彼が何を考えて沙梨奈を抱いたのか分かるはずもない。

醜《みにく》い自分の心は、勝也に「沙梨奈とは遊びで、本気なのは優花だけだ。すぐに手を切って解雇するから、許してほしい」と謝罪されることを望んでしまう。

——だがもしかしたら、キス以上をさせない自分より、したい時にさせてくれる沙梨奈の方がいいのかもしれない。

「も……っ、信じらんない……っ」

両手で涙を乱暴に擦《こす》り、優花は悪態をつく。

きっと目元はマスカラが落ちて真っ黒になっているに違いない。泣いて、洟《はな》を垂らして二人が別れることを望んで。——なんて醜《みにく》い。

「優花、おいで」

それまで優花を宥《なだ》めていた手が、ぐっと彼女の体を抱き上げ、膝の上に座らせた。

メイクが崩れた顔を見てもアレクサンドルは何も言わず、ただ労《いたわ》る目で「たくさん泣きなさい」と抱き締めてくる。

「……っ、う――うっ」

逞《たくま》しい体に抱きつき、優花は肩を震わせた。

このフラクシニアの商談旅行が終わったら、勝也に返事をするつもりだった。

打ち上げのディナーで、「あの話、お引き受けします」と仕事の話をするように冗談めかして結婚を受け入れる予定だった。

それが――全部崩壊したのだ。

ほんのりと頭の片隅に描いていた結婚生活も、将来の見通しも全部なくなった。

いくら好きでも、自分に求婚しておきながら他の女性を抱く男など信頼できない。

――憎らしい。

――勝也も、今まで仲良くするふりをしながら、横から恋人を奪った沙梨奈も。

――何より、簡単に騙《だま》されていた自分がバカみたいだ。

アレクサンドルの胸元に顔を押しつけ、優花は呼吸困難になるほど激しく嗚咽《おえつ》した。

たくさん泣いたあと、優花は豪奢《ごうしゃ》なベッドの上にいた。

別にアレクサンドルに不埒《ふらち》なことをされた訳ではない。彼が泣き疲れた彼女を横たえてくれたのだ。

アレクサンドルも服を着たまま隣に寝転び、優花の体に腕を回している。

今何時か分からないが、恐らく午前零時はとっくに過ぎているだろう。

「……寝なくていいんですか？」

疲れた声で間抜けなことを聞く。彼は自分に付き合って起きてくれているのだから、寝る間もないだろう。

「そんなことを言える状況じゃないだろう。今日はこのまま一緒にいよう」

「え？」

それは……と思い顔を上げ、まじまじとアレクサンドルの顔を見る。

すると彼はチャーミングにウィンクをしてみせた。

「違うよ。弱った優花を抱いてしまいたい下心がない訳じゃないが、それはスマートじゃない。こんな夜に一人で異国の地にいて、どれだけ心細いか分かるつもりだ。私も留学経験があるからね。だから、側にいる」

「……ありがとうございます」

抱いてしまいたいとか、きっと固い空気を和ませるための冗談だろう。そんな気遣いが今はとても心に染みる。

「落ち着いたか？」

「……あなたが側にいてくださったから」

子供のように泣いたあとはスッキリ……でもないが、あのろくでもない男への想いを断ち切る覚悟ができた。その勇気を出せたのは、温かく頼りがいのあるアレクサンドルが側にいてくれたからだ。

だが、契約している仕事はきちんと終わらせなければいけない。

勝也と沙梨奈の姿を見るのは辛いが、契約更新時期になるまでは我慢だ。

「じゃあ、気分転換にシャワーに入っておいで。私も一度着替えてくるから」

「シャワー……はい……」

チラリと彼を見ると、困ったように笑う。

「そこは信頼してほしいな。さっきのキスの流れでも、強引に抱かない理性を見せたのだから」

「……ふふ。そうですね」

どこかの誰かとは大違い——と毒を吐きかけて、やめた。

せっかくアレクサンドルが貴重な時間を割いて慰《なぐさ》めてくれたのだ。これ以上自分の中の醜《みにく》い感情を育ててはいけない。

広いベッドの上で起き上がり、靴を脱いだまま部屋を横切り、バスルームらしきドアを開いた。

隣室には広々とした空間に猫足のバスタブとシャワーボックスがある。金縁の模様がついた丸い大きな鏡と大理石のボウルは、エレガントなホテルのようだ。

その鏡を覗《のぞ》き込んで——優花は悲鳴を上げかけ、呑み込んだ。

（目元‼　真っ黒‼）

よくぞまぁこの顔を見て、アレクサンドルはパンダだと笑わなかったものだ。

羞恥《しゅうち》のあまり顔面が真っ赤になり、とっさに優花はタオルを掴《つか》んで頭に被った。

そのままソロソロと部屋に戻り、自分のスーツケースに手を伸ばす。

「何をやっているんだ？　新手のゲームか？」

分かっているくせに、ソファに座ったアレクサンドルは面白がった声で尋ねてくる。

「な、何でもありません」

「優花はどんな顔でも愛らしいから、恥ずかしがることはない。泣いていたんだからメイクが落ちるのは当たり前じゃないか」

「も、もぉ、そういうことじゃなくて……」

こういう局面でどうしても顔を見せたくないのは、ある意味女の意地だと思う。

「なんなら、一緒に風呂に入って綺麗にしてあげようか？」

からかうような言い方に、優花は居たたまれなくなる。

「あ……あの、お洋服汚してしまいませんでしたか？　クリーニング代……出します」

顔を隠したまま気遣うというのも失礼な話だが、上等な服を汚してしまったのならちゃんと弁償したい。

「いや、それは気にしなくていい。シャツの一枚や二枚、大したことないから」

涙だけではなく、ファンデーションや落ちてしまったマスカラなど、諸々ついてしまっているだろうに、アレクサンドルは構わないと言ってくれる。

勝也だったら——と思いかけてブンブンと首を振った。

「すみません、ありがとうございます。このご恩、何かで必ずお返しさせて頂きますね。私に何ができるかは分かりませんが、あなたは恩人ですから」

お風呂場のおじさんかほっかむりか……という滑稽《こっけい》な姿のまま、優花はアレクサンドルにペコリと頭を下げる。

「〝何か〟は期待しておこうかな。じゃあ、優花に気を使わせてもいけないから、私は先に着替えてくる。戻ったら部屋に入っていても大丈夫か？」

「え、ええ」

本気でこの人は一緒に寝るつもりなのだろうか？　と疑問に思う。だがここまで付き合ったのだから、とことん面倒を見てくれようとしているのかもしれない。

「分かった。じゃあ、またあとで」

それまでベッドに腰掛けていたアレクサンドルは、立ち上がって部屋を出て行った。

どれぐらいで戻って来るかは言わなかったが、優花がシャワーを浴びる時間は考慮してくれそうだ。

「……急いでシャワー浴びよう」

優花は洗面セットを入れたポーチを探し、テキパキと手を動かした。

「っぷぅ」

メイクをしっかり落として洗顔し、髪と体を洗うのはシャワーボックスで済ませた。本当はゆっくりお湯に浸《つ》かりたい気持ちもあるが、アレクサンドルを待たせてはいけない。

寝間着にキャミソールとショートパンツを穿《は》き、バスローブも用意されていたのでそれも羽織った。さすがに彼の前で脚を剥《む》き出しにする訳にもいかない。

ドライヤーで髪を乾かしながら、これから自分が彼と添い寝するのだと思うと、緊張して胸が高鳴る。

「いや……。慰《なぐさ》めの添い寝だけだし」

しかし〝だけ〟と言っても、男女が同じベッドに横たわる図から、いかがわしいことを想像してしまった。

「いやいやいや……」

ブンブンと首を振り、もう一度鏡を覗《のぞ》いてみる。

メイクをしていないのでハイライトもシェーディングもない、のっぺらとした日本人顔だ。一応二重だが、くっきりハッキリ美女顔という訳でもなく、平均的な顔である。

恐らくすっぴんでも美人だろうフラクシニアの女性と比べ、十代の少女に見られてもおかしくない。丸っこい目と小作りな鼻が、いっそう幼さを引き立てている。

これで前髪があると、必ず海外で「いくつですか？」と質問されるので、最近はずっと額《ひたい》を出したままだ。

「……はぁ。日本人なのは変えられないものね」

鏡の中の自分に向かって曖昧《あいまい》に笑ってから、優花はドアノブに手を掛けた。

「早かったね」

部屋のソファには、紺色のパジャマの上にナイトガウンを羽織ったアレクサンドルがいた。

彼もシャワーに入ったのか、セットされていた髪が下りていて少し幼い印象になっている。

「い、いえ。お待たせしてすみません」

脱いだドレスなどが入った袋をスーツケースに入れると、優花は手持ち無沙汰に立つ。

「座ったら？　冷たい水はどう？」

持ってきたのか、この部屋の冷蔵庫にあったのか、テーブルの上にはミネラルウォーターのペットボトルが二本あった。グラスも二つ用意されてあって、アレクサンドルは先に飲んでいる。

「ど、どうも」

彼の向かいに座ると、アレクサンドルが水を注いでくれた。

「……少しは落ち着いた？」

すっぴんについて何も触れてこないのは、ありがたい。加えて傷心の優花を気遣ってくれる心が嬉しい。

「……たくさん泣いたらスッキリしました。明日にでも顔を合わせることがあったら、きっぱりと別れを告げます。結婚を申し込まれていたのもお断りします。……仕事は、ちゃんとやり遂げたいと思いますが」

「なぜ？」

「え？」

どうして「なぜ？」と言われたのか分からず、優花は目を瞬《しばた》かせる。

「君を傷付けた男のもとで、これからも働き続けるのか？」

「で、ですが……仕事の契約は守らなければいけません。個人的な感情で仕事を捨てれば、信頼がなくなります」

「職場でミスター富樫とミズ足立を見ていて、辛くならないのか？」

「……公私混同はしません」

そう言うが、本当は嫌だ。

だが仕事というものはそういうものだ。「会社に会いたくない人がいます」は、きっと程度の差はあれど誰にでもある。

あまりにハラスメントが強い場合は辞めて正解かもしれないが、優花の場合、ハラスメントとはまた違うし、職場恋愛をした自分にも落ち度がある気がする。

「私は反対だ。これ以上ミスター富樫と一緒に仕事をしていても、君にとって何もいいことはない。精神的な負担があれば、仕事の質も落ちるだろう。彼との契約を切ることを勧める」

いつも柔らかな印象のアレクサンドルが、今ばかりはピシリとした厳しい言い方をする。まるで上司のようだ。

優花はアレクサンドルの言うことを聞く義理はない。だがよくよく考えてみれば、アレクサンドルの意見にも一理あるような気がした。

今後二人と同じ職場にいて、気にしないなど無理だ。一日中悩むだろうし、そうしたら集中力も落ちる。

勝也との契約だけでなく、他の仕事に影響があってはいけない。

「……分かり……ました」

勝也との優先契約は一年ごとに更新で、最初に結んだのは七月だった。現在は六月なので、契約を切りたいと申し出るのなら今かもしれない。すぐに勝也との仕事をゼロにするのは難しいだろうが、少なくとも彼を優先する契約は終わらせ、他のクライアントとの仕事を増やす中で徐々に減らしていけば……という消極的な願いが浮かぶ。

「そうした方がいい」

アレクサンドルはグラスを持って、乾杯するように掲げてくる。何の乾杯かよく分からないが、優花もグラスを持って近付けると透明な音がした。

「君のこれからに祝福を」

薄い色の目が細められ、唇が優花の幸せを祈る。

――あぁ。

と、優花は心の中で深い溜め息をつく。

皇太子という立場にあるからこそ、アレクサンドルは大人なのだろうか。

年上ということも要因だろうが、冷静で、優花に引きずられて感情的にならない。

きっと優花よりずっと多くの悩むべき場に立ち、その都度一番いい判断を下してきたのだろう。

彼が側にいて、半分保護者のように接してくれているからこそ、優花もこうして早くも落ち着き、立ち直りかけている。

日本にいる女友達が一緒なら、愚痴大会や悪口大会になり、いつまでも負の感情を引きずっていたかもしれない。彼のようにすぐ〝これから〟を考えられなかっただろう。

「ありがとうございます」

「どういたしまして」

様々な意味を込めて、優花が微笑むと、アレクサンドルは深くを聞かず上品に水を飲んだ。

「早めに帰国しようかな」

ポツリと呟《つぶや》いた言葉に、アレクサンドルが目を瞠《みは》る。

「どうして君が帰る？　予定通りここにいればいい」

「ですが……」

あの二人といたくない。

そう思って言いよどむと、アレクサンドルが不可解なことを口にする。

「ミスター富樫と、ミズ足立については、私に任せてくれないかな？」

「え？　で、ですが……」

彼が何をどうしたいのか分からず、優花は目を瞬《しばたた》かせる。

「ここは私や国王陛下たちの宮殿で、彼らはその客だ。私が招いた客は、私が責任を取らなければいけない。私も彼らに一言伝えたいしね」

「……はい」

アレクサンドルが実際二人に何を言うか分からないが、ここは優花たちが勝手をしていい場所でないのは分かっている。

なので、彼が言う通りにするのがきっと正解なのだろうと思った。

ひとまずもう勝也と沙梨奈のことは考えないようにし、優花は天井を見上げた。

時計を見れば、もう深夜一時半を過ぎようとしていた。

となると、待ち受けるのは皇太子と添い寝するというミッションだ。

ぎこちなく立ち上がった優花は、差し出されたアレクサンドルの掌《てのひら》におずおずと指先を置いた。

優しく握ってきた手は、温かい。

「今日は何もしないから、一緒に寝よう」

「『今日は』ってなんですか……」

メイン照明を落とし間接照明だけになった部屋は、城の一室だけあってどこか浮き世離れしている。

アレクサンドルがナイトガウンを脱ぎ、先にベッドに潜《もぐ》り込む。優花もバスローブを纏《まと》ったまま寝ることはできないので、ベッドに入る前にサッと脱いだ。

ベッドには大小様々なクッションが置かれている。アレクサンドルは慣れた手つきで不要な物をポイポイと床に落とすと、「こうすると寝心地がいいよ」と枕を組み合わせてくれた。

お姫様のような天蓋《てんがい》付きではないが、ダブルぐらいありそうな大きなベッドだ。

ドキドキと胸を高鳴らせつつ横になると、嗅《か》ぎ慣れないシャンプーの香りが鼻腔《びこう》に届く。

「緊張してる？」

薄闇の中で、アレクサンドルが優花を見つめる。

「そりゃあ、男性と一緒に寝るなんて長らく経験がありま――」

自《みず》ら〝ご無沙汰〟であることをバラしかけてしまい、優花はバッと両手で口を塞《ふさ》いだ。

「い、今のナシで！」

慌てて取《と》り繕《つくろ》うが、アレクサンドルは虚を突かれた様子で尋ねる。

「君、ミスター富樫とベッドインしていなかったのか？」

「……」

何とも答えづらく、優花は唇を歪ませる。

先ほどあれだけ嫉妬して泣きじゃくっていたというのに彼と寝ていなかったなんて、笑われるのだろうか？

そう思って焦っていると、ふぅ……とアレクサンドルが息をついた。

「良かった。失礼だが彼との関係をもう一度聞いても？」

声の調子から、真面目な雰囲気が窺《うかが》える。優花は少し迷ってから、正直に答えることにした。

「……キスだけ、です。ちょっと服の上から胸を触られた時もありましたが、結婚がちゃんと決まってからにしようとやんわり断っていました」

薄闇の中でアレクサンドルが「Ｙｅｓ」と呟《つぶや》いたのが聞こえた。

「じゃあ、さっき君とキスをした私は、彼と同じラインに立っていると考えていいね？」

「そ、そういうことになりますが……」

おずおずと答えると、衣擦《きぬず》れの音がしてアレクサンドルが身じろぎした。

「優花、触れてもいいか？」

「……抱き締める程度なら」

許可を与えると、アレクサンドルの腕が体に回り、背中に大きな掌《てのひら》が当たった。優花の薄い背中を丸く撫で、ポンポンと宥《なだ》めるように叩いてくる。それが波だった心をやけに落ち着かせてくれた。

やがてアレクサンドルが距離を詰め、優花はすっぽりと彼の腕に包まれた。額《ひたい》に唇が押し当てられ、「可愛い」と呟《つぶや》かれる。

「ねぇ、優花。これから一か月、私の恋人にならないか？」

「え？」

またこの皇太子は、突拍子もないことを言ってくる。

「そうだ、そうしよう。私と恋人契約を結ぼう。給金も弾むから、そのぶん真面目に仕事をしてみないか？」

さもいい思いつきをしたという彼に、優花は困惑するしかない。

「えっと……ご冗談で？」

「大真面目だが？」

カラスは白いです、と言われたかのように驚いているアレクサンドルは、どうやらふざけているつもりはないらしい。

「そ、その契約はどういう内容なのでしょう？」

吐息が触れるほどの距離で、優花はおずおずと尋ねる。

ふとキスをされた時に、体に下半身の熱を押しつけられたことを思い出す。

〝アレ〟の感触が蘇《よみがえ》り、優花はゆでだこのようにカァッと赤くなる。

「うーん……。段階によって給金も変わるかな？ デートをしてこうやって添い寝やキスまでの関係なら、日給いくらとか。それ以上してもいいのなら、倍にするとか」

「そ、それって、いかがわしくないですか……？」

当惑しきって質問すると、アレクサンドルがクックッと笑い出す。

「確かに。お金を払うから男女の関係になろうっていうのは、いかがわしいな。だが私は今のところ、こういう手段でしか優花に手を出せない。このまま一週間宮殿にいても、君は自分から私に近付こうとしないんじゃないのか？」

「だ、だって……。私とサーシャは身分が違いますし、そういう仲になるなんて想像できません。普通の感覚なら、礼を尽くした態度を取って終わりです」

「そこだ」

トン、と指先を額《ひたい》に置かれ、思わず目が寄りかける。

「私は優花に好意を抱いていると言っただろう。それは本気だ。契約を結ぶ一か月のあいだ、君も私を好きになる努力をしてくれないか？」

「そんな……」

優花は口ごもる。

契約だとしても彼を好きになろうと思って接していれば、いずれ本気になるのは目に見えている。彼のような欠点らしい欠点が見当たらない人を好きになって、あとで別れて落ち込むのは自分だ。

「君を傷付けることはしない」

確かに、何でもそつなくこなしそうな彼なら、女性を下手に振るような真似もしないだろう。

それでもまだ戸惑っている優花に、アレクサンドルは言葉を重ねる。

「じゃあ、こう考えないか？　自画自賛のようだが、この宮殿の住まいも食事も一流ホテル並みだ。加えて私は君を恋人として真剣に愛し、毎日甘やかし、この世の幸せを味わわせよう。その対価を、君は恋人のふりをすることで払うんだ」

「う……」

正当な対価という言い方をされると、優花も断りづらくなる。

勝也たちのことでさんざん悩み、彼らと同じ飛行機で帰るのも憂鬱《ゆううつ》だった。

加えてこのまま一人でフラクシニアで過ごし観光をして帰るとしても、裏切られたという嫌な思い出が残ってしまう。

なら――少しくらい後腐れのない関係を楽しんでもいいのでは？

（勝也さんだって、沙梨奈さんと楽しんでたし）

当てつけの感情があったのは否《いな》めない。

そんな狡《ずる》い感情に目を瞑《つぶ》り、優花は唇を震わせ言葉を紡いだ。

「……わ、かりました。そのお話、お受けします」

「交渉成立だ」

目の前でアレクサンドルがニコッと笑い、また額《ひたい》にキスをしてきた。

「私なら君を泣かせない。他の女性に目を向けることもない。明日にでも契約内容を文書に纏《まと》めよう」

「はい」

契約で皇太子と恋人関係になるなんて、何という展開だろう？　まだ気持ちが追いつかないが、勝也に手ひどく裏切られた今なら何だってできる気がした。

「じゃあ、契約最初のキスをしようか」

楽しげに目を細めたアレクサンドルに耳を摘まれ、頬を親指で優しく撫でられる。いつの間にか優花の体は仰向けにされていた。

「あの――ん」

いい香りがする、と思った瞬間、柔らかな唇が重なった。

彼の外見は鍛え上げられたオスという感じなのに、唇はマシュマロのように柔らかい。二人のあいだでふにゅりと唇が潰れ、上唇と下唇が何度も啄《ついば》まれた。

「あぁ……」

優しい感触に思わず吐息が漏れると、それすら奪うようにアレクサンドルが舌を差し込んでくる。

「ん……ん」

彼との初めてのキスは驚きのまま奪われてしまったが、今なら優花もおずおずと舌を伸ばすことができる。舌先同士がトロトロと擦《こす》れ合い、色めいた吐息が混じった。

「あ……」

クチュリとアレクサンドルの舌が絡みつき、ジュンと下腹部に疼《うず》きが走る。彼の舌が優花の舌を舐め、ツルツルと弄《もてあそ》ぶたびに優花の下肢が熱く濡れていく。

「ん……んぅ、ふ……」

歯列をなぞられ、前歯の裏側——口蓋《こうがい》をくすぐられると鼻から抜けた声が出た。力が抜けて頭がボウッとなる。横になっていて良かった、立っていたらきっとへたり込んでいただろう。

最後にちゅうっと唇が吸われ、アレクサンドルの顔が離れていった。

「あ、の……」

トロリと蕩《とろ》けた顔で、優花は物欲しげに彼を見つめる。

「ん？」

だが余裕たっぷりというアレクサンドルは、優花が望まなければこれ以上のことはしなさそうだ。

自分からねだるのも、はしたない。だが優花の体に熾火《おきび》ができたのも事実だ。

しかし今アレクサンドルと最後までしてしまえば、勝也の浮気に対抗して同じ行動をすることになる。

なので自分を泣き止ませてくれた彼の優しさにのみ、頼ることにした。

「もうちょっとだけ……抱き締めてください。そうしたら、寝ます」

「分かった」

彼がクスッと笑う気配がしたあとは、額《ひたい》や頭にキスをされ、背中を優しく撫でられた。

蕩《とろ》けるようなキスを与えられ、「これ以上したくない」と思えばやめてくれる。彼に宿った欲もあるだろうに、アレクサンドルは我慢してただ寄り添ってくれる。

何という贅沢《ぜいたく》なのだろう。

同時に、申し訳ないと思った。

「ごめんなさい」

「何が？」

「サーシャは……その、我慢しているでしょう？　私ばかり要望を聞いてもらって申し訳ないというか……」

そう言えば、彼は頬を緩《ゆる》めた。

「それは男として当たり前だ。確かに生理現象は起こるが、それを抑えられず女性を抱くのは紳士とは言えない。頑強な理性を保つことこそ、支配階級の者として必要な能力だと思っている」

「……ありがとうございます」

礼を言って、ギュッとアレクサンドルに抱きつく。

きっとこの人は自分が「ＯＫ」を出すまで、決して境界線を越えないだろう。

「明日、契約内容をよく読んでから……ちゃんと考えます」

彼の体温に包まれていると、眠気が訪れてきた。優花の言葉に応《こた》えるように、アレクサンドルが頭をポンポンと撫でてくる。

そうして、優花はいつの間にか寝入っていた。

あれほど嫌なことがあって号泣したのに、とても甘くて優しい夢を見ながら――

＊＊＊

翌朝目が覚めると、隣にアレクサンドルはいなかった。

「ん……」

優花は大きなベッドの中で伸びをし、ゆっくりと起き上がる。

旅行の疲れと昨日一日のゴタゴタで体が悲鳴を上げてもおかしくないのに、ぐっすりと眠れたので気分は爽快《そうかい》だった。

アレクサンドルの名残《なごり》を探すように室内を見回すと、テーブルの上にメモ紙が置いてある。

「書き置きかな……」

ソファセットまで歩き手にしたメモには、流麗な筆記体の英文が書かれていた。

『おはよう。よく眠れたことを祈っている。毎朝やることが決まっているので、先に起きている。

朝食に間に合う時間にヨハンが案内するので、楽な格好で来てほしい。ミスター富樫のことは私が対処するから、君は何も心配しなくていい。これから一か月、君が笑顔で過ごせますように。A』

簡潔な文だったが、そこから彼の気遣いが伝わる気がした。

「……勝也さんと顔を合わせるのは憂鬱《ゆううつ》だけど、もう決めたんだ。強くならないと」

もう一度メモを読み勇気をもらうと、優花は朝の支度をし始めた。

アレクサンドルのメモ通り、部屋でテレビを観て過ごしているとヨハンが訪れた。

「おはようございます」

「これから朝食ですが、ご準備はよろしいですか？」

「はい。……あの、できれば富樫さんたちと一緒ではなく、一人で向かいたいのですが……」

そう申し出ると、ヨハンがにっこりと微笑んだ。

「ええ、殿下より承《うけたまわ》っておりますので、優花様のみ先にお迎えに参りました」

きっとヨハンは事情を聞いているのだろう。情けない話だが、二人がかりで守ってくれるのだと思えば心強い。

〝ミズ澄川〟から〝優花様〟に呼称が変わったのも、それが関係しているに違いない。

「……サーシャは何か言っていましたか？」

「きちんとお客様をご案内するようにと」

「……そう、ですか」

あの妙な契約のことは聞かされていないのかと安堵した途端、彼がやけにいい笑みを浮かべ振り向いた。

「ああ、そうそう。優花様が殿下の期間限定恋人になられることは、承知しております」

「あの……っ、それはっ」

焦って言い訳をしようとするが、何も事実と異ならないことに気付く。アワアワと胸の前で手を彷徨《さまよ》わせれば、ヨハンが上品に笑う。

「私は殿下が決められたことに口を挟みませんので、お気になさらず」

優花一人が照れて赤くなったまま、二人は朝の日差しが差し込む廊下を歩く。

廊下の途中にも暖炉があるのは、昔の名残《なごり》なのだろう。昔は今のような暖房がなかったので、各部屋だけでなく宮殿全体を温める必要があったのだと思う。

天井は高く、天使や聖人、天上の人々を描いたフレスコ画がある。昨晩訪れた時は夜だったのでよく分からなかったが、改めて明るい場所で見ると実に美しい宮殿だ。

壁もただのっぺらとしているのではなく、一定間隔に装飾があり、壁と天井の継ぎ目にも金の装飾があって美しい。

「今日は歩ける範囲でいいので、この綺麗な宮殿を見学させて頂いてもいいですか？」

「ええ、構いませんとも。歴史や美術的なことを解説できる者を担当につけましょう」

「ありがとうございます」

そんな会話をして廊下を進んでいると、美味《おい》しそうな匂いが漂《ただよ》ってきた。

「こちらが朝食室になります」

ヨハンがドアをノックし、優花のために開いてくれた。

広々とした朝食室には、昨晩同様細長いテーブルがある。白いテーブルクロスが掛けられ、人数分の食器やカトラリー、食器、グラスがセットされていた。

その上座にアレクサンドルが座っている。今日は普通のスーツ姿で、ジャケットは壁際にあるハンガーラックに掛けられていた。シャツにベスト姿だが、身悶《みもだ》えするほど格好いい。

優花が着てきたライトブルーの五分袖ブラウスに、ダークカラーベースの花柄スカートは、きっと朝食の席でも失礼にならないだろう。靴も昨日は仕事だったのでパンプスだったが、今はヒールの低い楽な物を履いている。

「おはよう、優花」

新聞を読んでいた彼はそれを閉じ、脇にあったワゴンに置く。そこにはタブレット端末や複数の新聞が手に取りやすいように整理されてあった。

「そこに掛けて」

手で示された席は、アレクサンドルの次に優遇されるべき人が座る席だ。彼の向かい——昨日勝也が座っていた席に向かうと、ヨハンが椅子を引いてくれる。

「では私は、お二人を呼んで参りますね」

ヨハンが踵《きびす》を返し、部屋から静かに出て行く。

「気持ちはどう？　落ち着いている？」

「はい。皇太子殿下のお陰で気持ちも凪《な》ぎました」

「はは。そう言ってもらえると、特別な添い寝ができた気持ちだな」

焼きたてパンの香ばしい匂いに、一度は失せてしまった食欲もちゃんと戻ってきていることを感じた。

今日は宮殿を見たいなどと話しているうちに、勝也と沙梨奈がやって来た。

「おはようございます、殿下。優花もおはよう」

勝也は初夏らしい薄い色のシャツにベスト姿で、沙梨奈はカットソーにタイトスカートだ。いつもの二人……という顔つきだが、優花は昨晩の物音を忘れていない。

硬い表情のまま、「おはようございます」と視線を合わさず挨拶《あいさつ》をした。

二人ともフラクシニアの宮殿にいるという興奮がまだあるのか、落ち着かない様子でペラペラとよく喋《しゃべ》る。アレクサンドルが日本語を話せることも、口が滑《なめ》らかになる原因の一つだろう。

饒舌《じょうぜつ》な勝也に、アレクサンドルは変わらず人当たりのいい笑みを浮かべて対応していた。沙梨奈のミーハーな質問にも嫌な顔一つせず答える。

(こういうの、ポーカーフェイスっていうのかな)

運ばれてきたバスケットには焼きたてパンが数種類入っていて、アレクサンドルから順番に好きな物を伝えて皿にサーブしてもらう。

勝也はチラチラと優花の方を見て、どうして自分が座るべき席に優花が座っているのか聞きたそうにしていた。しかし優花はその視線を無視する。

エンドウ豆のポタージュやソーセージやベーコン、玉子料理にサラダが出て、沙梨奈はそれらをいちいち写真撮影していた。

以前ならそんな彼女の行動を微笑ましく見守り、あとでSNSに〝友情いいね〟をしていたが、それも今日で終わりだ。

(あぁ、そうか。SNSとか連絡先も全部削除しないと。人との繋《つな》がりを絶つって、手間がかかるものなんだな)

ぼんやりとそのようなことを考えていると、給仕がカフェオレを目の前に置いてくれた。

「それはそうと――一つご相談なのですが」

アレクサンドルがコーヒーを一口飲み、勝也に微笑みかける。

「はい、何でしょうか?」

何を言われるか想像すらしていない勝也は、にこやかな笑みを浮かべる。

「申し訳ないのですが、今日中に荷物を纏《まと》めてフラクシニアから出国して頂けませんか? 帰りのチケットはこちらで用意してあります」

今までの会話と変わらない笑みを浮かべ、アレクサンドルがスッパリと言う。

「え……っ。あ、何かご予定ができましたか? それでは仕方がありませんね」

多少勝也の表情が強張《こわば》るが、事情があるなら仕方がないと思ったようだ。

ヨハンがスッと出てきて、銀盆の上のチケットを示す。ホルダーに入ったそれは〝二枚〟だ。

「……二枚?」

その数には勝也もすぐ気付いたらしく、優花と沙梨奈を見て不思議そうな顔をしている。

するど、ヨハンが温厚な笑顔のまま、事実を突きつけた。

「他国の宮殿をモーテルと勘違いする客は、フラクシニアの宮殿に相応《ふさわ》しくないとこちらで判断致しました」

「それは……っ」

勝也と沙梨奈の顔色が変わり、アレクサンドルを見てから優花を見る。

優花はじっと目の前のテーブルクロスを見つめ、カフェオレボウルを口に運んでいた。本当はとんでもなく美味《おい》しいはずなのに、今ばかりは味が分からない。

「他人のプライベートを覗《のぞ》く趣味はありませんが、昨晩ミズ澄川を部屋まで送る途中、あなたたちの声が聞こえてしまいました。私としても、自分が生活する建物で誰かがそういった行為に及ぶなど、考えたこともありませんでした。いつもはそういうことを弁《わきま》えていらっしゃる客人を招いているもので、こちらにも非はありますが……。という訳で、朝食が終わりましたら速やかに帰国の準備をお願いします」

穏やかに言うアレクサンドルの言葉を聞いて、勝也が必死な表情で優花を見た。

「優花……っ、その」

「……私は――」

優花が何か言いかけた時、それを遮《さえぎ》るようにアレクサンドルが口を挟んできた。

「ミスター富樫。ミズ澄川との契約は本日にて解除してください。彼女は一か月後をめどに帰国する予定ですが、今日より後、一切のご連絡をお控え頂きたい。今回の仕事の報酬は指定の口座に振り込み、それであなたは彼女とすべての関係を終わらせてください。そのほうが、お互いのためになります」

先ほどまで得意げに日本の話などしていた勝也は、大事《おおごと》になってしまったこの状況に絶望しているようだ。

「違うんだ……。その、旅行の疲れで判断力が低下していたのと、商談が成功した高揚感や、宮殿に迎えられたのが嬉しくて、興奮していて……。それで沙梨奈が……」

「やだ、私のせいにするの？」

長い髪を弄《もてあそ》びつつ、沙梨奈が不快そうに唇を尖《とが》らせる。

おもむろに始まった泥仕合《どろじあい》を前にしても、アレクサンドルとヨハンは温厚な笑みを絶やさない。逆にそれが恐ろしくもある。

「殿下には今日のご予定がございますので、どうかお話は帰国後にゆっくりお願い致します」

ヨハンにやんわり言われても、勝也は優花を未練がましく見ている。

「優花、頼む。違うんだ。話を聞いてくれないか？」

突然のアレクサンドルの沙汰に呆然としていた優花は、勝也に哀願され、ハッと我に返る。だが、皇太子であるアレクサンドルがそのように決定したのなら、優花が覆《くつがえ》すことは不可能だ。

「……私からは何も言うことはありません」

事前にこのようなことになると知っていたなら、アレクサンドルに一言お願いできたかもしれないが、今となってはもう遅い。

「優花、だから……」

苛立《いらだ》った勝也が立ち上がった時、アレクサンドルがテーブルを指でコンコンと打った。思わず振り向いた勝也に、アレクサンドルが穏やかな顔のまま告げる。

「しつこい男は嫌われますよ。恋人以外の女性に手を出した時点で、あなたは舞台に立つ資格を失ったのです。フラクシニアという国からの信頼をも失いたくなければ、どうぞこのまま立ち去ってください」

最後に国を敵に回すかと暗に言われ、さすがに勝也も青ざめた。強張《こわば》った表情のまま朝食室を去ろうとすると、「待ってよ」と沙梨奈も立ち上がる。

「あと一つ言っておきますが、日本でミズ澄川につきまとおうとすれば、すぐに私に連絡が来ることになっています。友人として私はミズ澄川のバックにつくと約束しましたから、それもお忘れなきよう」

「……分かりました」

苦渋の顔つきで、勝也は一礼をして退室していった。沙梨奈も後を追おうとした時、アレクサンドルが声を掛ける。

「念のため、ミズ足立。あなたも今後、下手な行動はなさらないよう。お互いのためにもお願い致します」

「分かりました」

強張《こわば》った顔の沙梨奈は、一瞬だけ優花を見て出て行った。

「……はぁ……」

二人がいなくなり、優花はドッと疲れて背中を椅子に預ける。

「ご苦労様、優花。もう何も心配しなくていいよ」

向かいの席でアレクサンドルがにっこりと笑う。その笑顔はいつも以上に晴れ晴れとしている気がした。

「サーシャ……。私、何も聞いていないのですが……」

困り切った顔で言っても、彼は「言わなかったからね？」ととりつく島もない。

だがアレクサンドルがこうして助けてくれなかったら、優花は今後も苦しみ続けていたかもしれない。

「……ありがとうございます」

礼を言うと、アレクサンドルは完璧な微笑みを浮かべた。

「どういたしまして」

「でも……いいんですか？　私のバックにつくとか、何だか色々凄《すご》いことを仰《おっしゃ》っていましたが」

「別に全部本当だから、構わないだろう。まぁ、友人というのは語弊《ごへい》があるが。これから恋人になるのだしね？」

やけにキラキラとした目で見つめられ、優花は思わず目を逸らす。

「そうそう。今朝契約書を作成したんだ。今日のうちに目を通して、問題なければサインしておいてくれないか？」

アレクサンドルが言うと、彼の脇にあったワゴンからヨハンがクリアファイルを持ってくる。

「えっと、はい、今日のうちに読んでおきます」

返事をするとアレクサンドルはご機嫌になり、コーヒーを飲む。

「じゃあこれから私は公務に出掛けるから、そのあいだ優花はこのエアハルトから宮殿の案内をしてもらってくれ」

彼の言葉と同時に、五十代ほどの男性がスッと前に出て微笑んだ。

「初めまして、ミズ優花。私はヨハンの上司に当たります、エアハルトと申します。現場のことは若いヨハンに任せていますが、宮殿内における殿下のお世話を取り纏《まと》めております」

エアハルトもやはり流暢《りゅうちょう》な日本語を話すので、優花はやや不思議になった。

「サーシャが親日家なのは分かりますが、エアハルトさんやヨハンさんまで日本語がお上手なのですね？」

「あぁ、それは……。そうだな、私が日本を愛するから、自然と周りにいる彼らも学んでくれたのだと思う」

「そうなのですね」

主《あるじ》のために語学まで勉強するのか、と優花は感心しきりだ。

「では、そろそろ私は失礼するよ。優花はゆっくりカフェオレを楽しんで。何ならおかわりをしてもいいから」

無造作にナプキンをテーブルに置き、アレクサンドルが立ち上がる。

「いってらっしゃいませ」

思わず優花も立ち上がり、ペコリと頭を下げた。

顔を上げるとアレクサンドルが目を丸くして固まっている。その表情がクシャッとあどけない笑顔になったかと思うと、彼はヨハンに声を掛けた。

「行くぞ、ヨハン。今日は何でも頑張れる気がする」

「畏《かしこ》まりました。毎日この調子だといいですね。ぜひ優花様にはずっとフラクシニアにいて頂きたいものです」

「あ、あはは……」

ヨハンの冗談に愛想笑いをしていると、アレクサンドルがツカツカとやってきてギュウッと優花を抱き締めた。

「わっ」

驚いている隙に、彼は音を立てて頬にキスをする。

「行ってくるよ、ハニー」

耳元で低く艶《つや》やかな声が告げ、その魅惑的な低音にボウッとしている隙に、アレクサンドルはポンポンと優花の頭を撫でて出て行った。

のろのろと椅子に腰掛けると、エアハルトが「カフェオレのおかわりはいかがですか?」と微笑んでくれる。

「は、はい……。頂きます」

ぼんやりとしたまま、優花はとりあえず契約書に目を通し始めた。

第三章　皇太子と結んだ恋人契約

一度部屋に戻って契約書を置き、身支度をするとエアハルトが宮殿内部を案内してくれた。

この時期は庭園にバラが咲き誇っている。それをじっくりと見て回り、一通り満足したところでエアハルトが用意してくれた冷たい飲み物を頂く。

そのあと建物の中に入り、正門から順番に案内してもらう。壮麗な玄関ホールや、代々の王家の人間を描いた肖像画があるロングギャラリー、一般公開もされている古い時代の王と王妃の部屋などの説明を受けた。

エアハルトはさすがベテランという感じで、城の建築様式や建築家、調度品を手がけた芸術家、またフラクシニアの歴史など、様々な話を聞かせてくれる。

勉強になったと満足したあとは、美味《おい》しいランチを頂いた。

そしてエアハルトが運転する車で、トゥルフ近辺の観光名所を回る。独立記念堂や議事堂、宝石の写真の特別な記念切手を発行する郵便局。有名な作家の生家や、世界的ハイブランドジュエリーの本店など、優花は満足いくまで観光できた。

一日回ったあと、優花は与えられた客室で契約書を見直していた。

優花は靴を脱いでベッドに上がり、枕元のクッションにもたれかかっている。服装は外出用の服から、ゆったりできるスウェット素材のマキシワンピースに着替えた。エアハルトがティーセットとお菓子をベッドサイドに用意してくれており、お姫様のような気持ちになる。

ちなみに大きなベッドはまた綺麗に整えられ、洗面所のタオルなども交換されていた。まさにホテルのように至れり尽くせりだ。

「なるほど……。キス以上のことが発生したら、三十分につき約五十万。本番までいったら五百万……は、やりすぎじゃないかな？」

〝本番〟とはセックスのことを意味するのだろうか。恋人のふりをする契約なのに、最後まですると書かれているとは思わなかった。それにこの桁違いの金額を見るだけで、優花は頭がクラクラしてしまう。

「別に、彼が相手だったらお金をもらわなくてもいいんだけどな」

ポツッと呟《つぶや》いてから、自分の大胆さに赤面する。

「ダメダメ。そんな、彼は皇太子殿下なんだから。私なんかが体の関係を持とうとか……」

カァッと熱を持った頬に手をやり、優花はブンブンと首を振った。

契約書は他に問題になるような点はなく、優花は性関係について直接アレクサンドルに確認したあとサインをすることにした。彼が自分を本当に抱くつもりなのかは、ハッキリさせておいた方がいい。

ふと今朝のことを思い出す。

勝也と沙梨奈がアレクサンドルに追い詰められる様《さま》を見て、内心歪んだ喜びを得ていたのは確かだ。

あの時アレクサンドルもヨハンも、優花のことを「ミズ優花」や「優花」と親しげに呼ばなかった。

それはきっと、自分とアレクサンドルの関係を勝也たちに知られないようにと気を使ったのだろう。彼らの隅々まで行き届いた配慮はありがたいばかりだ。

あの場でアレクサンドルが優花を『自分の女』という言い方をしていたら、あとから勝也と沙梨奈に何と言われるか分からない。

「サーシャには本当に感謝ばかりね。何をしたらお礼ができるんだろう。……って」

そこで恋人契約を思い出し、また頬が熱を持つ。

「……でも、どうして私みたいなのがいいと思ったんだろう。日本人が好きだからといって、こんな奇跡みたいなことが起こっていいのかな。日本人ならもっと他に綺麗な人がいるし、何も私じゃなくても……」

契約書を脇に置いて寝転ぶと、美しい模様が描かれた天井が目に入る。

「あーあ。日本に帰るのも面倒だな。フラクシニアは治安もいいし、しばらくここにいてもいいな。何なら日本から出て仕事探そうかなぁ……」

ぼんやりと言いつつ、手を伸ばしチョコレートを一つ摘まんで口に入れる。コロコロと口内で転がしていると、苦みを伴った甘さが広がっていった。

「じゃあ、ずっとここにいたらどうだ？」

「えっ？」

コンコンとノックの音がしたのちに開いたドアには、アレクサンドルがいた。いかにも仕事帰りという感じの彼は、嬉しそうに微笑んでいる。

「この宮殿は静かだから、独り言には向いていないのかもね」

クスクスと笑ってアレクサンドルはベッドの端に座り、優花に覆い被さってきた。

唇が何度か食《は》まれたあと、まだチョコレートを含んでいる口に舌が差し込まれ、ねっとりと舐《ねぶ》っていく。

「ん……ぅ」

食べている途中でキスをされるなんて初めてで、優花は懸命にチョコレートを口の奥に押し込もうとした。だがアレクサンドルの舌は、遠慮なく優花の口内を掻き回してくる。

しばらくクチュクチュと舌がすり合わされる音が続き、やがて艶然《えんぜん》と微笑んだアレクサンドルが舌なめずりをして顔を離した。

「……甘い」

「……っ、は……ぁ」

今の何十秒かのキスですっかり真っ赤になり、体温まで上がった優花は、起き上がることすら叶わず呆けた顔をしている。

口腔《こうこう》に溜まった唾をごくんと嚥下《えんげ》すると、甘いチョコレートとキスの味がした。

「ただいま、ハニー」

語尾にハートマークでも付きそうな甘い声を出し、アレクサンドルがにっこりと微笑む。

「お、お帰りなさい……」

自分ではしっかりした声で返事をしたつもりだったが、紡がれた声は甘く蕩《とろ》けていた。

「エアハルトから報告を受けたが、観光は満足できたか？」

「はい。宮殿もトゥルフの街のことも、とても丁寧に説明してくださいました。幼い頃よりもずっとフラクシニアに詳しくなった気がします」

咳払《せきばら》いをしてから答えると、少し声がマシになる。

「私は少し疲れたな」

ジャケットを脱いでソファに掛け、アレクサンドルは優花の隣にゴロリと寝転んだ。

「優花、恋人を補充させてくれ」

腕が優花の体に回り、アレクサンドルが肩口に顔を埋《うず》めてきた。フワッと彼が纏《まと》う香りが鼻腔《びこう》に届き、優花は気付かれないようにその香りを堪能する。

アレクサンドルがつけている香水はホワイトムスク系で、一日の終わりだからかラストノートのムスクが程よく漂《ただよ》っていた。胸一杯に彼の匂いを吸い込むたび、甘く痺《しび》れるようなときめきが優花を満たす。

「……あの、サーシャ。契約書にサインをする前に、確認事項があるのですが」

「何だ？」

アイスブルーの目が瞬《またた》き、何でも言ってみろと優花を見つめる。

「その……性的なことについての項目がありますが、そもそもサーシャは私を抱きたいと思っているのですか？」

些《いささ》か恥ずかしい質問だが、思いきって聞いてみた。

するど、アレクサンドルはケロリとした表情で答える。

「当たり前じゃないか。私は君に男として反応するし、魅力を感じている。昨日バーカウンターでキスをした時だって、思いきり興奮した証《あか》しを押しつけたはずなんだが、気付いていなかったかな？」

「う……」

下腹に押しつけられたオスの膨らみを思い出し、優花はじわりと頬を染める。

「何なら、今抱いても構わないが」

「いっ、いえ！　その、今は……」

「そうか、まだサインをしていなかったな」

起き上がったアレクサンドルは、長い腕を伸ばしてベッド横に置いてあるファイルを取る。

「優花は私と関係を持つのは嫌か？　ちゃんと避妊はするし、君が嫌がるプレイはしない。まぁ、大体プレイはノーマルだと思うが」

「う、うぅ……。い、嫌じゃ……ないですけど。でも、体の繋《つな》がりができただけで、三十分いくらとかそういうのはちょっと……」

ゴニョゴニョと告げれば、アレクサンドルはきょとんとした顔で目を瞬《しばた》かせる。

「だが、君は私を愛していないだろう？　それなのに性行為をするという場合、ちゃんとした線引きが必要だと思うんだ」

「それは、そう……ですが」

微妙な表情で押し黙った優花に、アレクサンドルが言葉を続ける。

「私のことは嫌いか？　抱かれたくない？」

「いいえ、好きか嫌いかのどちらかなら、好きです」

「ならそれでいいじゃないか」

愛《いと》しげな目で優花を見て、アレクサンドルは彼女の頬を撫でた。

「一か月、契約から始まるとしても、お互い燃え上がるような恋を体験してみないか？　優花はそんな経験がある？」

「いいえ」

「私は皇太子という立場上、そういう恋愛が今後できるか分からない。なら、自分が直感で『とても素敵だ。この子がいい』と思った日本人女性と、身も心も溶けるような恋愛がしたいんだ。私は全力で優花を愛する。優花も人生で一番の思い出を作らないか？」

なんとも――それは魅力的な誘い文句だった。

無条件でアレクサンドルから愛されたことが、一生の綺麗な思い出になる。契約が終わったあとはきっと後腐れなく別れ、それぞれの人生を歩む。

それならいいかな、と優花は思った。

「分かり……ました。サインをします」

優花は起き上がり、ペンを手にすると英語で自分の名前をサインした。

「ありがとう。今日から君は私の恋人だ」

(一か月だけ……ね)

心の中でつけ足して、それでもいいと優花は微笑む。

勝也と酷い別れ方をした傷心を、こんな最高の形で癒《い》やしてもらえるなんて思わなかった。

「……さっそく君を抱きたいって言ったら駄目かな？　夕食の前につまみ食いを……」

「えぇ？　だ、だってシャワー浴びていませんし」

「なら、二人で浴びればいいじゃないか」

「う、うーん……」

突然の申し出に戸惑っていると、アレクサンドルが優花を立たせた。

「時間は有限だ。君と私の契約期間もそう長くはない。体の相性もあるし、何をするにも今より早い時なんてない」

ちゅっと優花にキスをしたあと、アレクサンドルはスウェットワンピースの裾をゆっくりとたくし上げる。指先で脚に触れつつ、ライトグレーの布地を上へ上へと捲《まく》っていった。

「ン……」

しゃがみ込んだアレクサンドルがこちらを見上げている。熱の籠《こ》もった眼差しで優花を凝視し、足首からふくらはぎへと指先を滑らせた。

「素脚が滑《なめ》らかで気持ちいいね」

「や……」

膝頭が出て、太腿も露《あら》わになっていく。その頃には肌を撫で上げる指が四本に増え、優花が得る刺激も増していた。

チリ、チリ……と、微弱な電気が下腹部に快楽の信号を送っている気がする。

「あ……ぁ」

とうとう下着が姿を現し、小さく窪《くぼ》んだへそが見えた。

「可愛い」

膝立ちになったアレクサンドルが目を細め、優花の腹部にキスをした。

「んっ……あっ」

キスだけで済むかと思えば、アレクサンドルは優花のへそに舌を這わせてくる。ヌルヌルと舌先を擦《こす》りつけ、窪《くぼ》んだ場所に舌先をねじこんだ。

「んぁあ……っ、や……っ、やぁぁ……」

唾液を纏《まと》わせた舌は腹部を這い上がり、ブラジャーのチャームに口づける。

「これ……フラクシニアの宝石にしたいな」

イミテーションの宝石を模したチャームを見てとんでもないことを言ったアレクサンドルは、片手でブラジャーのホックをぷつんと外した。

「優花、両手を上げて」

言われた通りにすると、ワンピースが脱がされる。その後ブラジャーも外され、優花は両手で胸を隠した。

「はず……かし……」

パンティ一枚という姿は心許《こころもと》なく、脚をもじもじとすり合わせたまま俯《うつむ》く。

「少し待って」

アレクサンドルはベストを脱ぎ、ネクタイを緩《ゆる》めシャツのボタンを外していく。そのやや性急とも言える行動に、皇太子の中にあるオスを感じた。

(やだ……。どうしたんだろう。何か私、変)

目の前で晒《さら》された厚い胸板を見て鼓動が速まり、スラックスを脱いで現れた太腿や黒い下着に顔が熱を持つ。まるで発情したかのような自分の変化に、優花は戸惑っていた。

アレクサンドルはバスルームに行き、躊躇《ためら》いなく最後の一枚を脱いだ。

そしてシャワーボックスに入ってコックを捻《ひね》ると、勢いよくお湯を出す。最初は少し冷たいそれが温まるまで、アレクサンドルは見事に鍛えられた肉体を晒《さら》して待つ。

「おいで、優花」

「は……はい」

返事をするものの、理性の形とも言うべきパンティが脱げない。その場にとどまる優花を見てアレクサンドルは少し笑い、「私が脱がせよう」と彼女の腰に手を掛けた。

「優花、君を余すことなく見せて」

ラベンダー色の下着ごと、アレクサンドルが尻たぶを撫で回し揉み込んでくる。

「ん……」

指先が柔肉に食い込む感触に、優花は掠《かす》れた呻《うめ》きを漏らした。ジワッと下腹部に熱が灯《とも》り、早く乱してほしいとねだっているようだ。トロリとクロッチに蜜が垂れ、優花は唇を噛んだ。

「もし嫌だったら、途中でやめる。まず、君が私を受け入れられるか試してみないかい？」

パンティのウエスト部分にアレクサンドルの親指が入り込み、クルクルと下着がねじり下ろされた。

「あ……恥ずかしい……」

軽い布地が床に落ちた小さな音を聞き、優花は思わずザアザアと水音が立つシャワーボックスに逃げ込んだ。

「優花」

すぐにアレクサンドルが後を追い、後ろ手にドアを閉める。

「優花、キスを」

大きな手が優花の頬を包み込み、親指が唇をなぞった。その柔らかさを確認し、僅《わず》かに覗《のぞ》いた赤い舌を見て彼が妖艶《ようえん》に笑う。

優花が見とれているうちに整いすぎた顔が傾けられ、唇が重なった。

「ン……」

最初に何度も啄《ついば》んでくるのは、アレクサンドルの癖だ。優しい感触にボウッとなっているあいだ、彼の手は腰近くまで伸びた優花の黒髪を弄《もてあそ》ぶ。髪を背中に撫でつけ、その手が腰に下りていく。

「ん……ぁ、ふ」

おずおずと舌を絡めると、チュウッと音を立ててしゃぶられた。

キスの最中《さなか》、彼の手は優花の尻たぶを両手で揉む。それだけで体の深部からムズムズとした熱が這い上がる。花弁はとうに潤《うる》み、刺激が与えられるのを待ち侘《わ》びていた。

「は……」

最後にもう一度唇を押しつけてキスが終わり、アレクサンドルは優花の首筋から肩甲骨《けんこうこつ》へと強く吸い付く。

「あ……っ、ぁ、あの……っ」

「ん？」

吸い付く力は強めで、跡が残ってしまうのではないかと思うほどだ。アレクサンドルの情熱におののいていると、早くも指先が花弁に到達する。

「ひんっ」

息を吸い込み体を強張《こわば》らせた優花は、咄嗟《とっさ》にアレクサンドルの肩を掴《つか》んだ。その間もアレクサンドルは優花の胸を吸い、真っ白な丘に歯を立てキスマークをつけた。首筋や鎖骨あたりは人の目があるので遠慮したらしく、胸へ集中的に所有印をつけられる。

「んっ、い……った」

「優花の胸、綺麗だ。真っ白で、先端も可愛らしい色で……」

熱を隠さない声が掠《かす》れ、アレクサンドルは舌を出しベロリと優花の乳首を舐め上げた。

「あゃ……っん、ぁ……っ、はぁ……あっ」

乳首をしつこいぐらいに舐められた挙げ句、チュパチュパと吸い立てられる。すぐに凝り立ったそれを追うように、もう片方も指で優しく刺激を与えられてプクリと勃起した。

「ん……っ、ン」

自然と腰がくねり、優花は何度も唾を呑み込んでアレクサンドルにすがる。

「指、少しずつ入れるから」

断ってから、アレクサンドルが蜜口を揉んできた。シャワーの水音に混じってクチュクチュと濡れた音がし、優花の唇から嬌声《きょうせい》が漏れる。

「あ……っ、ふぁ……っ、やぁ……っ、ぁ、あぁ……っ」

その刺激に耐えきれず、優花は体を跳ねさせる。胸の先端はアレクサンドルの口腔《こうこう》に含まれ、温かな舌がヌルヌルと這い回る。時に胸の肉ごとぢゅうっと強く吸引され、熱が全身を駆け巡った。

「あ……っ、ぁ、あぁ、ン――」

やがて膣内に侵入してきた指に喘《あえ》ぎ、優花はアレクサンドルの金髪を撫で回した。

長い指は蜜道の狭さを確認するように、ぐちゅりと円を描きつつ奥を目指す。

「もうヌルヌルだけど、キスだけでそんなに感じてくれたのかな？」

アレクサンドルが胸から顔を離し、濡れた唇を舐めつつ優花に確認を取る。

「や……、恥ずかしいこと聞かないでください」

今にも泣き出しそうな顔で、優花はいやいやと首を振った。しかし否定する口ぶりとは裏腹に、トロついた肉襞はアレクサンドルの指を締め付けている。

「ほら、こんなに滑りが良くなってる」

アレクサンドルが指を前後させると、チュクチュクと淫《みだ》らな音がして優花の耳を犯す。

「あっ、やぁ、あ、やぁあっ」

小鼻をひくつかせながらも、優花は懸命に呼吸を整えた。

眼裏《まなうら》に浮かぶのは、レッドダイヤのリングを嵌《は》めたアレクサンドルの長くて美しい手。あの支配者の手が、優花の蜜壷を探っているのだ。

あまりに不敬で、申し訳なくて——なのに感じる。

「優花、私を見るんだ」

彼の手に顎《あご》をすくわれ、目線が合う角度まで上げられる。

「や……っ、恥ずかしっ、からっ、見たくなっ……ぁうっ」

反抗しようとすると、内壁の感じる場所を擦《こす》られ悲鳴が口を突いて出た。キュウッと彼の指を締め付ければ、目の前でアレクサンドルが満足そうに微笑んだ。

「私は君を可愛がりたい。私の手で感じている顔を、ちゃんと見せてくれ」

「うそ……っ、ぁ、やぁっ、あ……っぁふっ」

こんな蕩《とろ》けた顔を見られるなんて、恥ずかしくて堪《たま》らない。

そう思うのに、アレクサンドルは優花の顔をしっかり押さえたまま蜜壷を嬲《なぶ》る指を増やした。長い指が二本、優花の秘裂に呑まれる。彼女の感じる場所を慎重に探り、指の腹でしつこく擦《こす》ってきた。

「っひあぁあんっ、んーっ、あぁ、あっ、あーっ」

ソコを擦《こす》られただけで、優花は甘ったるい声を上げて膝を震わせる。

「君が感じる場所はここだね？　ほら、こうやって細かく擦《こす》ると優花の顔が蕩《とろ》けていく。目も潤《うる》んで顔が色づいて……ああ、乳首まで反応して硬くなっているね」

綺麗なアイスブルーの目に見つめられたまま、優花は彼の指で暴《あば》かれていく。僅《わず》かな変化も逃さないと言わんばかりに、アレクサンドルは優花の焦げ茶色の目を覗《のぞ》き込んでいた。

「あ……っ、ぁ、あ、見な……っ、で、ぁ、やぁ、ソコ……っ、あうぅっ」

濡れた唇を頻《しき》りに舐め、優花は快楽の波が襲い来るのを必死で堪《こら》える。こんな美しい人の前で、絶頂に達する顔など決して見せられない。

そう頑《かたく》なに思っていたのが通じたのか、アレクサンドルの別の指が優花の肉芽に触れてきた。

「ひぁうっ！　やぁ、ソコ、やぁっ、ダメっ」

感じ切って勃起した小さな突起は、すでに中の肉真珠を膨れさせていた。今まで触れられなかったその部分は、ほんの少しの刺激を与えられただけで優花に過敏な快楽を伝える。

「優花、私の目を見つめて達《い》きなさい」

「やぁっ、ダメぇっ、達《い》きたくな……っ、いやぁあっ！」

そう口にした直後、優花に臨界点が訪れた。そこに肉真珠への刺激も加わり、優花は一瞬の浮遊感のあと食い千切《ちぎ》らんばかりにアレクサンドルの指を締め付けた。

「うぅ……っ、ふ、あっ、あぁあっ」

目の前の彼がぼやけ、中途半端に開いた口から涎《よだれ》が垂れた。手は力一杯アレクサンドルの腕を掴《つか》み、両脚はガクガクと震えて立っていられなくなる。

「ぁ……っ、あ――ァ」

力が抜けた優花は、アレクサンドルに支えられゆっくりとその場に膝をつく。シャワーボックスの床に座り込んで呼吸を整えていると、濡れた頭が優しく撫でられた。

「いい子で達《い》けたね。さすが私が見込んだ女性だ」

涙目のまま見上げると、大きくそそり立ったモノが目に入り、ドキッと胸が高鳴る。血管の浮いたソレをこわごわと凝視したあと、視線を上向ければ、そこには堂々たる王者がいた。

与える者。支配者。彼にどんな言葉が似合うのか、一晩中考えても足りないと思う。

美しい彼は鷹揚《おうよう》に微笑み、優花に手を差し出した。

「ありがと……ございます……」

まだ腰や膝に力が入らないが、優花はなんとかアレクサンドルの手を借りて立ち上がった。

壁に掌《てのひら》を当てていると、その冷たさが体の火照《ほて》りを冷ましてくれる気がする。

「優花はそこに立っていなさい。私が洗ってあげよう」

一度優花を絶頂に導《みちび》き、アレクサンドルもひとまず満足したようだ。

「い、いいです……。シャワーぐらい自分で……」

皇太子殿下に体を洗ってもらうなど、畏《おそ》れ多い。慌てて首を振るが、アレクサンドルは手に香りのいいボディーソープを出し、優花の体を洗い始めた。

「ん……っ」

今まで男性に体を洗ってもらったことなどない。

大きな手が優花の体を包んで滑り、平らなお腹から豊かな胸、腋《わき》から腕へ動いていく。

感じてはいけないと思うのだが、優花の体は絶頂を極めたあとである。胸や脇腹など敏感な場所に触れられると、勝手にピクンッと体が震えてしまう。

「感じてもいいけれど、今は真面目に体を洗うことにしよう。今感じた分、あとでたっぷり愛してあげるから」

「……っ」

反応しているのを見透《みす》かされ、優花の顔がぶわっと赤くなる。

それからもお尻や下腹部も含め下半身を洗われたが、アレクサンドルは己《おのれ》の言葉を守って変な真似はしなかった。

泡を流して優花をバスチェアに座らせると、今度は彼女の髪を洗い始める。

「優花の髪は黒くて艶《つや》やかで、実に日本人らしい。好きだよ」

「えっ……あ、ありがとうございます。私はサーシャの綺麗な金髪が好きですよ？」

彼が何気なく口にした「好きだよ」という言葉に、心臓が跳ね上がった。それでも平静を装《よそお》い、優花も彼の髪を褒める。

「きっと人間は、自分にないものを求め続けるのだろうね」

そう言い、アレクサンドルはシャワーで優花の頭の泡を洗い流す。

——彼は自分にないものを欲して、私を求めてくれたんだろうか。

そう思ったのだが、なんだか改めて聞くのも憚《はばか》られ、優花は結局言葉を呑み込んだ。

優花を洗い終えたあと、アレクサンドルは手早く自分の体と髪を洗い、シャワーボックスを出る。

やはり申し訳なくて堪《たま》らないのだが、彼が「する」と言うのでバスタオルで体を拭いてもらい、髪もドライヤーで乾かしてもらった。

持ってきた基礎化粧品で肌を整えた優花を、待ちきれないというようにアレクサンドルがベッドにいざなう。

「ん……っ」

彼が覆い被さった瞬間、優花はまたうっとりするようなキスをされていた。

滑《なめ》らかな舌がすぐに優花の舌を探り当て、ヌルヌルと擦《こす》れ合う。優花も懸命にキスに応《こた》え、つたないながらも舌を動かした。くちゅり、くちゅくちゅとはしたない水音がし、口腔《こうこう》いっぱいになった唾液を嚥下《えんげ》する。

アレクサンドルの舌によってグルリと口内を掻き回された時は、口だけで彼にすべてを支配された気持ちになってゾクゾクした。

キスのあいだ彼の手は胸を這い、シャワーで温められた乳房を弄《もてあそ》ぶ。

「んぅ……っ、ン」

尖《とが》り始めた乳首をクリンと指先でいじめられ、体の深部に熱が灯《とも》る。

先ほどシャワーボックスで煽られた優花の中の熾火《おきび》は、ベッドの上で燃え上がろうとしていた。

胸を弄《いじ》られれば弄《いじ》られるほど、優花の下腹部にジクジクとした疼《うず》きが宿る。

するとアレクサンドルの手がスルリと腹部から太腿に下り、優花の脚を左右に割り開いた。

「ぁ……っ」

やっとキスが終わり、優花の唇から頼りない喘《あえ》ぎが漏れる。その声にアレクサンドルは優しくも妖艶《ようえん》な笑みを湛《たた》え、「緊張しないで」と指を秘部に滑らせてきた。

「あン……っ、ぁ、あぁ……」

潤《うるお》っていた場所はすぐにクチュリと音を立て、アレクサンドルの指の動きを滑《なめ》らかにする。くっぷくっぷと蜜がたくさん溢《あふ》れる音がしたあと、彼の指が遠慮なく入り込んできた。

「んぅ……っ、ぁ、あぁ――ぁ、あぁっ」

長い指はすぐに奥へ入り込み、先ほど優花が感じた場所を探り当てた。

「やぁっ、ソコは駄目っ」

「感じるから、だろう？　なら攻めなくては。もっと気持ち良くなっていいよ」

アレクサンドルの声は優しい。どこまでも優花が淫《みだ》らに花開いていくのを、見守ってくれているようだ。

クチュックチュッと指が蜜洞を出入りする音と、体内を掻き回す彼の指に、優花は感じ入った。

「あんっ、あぁ、あーっ、ン……っ、あぁっぁ、んぅーっ」

洗ってもらったばかりの髪をシーツに押しつけ、優花は膝を震わせ悶《もだ》える。脚を閉じてしまいそうになるが、アレクサンドルの胴がしっかりと入っていて叶わない。

「優花、たくさん感じなさい」

ハァ……と彼の吐息が聞こえてうっすら目を開けると、アレクサンドルはアイスブルーの瞳に獣《けもの》めいた情欲を灯《とも》し、こちらを見下ろしていた。

ジュプッジュプッと下腹部からの音は烈《はげ》しさを増し、アレクサンドルが優花の胸にしゃぶりつく。

彼の親指が敏感に勃ち上がった肉芽に触れ、優花は思わず悲鳴に似た声を上げていた。

「っやぁあぁっ！　ソコはダメっ！　ダメなのっ」

体をくねらせ抗《あらが》おうとするが、アレクサンドルの力は強く逃げることもできない。しっかり押さえつけられたまま彼の指淫が続き、優花はまた臨界点へと押し上げられる。

「――――っぁ！　っ………あぁ、――――あ、あぁあぁ………っ」

キュッと乳首を甘噛みされた瞬間、また優花は深い絶頂を迎えた。

どうにもならない、快楽にまみれた声を上げてそれを味わったあと、ゆっくりと体が弛《し》緩《かん》する。

「……優花、綺麗だ」

絶頂した顔を見られた恥ずかしさよりも、与えられた淫悦の強さが上回っている。

ぐったりと薄目を開けて天井を見ているあいだに、アレクサンドルが避妊具をつけ終わった。

「君を抱くよ」

宣言したあと、アレクサンドルは優花の太腿を押さえ、これ以上なく昂《たか》ぶったモノを押しつけてくる。グチュグチュと音を立てて巨大な屹立《きつりつ》が優花の花弁を擦《こす》り、官能を煽《あお》る。その感覚に優花は身悶《みもだ》えして腰を揺らし、これから訪れるであろう大きな悦楽に覚悟を決めた。

「は……っ、ん、んン……ぅっ、ん、ぁ」

室内に淫猥《いんわい》な音が何度も響き、ヌチュグチュと粘膜と避妊具のゼリーが擦《こす》れ合う。

「あ……っ、サーシャ、サーシャ……っ」

「入れても……いいか？」

ぷつんと勃ち上がった肉芽に淫刀が当たり、この上なく気持ちいい。たっぷり焦《じ》らされ、優花はもうひと思いに貫《つらぬ》いてほしいと強く願った。

「入れ……て」

こくんと頷くと、アレクサンドルは鷹揚《おうよう》に微笑み、自身のそれに手を添えた。

亀頭が蜜口に押し当てられ、優花はギュッと目を閉じて襲い来る淫悦に心を備える。

「ん……っ、あ、ぁっ」

グプリと巨大な亀頭がねじこまれ、優花は柔らかな花びらが引き伸ばされる感覚に息を呑んだ。

「優花、力を抜いて」

「は……い」

はぁ、はぁ、と浅く呼吸を繰り返しているうちに、残る屹立《きつりつ》がミチミチと隘路《あいろ》に押し入ってきた。

「あ……っ、あ！　大き……ぃっ、ぁっ」

日本に帰国してから勝也に出会うまで、優花は一回だけ日本人男性と付き合い、初めてのベッドインをした。とても優しくしてくれて嫌な思い出ではなかったのだが、それほど気持ちいいとも思えない経験だった。以来、優花は特にセックスの必要を感じないでいたのだが……

アレクサンドルのように丁寧に食事をするような抱き方をし、与えられる快楽も極上な体験をした今は、その考えが変わりそうだ。

そういえば、最後の経験は二十二歳の時。それから四年経った現在、優花はセカンドヴァージンと言っていい状態だ。それをアレクサンドルのサイズで引き裂かれたことで、痛みを感じてしまう。

「痛いのか？　もしかしてヴァージンだった？」

アレクサンドルはハッとし、優花の目に浮かんだ涙をちゅっと吸い取る。

「だい……じょぶ、です。ちょっと……大きくて苦しいだけ……っ」

眉間に皺《しわ》を寄せて返事をすると、またあの甘美なキスが始まった。

「ん……く、ん、むぅ……ンぅ」

舌を絡ませ懸命に応《こた》えていると、アレクサンドルが腰を揺すって最奥を目指してきた。そのたびにずんっずんっと突き上げられ、優花はその強すぎる感覚におののく。両手両脚でアレクサンドルにしがみつくと、頭が撫でられた。

「んぅーっ!!」

とうとう最奥の柔らかな子宮口に先端がキスをすると、優花は得も言われぬ感覚を覚えて口を塞《ふさ》がれたまま悲鳴を上げる。

「……大丈夫か？」

唇を離し、アレクサンドルがいい子いい子と何度も頭を撫でてくる。その感触が心地良くて堪《たま》らない。

「は……い。でも、最初はゆっくりして」

「ん、分かっている」

再びちゅっと軽くキスをし、アレクサンドルはゆるゆると腰を揺らし始める。

「あ……っ、ぁ、あぁ、あ……っ、動い、てる」

狭い蜜道をみっちりと満たす熱塊が前後し、内臓が揺らされているような感覚を味わう。同時に奥から蜜が溢《あふ》れ出て、ヌチュヌチュと恥ずかしい音が静かな部屋に響いた。

「優花、たっぷり濡れていい子だな。小さくて狭くて、君の締め付けは最高だ。一生、ここには私しか迎えてはいけない」

「ん……っ、でも、恋人……っ、契約……っなのにっ」

「契約と言ったが、それはただの手段だ。私は優花が欲しいと思ったし、突然私に言い寄られた君が困るだろうから、恋人になってもおかしくない方法を選んだ。もし君が本気で応《こた》えてくれるのなら、私だっていつでも真剣に応じるよ」

腰を揺らしつつ、アレクサンドルは熱っぽく優花を見つめる。

「やぁあっ、そんなの、嘘ぉっ。あなたみたいな立派で素敵な人が、なんで……っ、私なんかに本気になるの……っ」

今の今まで夢見心地だったのに、これが「契約」であることを思い出し、優花は悲しい現実を見せられた気分で絶望していた。だというのに極上の快楽を与えられた体は、浅ましい媚肉をひくつかせて男に纏《まと》わり付く。

「私がどれだけ君を想っているか、君は知らないだろう」

どこか悲しさすら感じさせる声で言い、アレクサンドルは優花の胸に吸い付いた。前歯を立てて強く吸い、優花の体に所有の印をつけていく。

すでに咲いている赤い花を目で確認し、自分の所有印がついていない場所をわざと選んで印をつけているようだ。

「あ……っ、ぁ、ぃたっ、ぁ、あぅっ、う、うーっ」

いつの間にかポロポロと涙が零《こぼ》れ、アレクサンドルに揺さぶられながら優花は目元を拭《ぬぐ》う。

「私のことを信じてくれ。必ず君を幸せに導《みちび》き、愛するから」

懇願するような声を出し、アレクサンドルは優花の片脚を肩の上に担《かつ》ぐ。より深くなった結合により、優花の頭の中はアレクサンドルで一杯になる。

パンパンという音も速く大きくなり、優花を追い詰めていく。

「優花、あんなことがあったあとだから、色恋に臆病になっているのは分かる。だが恐れていては前に進めないぞ」

アレクサンドルは指先できゅう、と優花の肉芽を摘まむ。そして上下左右に揺さぶり、細かく振動を与えた。

「んひぃっ！　あっ、あぁぁあぁっ！」

その途端、優花は一度目の波にさらわれた。つま先がギュウッと丸まり、膣肉がアレクサンドルの屹立《きつりつ》を押し返すかのようにきつく締まる。

「あぁ、達したのか優花。ナカがピクピクと可愛らしく痙攣《けいれん》している。だが私はまだ達《い》っていないから、しばらく付き合ってくれ」

ジュボッと濡れた音を立てて一度屹立《きつりつ》を引き抜き、アレクサンドルは優花をうつ伏せにした。腰を抱えて四《よ》つ這《ば》いの格好をさせ、びしょ濡れになった場所に舌を這わせる。

「……っぁ、あ！　ダメっ、ダメっ、今……っ、達《い》ったばっかりだからぁっ」

泣き声で訴えても、アレクサンドルは攻める手を止めない。指は膨れた肉真珠をピタピタと刺激し、あろうことか後ろの孔まで舐め回す。

「だめぇえっ！　皇太子殿下がそんなところ舐めたらだめぇっ」

この上ない羞恥《しゅうち》に襲われ、優花は本気で泣いていた。

それに構わず彼の舌はヌルヌルと窄《すぼ》まりの皺《しわ》を辿《たど》り、会陰を通って花びらの泥濘《ぬかるみ》に到達する。長い舌が小さな蜜口に入れられると、ズボズボと指のように前後した。

およそ王族が立てると思わないはしたない音をさせ、アレクサンドルは優花の蜜壷を味わい尽くす。

「も……っ、許してぇ……っ」

あまりの恥辱に泣き出すと、背後から覆い被さったアレクサンドルが耳元で囁《ささや》いた。

「優花、私の愛を疑わないと言ってごらん」

低く艶《つや》やかで愛欲にまみれた声が、甘い堕落の道を指し示す。

「君が求めるのなら、私は与える。君が契約した相手を信じ、愛すると言ってごらん。楽になるから」

そう言って、アレクサンドルは両手で優花の尻肉を掴《つか》む。見えないものの、彼が背後から優花の大事な部分を凝視しているのが分かる。恥ずかしくて隠れたいのに、しっかり掴《つか》まれた腰は動かない。代わりに花弁がひくつき、蜜がシーツにトロリと滴《したた》った。

「優花」

問うでもない、詰問《きつもん》するでもない声がしたあと、潤《うる》んだ蜜壷に指が二本差し込まれる。

「あぁ……っ、あ、ダメ……」

「私は君を大切にする。誰よりも愛するよ？　信じてくれないか？」

ちゅくちゅくと蜜壷が掻き混ぜられる音がし、優花の体に甘く重たい快楽の痺《しび》れが広がっていく。

——気持ちいい。

優花は陶然《とうぜん》としてシーツに顔を押しつけ、彼の指を味わっていた。

——こんな気持ちいい思いをしたことはない。

——世界が違う顔を見せたのかと思った。

——勝也に手ひどく裏切られたあとの傷付いた心に、幸運すぎるこの話の〝裏〟が怖くて、一歩踏み出せないでいた。

――でも、信じてもいいのかもしれない。

「サーシャ……」

「ん？　なんだ？　優花」

――自分の名前を特別なもののように、愛《いと》しげに呼ぶこの人なら……

「信じ……ます。あなたを恋人だと思って愛します」

「いい子だ」

望む返事を得たアレクサンドルは、優花の頭を撫でたあと背後から覆い被さった。そしてヌチヌチと肉棒の先端を花弁に擦《こす》りつけ、グッと腰を押し進める。

「あぁあアぁっ」

悲鳴とも溜め息ともつかない声を出し、優花はギュッと目を瞑《つぶ》って俯《うつむ》く。大きな質量が自分の中に入り込み、満たすのを感じる。

「あ、あぁ……おっき……ぃ」

あまりに大きさについそんな言葉が漏れる。

「あまり私を煽《あお》ってくれるな」

アレクサンドルが嬉しそうな照れくさそうな声で言い、優花の背中や尻を撫で回す。

やがて彼が腰を前後させると、ヌチュックチュッと剛直に蜜壷が掻き回される音が響いた。

「あ！　あぁあっ、ぁ、あ、ぁあ、やぁっ」

正常位とは違う場所を先端で突かれ、優花は悶絶《もんぜつ》する。おまけにアレクサンドルの手はたっぷり濡れた肉真珠に伸びていた。

「――ひ！　あァあっ！」

激しいピストンに堪《こら》えるのに精一杯だったというのに、最も敏感な場所への刺激は強すぎた。軽く指先で弄《もてあそ》ばれてすぐに優花は絶頂を迎え、頭をシーツにつけてビクビクと痙攣《けいれん》する。

「また達《い》ったのか？　仕方がない子だな」

背後でアレクサンドルが色っぽく笑った気配がしたかと思うと、また屹立《きつりつ》が引き抜かれた。

優花は、荒い呼吸を繰り返しドッとベッドに倒れ込む。その上にアレクサンドルが覆い被さり、優花の体を横臥《おうが》させると、脚を抱え込みまた挿入した。

「あぁああぁ……っ、も、ダメぇえっ」

終わりのない行為に優花は悲鳴を上げ、本気で逃げようと枕の方に向かって手を差し伸べる。しかしその瞬間ドスンと強く突き上げられ、優花ははくはくと口を喘《あえ》がせた。

「んっ！　ん、ぅっ、あぁっ、あっ」

優花のベビーピンクの爪がシーツの上を滑り、キュウキュウと甲高い音がする。もう優花は生理的な反射でアレクサンドルを締め付けることしかできない。

横臥《おうが》した格好で立て続けに二度達《い》かされたあと、また正常位に戻った。

優花のぼんやりとした視界の中、アレクサンドルは汗を浮かべながらも艶然《えんぜん》と笑っている。

乱れた金髪が顔に貼り付いているのが色っぽいなと思うや否や、彼は「優花、可愛い」「愛してる」と言って腰を振り始める。

「あううぅっ、うーっ、ううっ、も……っ、だめぇっ、ダメだからぁっ」

声を嗄《か》らし、可愛い喘《あえ》ぎ声も出せず本能で行為の終焉《しゅうえん》を願う。何度達したか分からない頃になって、ようやくアレクサンドルの終わりが見えた。

「優花、優花……っ」

バチュバチュと凄《すさ》まじい音がし、優花の胸が律動に合わせてプルプルと躍る。何度か最奥まで深く腰を叩き込んでから、アレクサンドルがキスをしてきた。

「ん……っ、っ、ぅ、うぅ……っ」

熱烈なキスに、舌に、優花は蹂躙《じゅうりん》されるがままだ。そうして二、三度ずん、ずんと腰を打ち付けられ、優花の膣内でアレクサンドルがビクビクと震える。

途中からずっと達《い》きっぱなしだった優花の体は、子宮が痙攣《けいれん》しすぎて快楽の頂点を越えていた。

飽和状態の意識の中、最後にツルツルとした舌が優花を慰《なぐさ》めてくる。

ちゅっと小さな音を立てて唇が離れ、頬や額《ひたい》など汗にまみれた顔に満遍《まんべん》なくキスが降ってきた。

「……優花、ありがとう」

あまりの絶倫ぶりに「助けて」とすら思ったが、その一言で「何だかもういいや」とすべてを許す気持ちになる。

人生で初めてこんなに気持ちいい思いをして、男性に愛される真の意味が分かった気がした。これだけでもう、恋人契約を引き受けた価値がある。

この上ない充足感を得た優花は、そのまま意識をふつりと失ってしまった。

＊　＊　＊

「私……。一か月も恋人契約ができるか自信ありません」

たっぷりとお湯を溜めたバスタブに、優花は背後からアレクサンドルに抱き締められて浸《つ》かっていた。

せっかくシャワーを浴びたが、激しい行為でまたたっぷりと汗を掻いてしまった。優花はエーゲ海で取れた最高級の天然海綿で体を洗われ、髪の毛もいい匂いがする高級シャンプーで洗ってもらった。

本当なら優花がアレクサンドルに尽くさなければいけない気がするのだが、彼はこういう時は自分から奉仕したいらしい。

優花の声はすっかり掠《かす》れ、腰も立たずクタクタだ。

彼女が気を失っているあいだ、アレクサンドルはお風呂の用意をし、蜂蜜入りの紅茶も用意してくれていた。バスタブの隣に丁度いい高さの台があって、手を伸ばせば紅茶が飲めるようになっている。

今はすっかり秘部のとろみが洗い流され、彼もいつもの紳士然とした態度だ。

だが彼がベッドでどうなるか知ってしまった以上、毎回極限まで相手をしなければならないことを思うと、少し気が重たい。

とても気持ち良くてこの世のものと思えない快楽を得られるのだが、あまりに時間が長すぎる。

「どうして？　気持ち良くなかったか？　痛む？」

自分が激しすぎたのかと反省してくれたが、そうではない。真逆だ。

「あの、ちがっ……その、き、気持ちいいのが続きすぎて、体が持たないと思うんです」

背を向けたままなので恥ずかしさが半減され、優花は本音を言う。すると後ろからケロッとした声が聞こえてくる。

「なら問題ないじゃないか。私もとても気持ち良かったし、私たちの相性は最高だ」

「ですから、一回につき二時間近く続くと、私も体力的にきついんです！」

これだけは言わないとと思いきって口にすれば、アレクサンドルは黙ってしまった。

セックスのあと、優花が意識を戻したのは、体が温かなお湯に包まれてからだった。時刻を聞けば夜中近くだと言う。アレクサンドルが部屋に来たのが夕方過ぎだとして、随分長いあいだ抱かれ続けていたことになる。

「あなたとのセックスは気持ち良くて嫌いじゃないです。でも一回につきこんなに長く掛けられると……その、その後の予定もありますし、私も翌日の体力が……」

モゴモゴと言っていると夕食をとり損ねた腹がグゥ……と鳴った。「もーっ」と思わず声が出て、優花は自分の腹部を撫でさする。

「ふ……っ、ははっ」

自分を抱き締めているアレクサンドルの体が揺れたかと思うと、彼が笑い出した。

お湯もチャプチャプと踊り、バスタブのお湯が外に溢《あふ》れ出る。

「な、なんで笑うんですか。私、真剣に悩んでいるのに……」

後ろを振り向くと、濡れた前髪を後ろに撫でつけた彼が明るい色の目でこちらを見ていた。

「いや、可愛いことで悩んでいるなと思って。じゃあ、私も次からはなるべく早めに出せるよう努力しよう。それには君の協力も必要なんだが……」

譲歩しようとしてくれているのに感謝しつつも、優花は彼とのベッドインは避けられない運命だと悟った。

「わ……分かりました。なるべく協力します。でも協力って具体的にはどういう？」

挿入中の協力と言えば、優花が懸命に締め付けるぐらいしか思いつかない。

すると、アレクサンドルはウキウキとした様子を隠さずに言う。

「まだマンネリになるには早いが、そのうち私が見繕《みつくろ》った下着など身につけてくれると嬉しい」

「そ、それでいいんですか？　あ、あの……つかぬことをお聞きしますが、今までサーシャの女性関係ってどうだったんです？　さすがにこれが初めてではないでしょう？」

彼も三十歳なのだから、童貞ではないのは分かっている。一体、これまでこの絶倫ぶりをどうしていたのか、不思議でならない。

「そうだな。学生時代はガールフレンドがいたが、皇太子として本格的に公務に勤《いそ》しむようになってからは、ほぼ縁がなかったかな？」

「またまたぁ。サーシャみたいな素敵な人、女性が放っておく訳がないです。好きな人がいたっておかしくないのに……」

嫉妬をして「君だけだ」と言ってほしいのではなく、優花は心から不思議に思っていた。

他国のロイヤルファミリーにしても女優のような美女と結婚したり、恋人報道があるのを知っている。それなのにこの完璧すぎるアレクサンドルに女っ気がないなど、にわかに信じられない思いだ。

「まぁ、人それぞれ理由があるんだよ」

「そう……ですか」

やんわりと濁《にご》され、彼がこれ以上この話題を望んでいないことに気付く。恋人契約と言われ、体の関係ができてもアレクサンドルにはまだ心の壁があるような気がした。

「性処理的な質問に答えるとすれば、右手が恋人だったと言うけれどね？」

あけすけに自慰をしていたと言われ、今度は気まずくなった優花が黙った。

何か言わないとと思い、やがてモゴモゴと呟《つぶや》く。

「……こ、皇太子殿下が三十路《みそじ》を過ぎても右手が恋人だといけませんから。……だから、私がちゃんとお相手をします……」

「うん、分かってる」

急に可愛い言い方をし、アレクサンドルはぎゅうっと優花を抱き締めてきた。チュッチュッと頬にキスをされ、恥ずかしくなってしまう。

「さて、お腹が空いたね。君が気を失っているあいだ、ヨハンに連絡をしておいたから、もうそろそろあちらの準備もできているはずだ」

「えっ、えぇっ⁉」

そう言えばアレクサンドルは仕事帰りに真っ直ぐ部屋に寄ったようだった。となると、もちろん彼を待っているヨハンがいたはずなのだ。

（ああああ……‼）

内心絶叫した優花は、両手で顔を覆い悶絶《もんぜつ》する。

（ごめんなさい！　ヨハンさんごめんなさい！　次は必ずあなたのもとに帰します！）

あのにこやかな従者が、あとからアレクサンドルにチクッとお小言を言いそうな予感がひしひしとする。とはいえ、アレクサンドルは何を言われても動じないのだろうけれど。

ほんの僅《わず》かな時間だが、この宮殿の人たちのペースに慣れてきた気がする。

凄《すさ》まじい後悔の嵐に苛《さいな》まれつつ、優花は急いでバスタイムを終わらせた。

その後またアレクサンドルが丁寧に優花をバスタオルで拭き、ドライヤーまで掛けてくれたのは言うまでもない。

第四章　宮殿生活の甘さと切なさ

それから約一週間、フラクシニア宮殿での生活が続いた。

首都トゥルフ近郊を巡る観光も終わろうとしている。

いわゆるSNS映えするような場所にはすべて行き、トゥルフで美味《おい》しいとされているレストランやパティスリーにもあらかた行った。

昼間はエアハルトが付き添ってくれるが、いい加減彼の仕事を邪魔しているようで申し訳なくなる。しかし同行を断ろうとしても、「大事な客人だから」と言われ首を横に振られる。

一週間ほど経った雑談の中で、エアハルトが「そろそろネタも尽きてきたかもしれません」と笑ったのを見て、優花は今後宮殿内で大人しく過ごそうか考えた。

余りある時間の過ごし方は、アレクサンドルが貸してくれたタブレット端末やノートパソコンで何とか潰せるかもしれない。

また彼の専属トレーナーという人を紹介されたので、ジムで体を鍛えられるのもありがたい。アレクサンドルいわく、「恋人の体調管理をするのも契約のうち」とのことだ。

彼が趣味で集めている映画のディスクも大量にあり、シアタールームを自由に使っていいという許可も得ている。また、最高級のステレオとハイレゾCDとで、音楽を楽しむこともできる。

両親にはアレクサンドルと契約を交わした日に連絡をしており、帰国が遅くなる旨も伝えてあった。フラクシニアは治安のいい国なので、両親もそれほど不安視していないようだ。

契約恋人のことはぼかし、「皇太子殿下に個人的に気に入られたので、一か月ほどフラクシニアに滞在します」とだけ伝えておいた。

フラクシニアから帰国したあとのスケジュールも調整し、仕事に穴をあけることもなくなりひとまず安堵した。

アレクサンドルはといえば、毎日忙しそうにしているが、夜になると必ず真っ直ぐ優花の部屋に来る。

今日も夕食が終わってそれぞれ自由時間という時になり、アレクサンドルが部屋にやってきた。

「ン……」

貴腐ワインの甘さに気持ちがフワフワしていた優花は、気が付けばソファに体を押しつけられ、アレクサンドルに唇を貪《むさぼ》られていた。

最初にちゅ、ちゅと何回か唇を啄《ついば》む彼の癖を、自分はもう分かってしまっている。その〝とても個人的な秘密を知った〟という感覚がくすぐったい。

インド綿のマキシワンピの胸元を、アレクサンドルの大きな手が包みゆっくりと揉む。

この一着数万円するワンピースは、優花のために用意されたものだ。

宮殿にアレクサンドルが呼んだ業者が入り、優花の体にフィットする下着やブランド物のワンピースなどを見繕《みつくろ》い、「殿下からのプレゼントです」と満足そうに微笑んだのはつい先日のことだ。

一か月で終わる契約恋人なのにいささかやりすぎなのでは……と思ったが、アレクサンドルにとっては当たり前のことらしく、「恋人なら受け取ってほしい」と期待した目で見つめてくる。

その好意を無下《むげ》にすることもできず、優花はまるでお姫様のような生活を送っていた。

「あ……、ン、ぁ……ふ、んぅ」

アレクサンドルの肉厚な舌に口腔《こうこう》を探索され、優花はキスだけでじんわりと下着を濡らしていた。

下着も彼から贈られた物で、高価な総レースのセットだ。普通ならしっかりとしたカップがあって胸の肉がホールドされる。しかこのブラジャーは、レースのみなのにしっかり胸を上向きにしてくれるすぐれ物だった。

だからこそ、服と下着越しにカリカリと乳首を引っ掻かれても、優花は敏感に感じることができる。

プクンと勃ち上がった乳首の形を、アレクサンドルは愛《いと》しげに指先でなぞった。

「私がいなかったあいだ、寂しくなかったか?」

耳元で問われて、ドキッと胸が高鳴る。

毎日のようにアレクサンドルに抱かれる生活を続けていて、もう体は彼を覚えてしまっている。こうしてキスをするだけでも濡らしてしまうほどで、正直彼とプライベートな時間を過ごせる時を心待ちにしている自分がいた。

今まで優花にとってセックスはさほど重要なものでなかった。しかしアレクサンドルに愛されてその禁忌《きんき》の味を知ってしまった今、「もっと欲しい」という飢餓感《きがかん》が常に心の中にある。

「……す、少しだけ……」

素直に甘えるのは、やはり得意ではない。

まだ彼に抗《あらが》う元気もあるのでそう答えると、目の前でアイスブルーの目が楽しそうに細められた。

「そう? 少しだけ? 本当かな」

布越しにチュウと胸の先端を吸われ、「あん……」と鼻に掛かった声が漏れる。

するとアレクサンドルの手がスカートの裾から脚を這い上がり、太腿の感触を楽しむ。

「ここをこんなにしているのに、少しだけ？」

トン、と彼の指先が触れたのは、パンティのクロッチだ。

そこを指でぐりぐりといじめられ、チュクチュクと濡れた音が優花の耳に届く。

「ぁ……やぁ。そ、そんな……」

キスだけではしたなく濡らしている事実を突きつけられ、恥ずかしさのあまり優花は両手で顔を隠す。

「優花？　顔を隠してはいけないよ。恋人同士は目を見つめ合い、気持ちを確かめ合うものだ」

やんわりと窘《たしな》められ、指の隙間から彼を見つめ返す。

「とても濡れている気がするが、私のことを待ち侘《わ》びていなかった？」

下着越しに秘唇の形をなぞられ、呼吸が荒くなっていく。プクリと膨らんだ肉芽もクリクリと転がされて、思わず唇から嬌声《きょうせい》が漏れた。

「あ、あんっ……んっ、そこは……っ」

「優花」

もう一度名前を呼ばれ、潤《うる》んで刺激を求めている場所を布越しに擦《こす》られる。

「ん……っ、あ、会いたかったです。……サ、サーシャが……欲しかった……っ」

「よく言えたね」

アレクサンドルが微笑み、優花の頭を撫でて額《ひたい》にキスをする。

「ベッドに行こう」

難なくヒョイッと抱き上げられ、お姫様だっこというものに慣れつつある自分に少し驚く。海外で生活していた子供時代も、日本で生活していた学生時代も、優花に異性としてこういうことをしてくれる存在はいなかった。

優しくベッドに横たえられ、その上にアレクサンドルが覆い被さってくる。

「優花、ばんざいをして」

「……はい」

言う通りにすると、スルリとワンピースが脱がされた。ワンピースの色味に合わせた紺色の下着が露《あら》わになり、優花は思わず胸と下腹部を隠す。

リラックスした格好をしていたアレクサンドルも、手早く服を脱いでしまった。

彼の逞《たくま》しい胸板や割れた腹筋を目にして、優花の胸が高鳴る。こんな雄々しく鍛えられた体に、世にも美しい顔が乗っているのだ。見とれない方法があるなら教えてほしい。

「優花……」

そんな彼が愛《いと》しげに自分の名前を呼び、肌を撫で回す。

愛されているという錯覚がトロリと優花の心を支配し、彼女は満たされた笑みを浮かべた。

すると性急とも言える手つきで紺色の下着も脱がされ、優花は生まれたままの姿になる。

「キスをしよう。君となら何度だってキスがしたい」

うっとりと目を細めたアレクサンドルの唇が重なり、優花も彼の首に手を回し自《みずか》ら舌を伸ばした。

舌が互いを探り合い、ピチャピチャと水音が耳を打つ。

王室専属のエステティシャンに整えられた優花の肌は、この上なく滑《なめ》らかになっていた。それを堪能したアレクサンドルの手は、もっちりとした双丘を撫で回し、たぷたぷと揉む。

「ン、んぅ……サー……ん、んぅ」

息継ぎの合間に彼の名前を呼ぼうとしても、それすら掠《かす》め取られ深いキスの中に消えていく。

更にアレクサンドルの舌に口蓋《こうがい》や舌の付け根をくすぐられ、体の深部にゾクゾクとした悦《よろこ》びを得る。いつの間にか優花の脚は左右に開かれ、中央にアレクサンドルの雄を押しつけられていた。

「ん……っ！」

にちゃり、と生の屹立《きつりつ》と濡れた花弁が触れ合い、優花の腰にビリビリッと甘い電流が流れる。ぷつんと勃ち上がった肉芽を、アレクサンドルの亀頭や雁首が何度も往復して擦《こす》り、得も言われぬ快楽を刻みつけていく。

「んぅーっ、んぅ、うーっ」

素股というものを初めて体験した優花は、予想以上の気持ち良さに腰を揺らし、必死にアレクサンドルの髪を掻き回した。

「あぁ……っ」

やっと唇が解放され、呼吸をしようと思ったのだが乳首を口に含まれ、色めいた吐息が出てしまう。

アレクサンドルの指が濡れそぼった花弁に触れ、クチュクチュと蜜を掻き混ぜた。クプ……と潤《うる》んだ場所に指が二本入り込む。

「や……、あぁ、サーシャ……っ」

「気持ちいいか？」

揃った指先がすぐに優花の感じる場所を探り、プチュクチュと粘液の音を立てて擦《こす》り立てる。

「あっ、あぁ、あーっ、き、気持ちいい……っ」

「素直に言えていい子だ」

ちゅ、とまた啄《ついば》むキスをされ、アレクサンドルはご機嫌な様子で優花の体を暴《あば》く。

長い指が蜜洞を前後して、柔らかく膨らんだ媚肉を優しく押し、指をクックッと中で曲げてくる。

「んぁああっ、ああぁーっ、やぁ、気持ち……のっ、ぁ、あーっ」

すぐに屈服した体が素直に快楽を告げると、アレクサンドルはよりいっそう優花を優しく淫《みだ》らに愛してくれる。

「ここも気持ちいいだろう？」

「ひぁあっ！」

膨張した肉真珠を親指で横なぎに弾かれ、優花はビクッと腰を跳ね上げた。

「優花の体は敏感で優秀だから、たっぷり感じられるな」

「や――あ、あぁっ、き、きもち……い、からっ、も……あのっ」

――入れてほしい。

そんないやらしい願いが胸の奥から漏れ出て、優花はカァッと赤面した。

「優花？　してほしいことがあるなら、口に出して言ってごらん？」

「ン……っ、ん、ぁ……っ」

唇をわななかせ、涙目になった優花は自分の上にいるアレクサンドルを見る。

ゆったりとした笑みを浮かべた彼は、優花が何を望んでも「いいよ」と叶えてくれる雰囲気を醸《かも》し出していた。

未来の国王となる堂々たる存在に愛され、この上ない至福を覚える。

「い……達《い》かせ、て……っ」

けれど「入れてほしい」とは言えず、優花は遠からず近からずな願いを口にする。

「ふん？」

アレクサンドルは優花の真意を探るような顔をしたあと、「まぁ、今はいいか」と呟《つぶや》いて笑みを深めた。

「優花、達《い》きたいなら好きに達《い》っていいんだよ」

彼はそう言い、感じ切って下りてきた子宮口近くの膣肉を押し上げてきた。

「っあぁぁアうっ！　あぁァあっ、あーっ！」

その途端、これ以上ない深い淫悦が優花を襲い、彼女は目を見開いた。アレクサンドルの攻めはそれだけでなく、たっぷり蜜で濡れた肉真珠もツルツルと転がしてくる。

「ダメっ、ダメっ、あっ、あっ――――ぁ、あぁあ………っ」

後頭部をぐっとシーツに押しつけ、つま先を丸め、弓なりになった優花は大きな波にさらわれた。

「優花……」

我慢できないとアレクサンドルがのし掛かり、手早く避妊具を屹立《きつりつ》に装着すると、ヌルヌルと秘唇を擦《こす》ってきた。

「あぁあ……あぁう、うー……」

濡れた目で「今達《い》ったばかりだから少し待って」と訴えるが、アレクサンドルは薄い色の瞳で彼女を見下ろし、ペロリと舌なめずりする。

その仕草に野性を感じ、優花はゾクリと腰を震わせた。

「入れていいか？」

こういう時になっても、アレクサンドルは優花の意思を尋ねてくれる。

どこまでも紳士的であろうとする彼から、優花を大切にしようという思いが伝わってくるようだ。

この上なく嬉しく満たされた気持ちになり、優花はおずおずと自《みずか》ら脚を開いた。

「……どうぞ……」

本能の部分では、浅ましく濡れた部分が彼を欲してやまない。

とうとう彼を迎えられるのだと思うと嬉しくて、もし尻尾があれば千切《ちぎ》れんばかりに振っていただろう。

「ん……。ありがとう」

アレクサンドルは愛《いと》しげに目を細めると、ちゅ、と優花の唇に優しいしるしを残し、ぐ……と腰を押し進めてきた。

「あ……っ、ぅ……う、ん……っ」

相変わらず巨大な先端を咥《くわ》え込む時は、粘膜が引き伸ばされて少しドキッとする。

優花も経験が多い訳ではないので、他の男性のサイズがどのくらいなのかよく知らない。だがアレクサンドルのそれがとても大きいのは分かっていた。

彼が優しくしてくれなければ、自分の体は滅茶苦茶になってしまう。

本能で察するからこそ、アレクサンドルの紳士さが堪《たま》らなくありがたい。

「辛くないか？」

ゆっくりと挿入しながらアレクサンドルが問い、優花の頭を撫でる。

「ん……大丈夫です。サーシャ、優しい……から。……んっ」

隘路《あいろ》をみちみちと押し広げられる感覚に、言葉を滑《なめ》らかに発することができない。唇をわななかせつつも答えると、また褒めるように頭が撫でられた。

「あ……」

ある程度屹立《きつりつ》が埋まると、二人して同時に息をつく。

自然と視線が絡まってキスが始まり、アレクサンドルの腰がゆっくりと小刻みに動き出す。

「ん……っ、ふ、ァ、あ……っ、む――、ン」

唇を塞《ふさ》がれ、合間にハフッと懸命に息継ぎをしつつ、優花はアレクサンドルの背中を撫で回し彼を受け入れた。

ヌチュックチュッと結合部から濡れた音がし、蜜孔からしとどに愛欲の雫《しずく》が漏れ出す。アレクサンドルは時にぐるりと腰を動かし、優花の蜜壷を掻き回した。

「んーっ、ン！　んふっ、んむぅ、んぅ」

口腔《こうこう》は彼の舌にまさぐられ、腰から力が抜けそうなぐらい気持ちいい。

この関係に溺れてはいけないのに、アレクサンドルの愛が強すぎて、勘違いしてしまいそうになる。自分は本当に愛されているのだと思い込んだら、はしたなく彼を求めてしまうだろう。

「……あぁ、優花……。本当に可愛いな。本当に私の腕の中にいるんだ」

自分を求める声があまりに切実で、優花は思わず笑みを零《こぼ》していた。

「ここにいますよ。……あぁっ、ン――あなたの側にいます」

恋人ならきっとこう返すべきだろう――ともう一人の自分が囁《ささや》き、優花は自《みずか》ら彼の首に腕をかけ、軽くキスをする。

アレクサンドルはそれは幸せそうに目を細め、もう一度「幸せだ」と呟《つぶや》いてから上体を起こした。

「奥まで入れるぞ」

「え……っ？　あ――ぁああっ！」

断りの声があったあと、アレクサンドルが優花の太腿を掴《つか》み、ずんっと腰を突き上げた。

最奥に亀頭がめり込み、優花はブルブルッと震えてあっけなく絶頂を迎えてしまう。子宮がヒクヒクと蠢動《しゅんどう》して彼の精液を欲すると、アレクサンドルが眉間に皺《しわ》を寄せ唇を舐める。

だが彼はそこで達することなく、優花の細腰を掴《つか》んで容赦のない抽送を始めた。グッチュグッチュと蜜が粘つく音と、二人の腰がぶつかる乾いた音が響く。

「あぁあっ、サーシャっ、あぁーっ、ンぁ、あぁっ、あぁーっ」

優花は髪を振り乱し、両手でシーツを握りしめて腰を浮かす。

最奥まで彼が届くたび、強烈な淫悦が優花の全身を支配し、メリメリと理性を引き剥《は》がしていく。

気が付けば優花は荒い呼吸を繰り返し、感じきっていた。

「優花？　我慢しなくていい。達《い》きたかったら達《い》きなさい」

「――っひ、あぁアあぁっ!!」

さやから顔を出した肉真珠をクリュンッと撫でられ、頭が真っ白になった優花は体を痙攣《けいれん》させた。

小さな孔からプシャッと蜜潮を漏らしてしまったが、恥じらう余裕すらない。

「まっ、待って！　サーシャ！　待って！　も……っ、無理っ、無理っ」

閉じられなくなった唇は涎《よだれ》で濡れ、哀願する瞳も涙を零《こぼ》している。

だがアレクサンドルは愉悦の籠《こ》もった笑みを漏らし、舌なめずりをするのみだ。

「優花、私の愛をたくさん受け取って、自由に感じてくれ」

大きな手が優花の乳房を包み、キュウッと先端を軽くつねった。それだけで下腹部にズン……と耐えがたい疼《うず》きが宿り、はしたなく彼の灼熱《しゃくねつ》をしゃぶる。

「――ぁ、くっ、優花はよく締まるいい子だね」

額《ひたい》にも体にも汗を浮かべたアレクサンドルは、優花の平らなお腹を掌《てのひら》で撫で、欲の籠《こ》もった目でそこを見つめた。

「私も……一度出させてもらう」

そう言ってアレクサンドルは優花のお尻を持ち上げると、自身の太腿の上に乗せてガツガツと激しく腰を振り始める。

「あアぁうっ、あぁーっ！　やぁあっ、む、無理なのっ、も、ダメなのっ」

涙の雫《しずく》を飛び散らせ、優花は懸命に行為の終わりを望む。だが抵抗する言葉も、最奥を抉《えぐ》る強すぎる衝撃に甘い悲鳴と化す。

自分や彼の立場も忘れ、ただただ必死に本能のまま嬌声《きょうせい》を上げ、腰をくねらせ続けた。

「優花……っ」

爛熟《らんじゅく》しきった肉真珠を弾かれ、優花は食い縛った歯から声にならない絶叫を漏らし、一際《ひときわ》高い頂《いただ》きへと飛んだ。

「っ――――ぁ……………っあ、ぁ、く…………あっ」

世界が真っ白に塗り潰され、まぶたの裏で光が瞬《またた》く。

体の奥で彼の分身が震え、ドクッドクッと絶頂の白濁を吐き出しているのが分かった。

高みから意識が体に戻った途端、ドッと全身に汗を滴《したた》らせ、荒い呼吸を繰り返す。

アレクサンドルも無言でハァッハァッと荒っぽい息をつき、少しのあいだ動きを止めていた。

――終わった。

ぐったりとした体で、アレクサンドルが屹立《きつりつ》を引き抜いて避妊具を処理する気配をぼんやりと感じる。

(こんなに激しかったんだから、今日はもう……)

そう思っていた時、新しい避妊具のパッケージが破られる音がし、優花は信じられない思いで顔を上げた。

そこにはもう回復したアレクサンドルの怒張があり、隆々《りゅうりゅう》としたそこに薄ピンクの皮膜が被せられている。

「疲れただろう。次は横になりながらできる体位にするから」

（そうじゃない！）

心の中で盛大に突っ込む優花をよそに、アレクサンドルは彼女の傍《かたわ》らに寝そべり、脚をずらし秘唇に亀頭を押し当てた。

「ちょ……待って、サーシャ……っ」

「好きだよ、優花」

しかし次の瞬間にはズブゥッと熱塊が優花の中に入り込み、一気に最奥まで貫《つらぬ》かれた。


この日も気を失うまで喘《あえ》がされ、アレクサンドルが満足いくまで体を貪《むさぼ》られた。

途中で水や果物を口移しで与えられ、色々と気遣ってくれる。

シーツもびっしょりになった頃になって優花はすべてを手放し、そこでやっと解放された。

気が付くとまた朝を迎えていて、優花は交換された綺麗なシーツの上に寝かされていた。

客室のテーブルにはアレクサンドルのメモがあり、『優花からたっぷり愛を受け取って気力を得たから、今日も一日頑張ってくる。A』と書かれている。

「……もう……」

怒る気にもなれず、優花はガウンを引っかけただけの姿でボフッとソファに座った。

少し体が軋《きし》むが、あの快楽は癖になりそうだ。

愛されて幸せだと思うし、もし自分がもう少しおめでたい頭だったら、きっとこの関係を単純に楽しめただろう。

だがどうしても朝という時間帯は人を冷静にさせる。

「サーシャと肌を重ねるたび……我に返ると辛くなるよ。彼みたいな人に『好きだ』って言われてこんな気持ち良さを与えられて、もう他の人に興味が持てない気がする……」

ポツンと呟《つぶや》いて、優花は自分が勘違いしてしまわないように気を引き締める。

彼に好意を持てば持つほど、この関係が一か月の期間限定なのだと思い知らされる。

「……ちゃんと、線引きはしないと。彼を満足させるよう〝恋人〟を演じて……でも、好きにならないようにしないと」

そんな言葉を口にすること自体、自分がアレクサンドルに嫌というほど惹かれていると、優花は気付いていない。

契約が終わる頃、自分はどれほどアレクサンドルに溺れているのだろうか。

小さく首を横に振り、優花はなるべく契約が切れた時のことを考えないようにしていた。

＊　＊　＊

転機が訪れたのは、契約恋人になって二週間目の中頃だった。

朝食の席でアレクサンドルがいつものようにヨハンから予定を聞いている中に、「ミーナ」という女性の名前が出る。

「……彼女は何時に来ると？」

珍しくアレクサンドルの目がスッと冷たくなる。

向かいに座っていた優花は、彼がそのミーナという女性にあまりいい印象を抱いていないことを悟った。

（これは、私は存在を消してひっそりとしていた方がいいやつだ）

心の中で対応を決めて、優花はきのこのコンソメスープを口にする。

「十四時を予定されています。どうやら例の話の催促のようですが……」

ヨハンが言葉を濁《にご》す。優花は「例の話」が何なのか気になってきた。

（関係ない、関係ない。私はただの契約者でお客さんなんだから）

内心でブンブンと首を振り、食事に集中しようとするものの、気がそちらにいって美味《おい》しいはずの料理を味わえない。

「彼女もしつこい人だな」

アレクサンドルは言葉を選ばずハッキリと言う。

「立場ある方が父上なので、ご自身の身の振り方を大事に思っているのでしょう」

どんな人だろう……と思いつつ口を動かしていると、アレクサンドルが優花を見て微笑む。

「優花。もし気にしているのなら、君にはまったく心配のない話だからな」

「え？　わ、私は別に……」

どもりながら誤魔化そうとしても、アレクサンドルにはお見通しのようだ。

「君はいつも私をチラチラ見て食事をするのに、さっきから目を伏せたままだ。ヨハンからスケジュールを聞くのは毎日のことなのに、今だけ反応が違うから気にしているのだと思って」

「うっ……ちょ、ちょっとは気になりましたが……」

今までアレクサンドルの予定に女性の名前が出ても、「ミズ○○」など、形式的に呼ばれることが多い。

その中においてファーストネームで呼ばれるミーナなる人物が、少し特別に聞こえたのは事実だ。

「彼女は現フラクシニア首相の娘でね。よく宮殿に来ている。だが、ほぼ用事という用事がないのに訪れるので、こちらも余計な時間を割かなければいけなくて、辟易《へきえき》しているのだが……」

（それって……）

大した用もないのに宮殿に来ると聞き、優花はそのミーナという女性はアレクサンドルが好きなのだろうと直感した。

（当たり前だよね。皇太子と首相の娘なら、お似合いだ……）

自然と視線が落ち、優花は口の中に無理にウィンナーを突っ込む。口腔《こうこう》に肉汁が溢《あふ》れ出ても、素直に「美味《おい》しい」と思えなかった。

「優花。表情が暗いが、私の話を聞いているか？」

「ふぇ？」

慌てて顔を上げると、少し呆れた様子のアレクサンドルがいる。

「私は彼女を好いていないと言っているんだ。だから嫉妬で落ち込んでいるのなら、まったく気にしなくていい」

「は、はい……」

ここまでハッキリ言われたなら、これ以上不安がるのも失礼だ。なるべくこの件については考えないようにしようと、優花は改めて思った。

そのあともヨハンのスケジュール報告は続き、ときおり声を潜《ひそ》めてアレクサンドルの耳元で何か言うシーンもあった。内緒話を聞くのはいけないと思って知らないふりをしたが、他にも別の女性の名前が出て、心に引っかかりを覚える。

だが今ミーナという女性について彼がハッキリ説明してくれたこともあり、特別な女性ではないのだろうと自分を落ち着かせたのだった。

＊　＊　＊

午前中は少し庭園を散歩して、部屋でパソコンを開きメールチェックなどをした。自宅で使っているパソコンのメールとフリーメールを同期しておいて良かった。

昼食後は腹ごなしにまた庭園を散歩し、それからシアタールームを利用しようと思っていた。

恋人契約と言っても仕事らしい仕事はアレクサンドルに抱かれることだけなので、そろそろ別の役割も与えてもらおうと考えている。

自分がヨハンと同じように仕事ができるとは思わないが、言葉は問題ないし、できることなら何か手伝いがしたい。一般事務で必要な表計算ソフトや文書ソフトも扱える。

それを今日の夕食の席で、提案しようと思っていた。

ちなみに、アレクサンドルの両親とは今も顔を合わせていない。海外視察などで忙しいらしい。

だが契約期間中に帰国する予定があるので、その時に両親に挨拶《あいさつ》をさせてくれるとか。

正直「皇太子殿下と恋人契約をさせて頂いております」など、言う訳にはいかないが……

おまけに両親に挨拶《あいさつ》などすれば、契約以上の存在になってしまうのでは……？　という不安もある。

しかしそんなことを今考えても仕方がない。

「あぁ、やっぱりどこの国に行ってもパスタって美味《おい》しいな。外れがない気がする」

優花は昼食のボロネーゼを味わうことで、現在の不安を忘れようとした。

のんびりと庭園を歩く優花は、アレクサンドルから与えられたオフホワイトのワンピースにつば広の帽子を被っている。

ただの旅行者なので必要以上の物はいらないと言っているのに、アレクサンドルは優花にありとあらゆる物を買い与える。

毎朝食後は、アレクサンドルと一緒に王室専用美容師によって髪を整えられる。更に夕食前には、一度風呂に入らされる上にヘッドスパ、エステとぬかりがない。

税金を無駄遣いしてはいけないと言えば、アレクサンドルが個人的に経営している事業で得た金だからいいのだと開き直られる。

結果、優花は毎日セレブのような生活をする羽目になっていた。

お陰で髪の毛は艶々《つやつや》のサラサラだし、肌も二十六年生きてきて一番状態がいい。

「うー……。日本の日常生活に戻ったら、ギャップに苦しみそうだわ……」

心地いい日差しに風。バラの香りに癒《い》やされつつ、優花はゆっくりと庭園を歩く。少し離れたところに護衛がいるが、それにはもう慣れた。

宮殿の前庭は左右対称の美しいもので、裏庭は自然の作りを生かした様式だ。人工的なものだが滝や池、小川もある。加えて古代の神殿の廃墟を模した物や、つるバラや藤などが絡みつき綺麗に花を咲かせるパーゴラなど、開放的な前庭に比べこちらは個性が強い。

宮殿の周りを一周していい運動になったところで、そろそろ部屋に戻ろうとした時だ。

「あ……れ」

正面玄関に、いかにも高級ブランドで身を固めていますという風貌の女性がいる。アレクサンドルに負けない美しい巻き毛の金髪で、遠目だから分からないがきっと目も青いのだろう。スラッと背が高くて一七〇センチ以上はあるモデル体型だ。

彼女の周りには護衛とおぼしき黒スーツの男性が数人いる。それとは別に、ヨハンのような執事だと思われる男性も窺《うかが》えた。

どれもパッと見の印象だが、全員顔つきの整った美男子のようだ。

（うわぁ……逆ハーレムだな）

富裕層の周りにはそういう人が集まるんだろうか、と感心しつつ優花はぼんやり女性と取り巻きを見つめる。

（彼女がきっとミーナさんなんだろうな）

ふと頭の中でアレクサンドルと彼女が寄り添っている姿を想像し、「お似合いだ」と落ち込む。

一行の姿が宮殿内に消えてから、優花は溜め息をついてまた歩き出し、関係者用入り口に向かう。

そこに出入りできるのは自分が特別扱いされている証拠だというのに、嫉妬という感情は優花の心を簡単に明るくさせなかった。


アレクサンドルの映画コレクションは、壁一面の棚をすべて埋めるほどだった。そこには、びっしりと色とりどりなタイトルロゴが並んでいる。

優花も映画好きなので、共通の趣味があるのは嬉しいのだが――

（今頃サーシャはミーナさんとお話ししてるのかな）

巨大スクリーンを使っての映画鑑賞も、今の優花は気もそぞろだ。

エジプトやピラミッドを扱ったアクション映画はハラハラドキドキするはずなのに、いまいち心がついていかない。

ぼんやりと巨大スクリーンを見て飲み物を飲んでいたが、ふと手洗いに行きたくなりリモコンの一時停止ボタンを押した。

最初は同じような廊下と壁、ドアが続き迷っていた宮殿も、二週間近く過ごせば生活圏ぐらいどうにかなってくる。

宮殿の手洗いはもれなく上品でエレガントだ。しかも最新機器が揃っていて、温水洗浄トイレの上、人感センサーの洗面台、エアジェットが使える。

便利なだけでなく内装も美しく、曇り一つない巨大な鏡に大理石のボウル、化粧直し用のパウダールームは別にあり、ソファやコンセント、ＵＳＢの差し込み口まである。

(古めかしいお城に見えるのに、生活する部分は便利にできているんだよなぁ……)

西欧文化に日本発の温水洗浄トイレは根付いていないようだが、ここにあるということはアレクサンドルが留学中に出会って取り入れたのかもしれない。

そんなことを考えながら手洗いを済ませて鏡で外見をチェックし、廊下に出た時だった。

『ねぇ、サーシャ。いいでしょう?』

遠くから甘える女性の声が聞こえた。「サーシャ」という愛称にピクッと反応し、いけないと思うのに優花は聞き耳を立ててしまう。

『ミーナ。頼むから聞き分けてくれ。私は君と個人的な関係になるつもりはない。君のお父上がどれだけ強引に話を進めようとしても、断るつもりだ。あとこちらはプライベートエリアだ。あまり度が過ぎるのも地位のある女性らしくないぞ』

交わされる言葉はフラクシニア語だったが、優花は難なく理解できる。

『いいじゃない。パパだって私から王族の暮らしの報告を聞いて、宮殿の予算を決めるかもしれないわ。あまり邪険にするのは得策ではないのでは？』

アレクサンドルを脅《おど》すようなことを言って、ミーナは強引にこちらに来ようとしているらしい。

（やば……。どうしよう。なるべく足音を立てないようにして、シアタールームに入っちゃおう）

この女性に見つかったらややこしいことになるに決まっている。

ヒールだとどうしても硬質な音が響いてしまうので、優花は靴を脱いで手に持ち、なるべく急いで廊下を移動した。

すると、真っ直ぐ伸びた廊下の先——途中の曲がり角からミーナが現れた。

ドキンッと鼓動が跳ね上がり、優花は蛇に睨《にら》まれた蛙のようにその場に固まってしまった。

ミーナはアレクサンドルの部屋がどこにあるか廊下の左右を楽しげに見たあと、優花の姿を目に留め、優美な眉を顰《ひそ》める。

『……なに？』

両手に靴を持った優花の姿は、もしかしたら泥棒にでも見えたのかもしれない。

ミーナが何か言いたげに後方を振り向くと、すぐにアレクサンドルが姿を現した。

『ミーナ、だから勝手な真似は……優花？』

目を丸くして突っ立っている優花を、アレクサンドルもやや驚いたような顔で見る。だがフッと甘やかに相好《そうごう》を崩すと、こちらに近付いてきた。

《優花、どうしたんだ？　靴は手に履くものじゃないぞ？》

アレクサンドルは言語を英語に切り替え、優花の両手にある靴を見て笑う。

おかしそうに、けれど愛《いと》おしそうに優花を見るアレクサンドルを凝視し、ミーナは彼女を〝邪魔者〟だと理解したようだ。

『彼女なんなの？　アジア人のメイドかしら？　それにしては随分図々《ずうずう》しい格好をして、場違いな場所にいるけれど……。誰か客人の服でも盗んで着たのかしら？』

小首を傾げたミーナは、間近で見ると優花が思っていた以上の美女だった。アレクサンドルの目よりは濃い青だが、とても綺麗な瞳をしている。

ツンと高い鼻梁《びりょう》も、小さな顔やすんなりとした体も映画女優のようだ。その体を引き立てるようなブランド服を着ているが、彼女にあつらえたかのように似合っている。

（メイド……。そう見えても仕方がないんだろうなぁ）

優花は自分が十人並みの顔だと分かっている。

ミーナから見れば、優花がアレクサンドルのお気に入りなど想像もできないのだろう。

にもかかわらず、ミーナの視線は厳しい。

ミーナにあれほどつれなくしていた彼が、優花には和《やわ》らいだ表情を見せたのだ。アレクサンドルと優花に体の関係があるなど知らないだろうが、女の勘が優花に鋭い視線を注がせるのだろう。

《彼女は日本からの大事な客だ。盗人《ぬすっと》扱いするのはやめてくれ。私たちの邪魔をしないように、気遣ってくれたのが分からないかな？　さあ、ミーナ。話なら客室で聞くから我《わ》が儘《まま》を言わない

でくれ》

これ以上ミーナの敵意が優花に向かないよう、アレクサンドルは彼女に客室に戻るよう促《うなが》す。

とりあえず優花は靴を履こうと思い、ローヒールの靴を床に置いた。その時胸元からピンクダイヤのペンダントが下がり、キラリと輝く。

すると、その輝きに気を取られたミーナが、みるみる表情を険《けわ》しくした。

《ちょっと！ あなた！》

今度は優花にも分かるよう英語で言い、ミーナはずんずんと優花のもとへ大股に歩み寄る。

「えっ？ ちょっ……な、なに？」

思わず日本語でたじろぐ優花をよそに、ミーナが目の前に立つ。

青い目で優花を睨《にら》みつけてから、奪い取るような激しさでピンクダイヤのペンダントトップを手に取った。

《これ……失われた〝アフロディーテの涙〟じゃない！ なんでこの女がつけているの!?》

「は……」

自分が幼い頃から持っていたペンダントにそんな呼び名があると知り、優花は驚く。

何事かとアレクサンドルを見るが、彼はミーナの手からピンクダイヤを解放し、やんわりと二人のあいだに立つ。

《ミーナ、〝そういうこと〟だ》

アレクサンドルの広い背中が目の前にあるので、彼女がどんな表情をしたのか分からない。気持ちを落ち着かせるように思いきり息を吸い込み、深く吐き出す音が聞こえた。

《……出直すわ》

低い声で言ってから、ミーナは足音高く立ち去っていった。

硬質な音がすっかり小さくなってから、優花はほとんど止めていた息をやっと吐き出した。

「なん……だったの。びっくりした……」

靴を床に置いたまま裸足だったのを思い出し、改めて靴を履き直そうとする。

「ああ、ちょっと待って。優花」

それに気付いたアレクサンドルは目の前でしゃがみ、優花の手を自分の肩に置く。そして、そのまま彼が優花の靴を手に持った。

「えぇ？　ま、待って。そんなことしたらダメ……っ」

慌てて後ずさろうとするが、アレクサンドルは優花のふくらはぎを優しく掴《つか》んで離さない。

「好きな女性の靴ぐらい、履かせてくれないか」

優しく足が持ち上げられ、優花は申し訳ない気持ちで一杯になりつつアレクサンドルに掴《つか》まって靴を履かせてもらう。

「こんな贅沢《ぜいたく》な靴の履き方したの、初めてです」

少し頬を赤らめて言えば、立ち上がった彼が含み笑いをする。

「こうやって優花を困らせるのもいいな。さっきの『ダメ』って言う声、可愛くて堪《たま》らなかった」

「も、もぉっ。そういうことばっかり……」

文句を言いかけた優花だが、アレクサンドルに抱き締められ、続く言葉を失った。

——彼の匂いがする。

うっとりとして彼の匂いを吸い込み、吐き出す。一瞬ミーナのことを忘れ、優花は条件反射でアレクサンドルを抱き返していた。

「……騒がしいことに巻き込んでしまって、すまない。今日は休養日だったのに心が安まらなくなったね」

「いいえ、お気になさらず。それにしても、〝アフロディーテの涙〟って何ですか？　子供の頃からお守り代わりに持っていたペンダントですが、そんなに凄《すご》い宝石なんですか？」

少し顔を離し彼の目を見ると、アレクサンドルは憧憬《どうけい》の混じった瞳で微笑む。

「いずれ両親と顔を合わせる日が来ると思うが、その時に説明させてもらうということでいいか？　呪われた秘宝などではないから、心配しなくていい」

最後は冗談めかして笑われ、優花もつい頬が緩《ゆる》む。

「分かりました。けど、これは私が持っていていいんですか？　両親からは『お前の宝石だから、一生大切にしなさい』と言われて育ちました。でもフラクシニアの人が何かいわくを知っている物なら……」

ミーナが言っていた〝失われた〟という言葉も気になる。もしもこの宝石が盗まれた物だったらどうしようと不安になる。

すると、アレクサンドルは優花の頭を撫でゆるりと首を振った。

「それは君の物だ。だから今まで通り大切にしてほしい。フラクシニアの人間として、心よりそう願う」

「わ……かりました。大事にします」

カラーダイヤはフラクシニアの象徴でもある。それを王族である彼が大切にしてほしいと言うのなら、素直に従っておこうと思った。

今は詳細を教えてもらえない雰囲気だが、そのうち教えてもらえるに違いない。

「優花、セックスしようか」

「はっ？」

いきなり宝石の話からセックスの話になり、優花はすっとんきょうな声をあげる。

「今日はもう用事がないんだ。本当ならミーナの相手をする予定だったが、思っていたよりもずっと早く切り上げてくれた。だから残る時間は君と一緒にいたい」

「切り上げてくれたって……」

彼女の様子を思い出し、優花は悩む。

きっとアレクサンドルの私室かどこかに行きたがったのだろう。下心もあってのことだろうが、その途中で優花と出くわしてしまった。

（何だか……申し訳なくなるような、とても微妙な気持ち）

あからさまに敵意を向けてきた彼女に、同情はしない。だが誰かの行動を邪魔してしまったと思うと、優花の日本人らしい部分が申し訳なさを覚える。

「彼女のことが気になるなら、もう少し情報を与えよう。首相の娘で、国立の音楽大学を出たあと現在はヴァイオリニストをしている。本人は私と結婚する気満々のようだが、私にはその気はまったくない」

ミーナについての追加情報は、予想通りな感じだった。

きっと天が何物も与えた成功例なのだろう。

「好きじゃ……ないんですか？」

尋ねた優花の背をそっと押し、アレクサンドルは廊下を歩き出す。

「ミーナは確かに美人だ。それは認めよう。首相の娘で金持ちで、音楽の才もある程度持っている。だがその中に、私が惹かれる要素は一つもない。むしろ彼女のきつすぎる性格や、強引すぎる……何事も自分の思うままにいくと信じているところが気になってしまってね」

「……」

性格について言われてしまうと、優花もなんとも言いようがない。

「私が好きなのは君だと、どうしたら分かってくれるかな？　触れたいのも、契約を結んででも関係を結びたいと思ったのも……。君だけだ」

甘い言葉にクラリとして現実を見失いそうになる。

「……そこまで自分に価値があると思えません」

——あぁ。

口にしてしまってから、優花は激しく後悔した。

アレクサンドルのように素敵な人の前で、自分を卑下《ひげ》する言葉は絶対に口にすべきではないと思っていた。なのに彼から愛を囁《ささや》かれても信じられなくて、ポロリと本音が漏れてしまったのだ。

「ごめんなさい。そうじゃなくて……」

すぐに謝って別の言葉を探そうとするが、立ち止まった彼にぎゅうと抱き締められる。

「いいよ、すまない。私が悪かった。君をここに引き留めたのも、強引に恋人契約を結ばせたのも、肉体関係を迫ったのも私に責任がある。優花は仕事でフラクシニアを訪れただけで、初対面の王族に愛を囁《ささや》かれても訳が分からないだろう。理解している」

「……」

優花の言葉を注意するでもなく、アレクサンドルはすべてを包み込んでくれる。だがそれが逆に優花を惨《みじ》めな気持ちにさせた。

(サーシャは本当に申し分ない人なのに……。どうして私なんだろう。彼に優しくされればされるほど、自分が情けなくなる)

かといってこの温かな牢獄から抜け出すには、深みにはまりすぎている。

「優花。君が望むなら私の愛をすべて捧げよう。愛の言葉も、肉体の繋《つな》がりも、恋人という立場以上のものも。もちろん望むなら、地位もお金も。君は今、何が欲しい？」

前に回り込んで目線の高さを合わせる彼は、本当に一人の男性として優花を欲しているように思える。

――錯覚だと、契約だからそうしているのだと分かっているのに、胸の奥が甘く疼《うず》く。

「自信が……欲しいです」

そうだ。アレクサンドルの側にいるには、あまりにも自信が足りなすぎる。

世界一素敵と言っても間違いない彼に求められ、ごく普通の一般人である優花は戸惑い続けていた。

「なぜ自分なのだろう？」という疑問が、「富裕層のお遊びなんだろうか？」というひねくれた考えに辿《たど》り着きそうになる。アレクサンドルがどれだけ「好きだ」と言ってくれても、「契約だからでしょう？」と可愛くないことを考えてしまう。

それもこれも、優花が自分をアレクサンドルに釣り合っていると思っていないからだ。

釣り合うのなら——それこそミーナのような女性ではと思うのは、当たり前の心理だろう。

先ほど目の前まで迫ったミーナの美貌は、同性でも溜め息をつかずにいられないほどだった。全身にくまなくお金をかけ、自分に見合った男性と結婚するために余念がない。努力して美しさを保っているのだろうし、首相の娘でヴァイオリニストという肩書きがあるのなら、フラクシニアの国民もきっとミーナを応援し、アレクサンドルとの結婚を祝うだろう。

そこまで考えて、ずぅん……と心が重たくなる。

自分が感じているのがミーナへの嫉妬であり、優花がアレクサンドルに不釣り合いであることへの負い目であると、優花はやっと理解してしまった。

これまでは通訳という仕事を楽しみ、日本を起点に世界中の人と話せる生活に満足し、自分という存在を割と気に入っていた。

だがアレクサンドルやミーナというハイレベルの人と、一介の通訳が同じ舞台に立てるとは思えない。あまりに——図々《ずうずう》しいし、力不足だ。

俯《うつむ》き黙りこくった優花の瞳を、アレクサンドルが覗《のぞ》き込んでくる。

「君は自分に自信を持てない？」

「……いつもはそれほどでもありません。でもここにいると、自分がとても場違いな人間に思えます」

「そうか……」

ふむ、とアレクサンドルは何かを考える素振りをし、それから優花を抱き締めてきた。

「え……っ？」

驚く優花を優しく包み込み、トントンと大きな手で背中を撫でる。

「優花はいい子だよ。私が知る限り、最高の女性だ。世界中で誰が何を言おうとも、私だけは優花の味方で、優花のすべてを肯定しよう」

耳元で囁《ささや》かれる言葉に、心が震えた。

こんな素晴らしい人に、〝応援〟してもらっている。

いい子で、最高の女性だと一番の賛辞を受けている。

他の誰でもない、アレクサンドルから褒められるからこそ、優花は心の底から震えるほどの歓喜を覚えた。

（この人の言葉の通り、彼に〝最高〟だと思わせる自分になりたいなぁ）

ギュウッと胸が締め付けられ、今まで卑屈になっていた自分から卒業しなくてはと思う。

契約であっても、アレクサンドルは文字通り全力で恋人を演じてくれている。

演技であったとしても、優花を勇気付けるその言葉は心からのものだと信じたい。

彼の――期待に応《こた》えたい。

――この関係が終わるまで。

(私に必要なのは、卑屈になるんじゃなくて、もっと胸を張って堂々とすることなんだ。でも、どうやれば……)

震えながらも彼の体を抱き締め返すと、目の前でアレクサンドルが満足気に微笑んだ。

「じゃあ、これから君にとっておきの魔法をかけてあげよう」

「魔法？」

突然ファンタジーなことを言われ、優花は目を瞬《しばた》かせる。

そんな彼女の背にアレクサンドルの手が回り、優花の部屋に向かうよういざなう。

「自信を持つには、愛情をたっぷり注がれることが重要だ」

彼が言わんとすること――これからベッドへ向かうのだと察し、優花はほんのり頬を染めて俯《うつむ》く。――が、ふと顔を上げて忘れていたことを思い出した。

「あの、そういえばシアタールーム一時停止にしたままで……」

「大丈夫だ」

パチンとウィンクをすると、アレクサンドルはポケットから取り出したスマホで誰かにメッセージを送る。

「よし、これでＯＫだ」

そう言ってアレクサンドルは、とても晴れやかな笑みを浮かべたのだった。

＊　＊　＊

「ん……ぁ、あん……」

軽くシャワーを浴びたあと、ベッドで二人は体を絡ませていた。

アレクサンドルは優花の体に所有印をつけ、胸にしゃぶりつき蜜壷に指を入れ掻き回している。

優花は甘ったるい声を出し、ただアレクサンドルの肌や髪を撫でることしかできない。

下腹部からはクチュクチュと泡立った音が聞こえ、優花が一番感じる場所をアレクサンドルの指が擦《こす》り続ける。

何度か見たことのあるアダルト動画の男優はもの凄《すご》く派手に手を動かしていて、優花もセックスとはそのようなものなのだと思っていた。

しかし実際アレクサンドルに愛されていると、彼は決して優花の体を乱暴に扱うことをせず、彼女が幸福感を覚えられるように優しく扱ってくれる。きっとそれが女性を大切にし、深く愛することなのだろうと知った。

こうして指で愛撫してくれる時も、優しく優しく、ただひたすらに感じる部分を刺激してくれるのだ。

「あ……っ、あ、ぁ、……ン、ぁ、あぁあ……っ」

次第に高く細くなっていく優花の声に、アレクサンドルは嬉しそうに目を細める。

「優花、気持ちいい？　感じてくれているか？」

「あぁっ、は、はい……っ、き……もち、い……っ」

声と一緒に優花の媚肉がひくつき、アレクサンドルの指をしゃぶった。

「可愛い。なんでこんなに可愛いんだろう、私の優花」

ちゅ、ちゅと優花の頬にキスを降らせ、アレクサンドルが陶然《とうぜん》と呟《つぶや》く。

「あの……っ、ぁ、あっ、も……っ、達《い》きそ……っ」

熱くなった体は燃えるようで、滑《なめ》らかな肌には玉の汗が浮かんでいる。胸の先端はどちらも吸いつくされて赤く腫《は》れ、テラリと光っていた。

彼の唇が這った場所には赤い印がつき、そこからもじんわりと熱が体に染みこんでいる気がする。

下腹部はドロドロに煮えたぎっていて、あと少しの刺激で達してしまいそうだ。

「じゃあ、達《い》かせてあげよう」

アレクサンドルの形のいい唇が弧を描いたかと思うと、親指がツルリと膨らんだ肉芽を弾く。

「ひんっ」

そのあと指の腹が小刻みに往復し、容赦なく優花の弱点をいじめた。ヌチュクチュと泡立った音が絶え間なく聞こえ、優花の耳を犯してくる。

「あ、ぁ、あ、あーっ、ぁ……っダメっ、ダメ、ダメ……っ、ぁっ――っ」

襲い来る強烈な快楽におののき、優花は思いきりアレクサンドルにしがみついて絶頂を極める。

快楽がせり上がって意識が真っ白に塗り潰され、自分がどんな悲鳴を上げたかすらも分からず脱力した。

「ん……っ、ぅ、あ……あぁ…………」

「上手に達《い》けたな、優花」

気持ち良さに耐えきれず達しただけなのに、この美しい人は賛辞を惜しまない。

「……嬉しい……」

なのでつい、ポロリと本音が漏れてしまった。

優花の言葉を聞き、アレクサンドルはフワリと微笑む。

「優花が喜ぶことなら何だってしたい。私もその見返りを求めてもいいか？」

優しい眼差しの奥に、隠しきれない情熱がある。

昂《たか》ぶって熱くなったモノが優花の臀部《でんぶ》に押し当てられると、彼女は顔を赤らめて頷いた。

「ありがとう、優花」

礼を言ってキスをしたあと、アレクサンドルは手早く避妊具をつける。

そのあと優花に覆い被さり、彼女の腰を抱え深いキスをしてきた。

「ん……ぅ、ん……ン」

柔らかな舌が絡まってすぐに意識がフワフワし、絶頂後の気だるさも相まって優花は心地いいキスに攫《さら》われた。

舌先同士をトロトロとすり合わせると、アレクサンドルの舌が側面や裏側まで存分に愛してくる。

「あ……ぁ、ん」

唇が離れた合間にごくっと唾液を嚥下《えんげ》し、優花の吐息が震えた。

呼吸すら許さずアレクサンドルの唇がまた優花を覆い、同時にぐっと腰が押しつけられる。

「んぅ、むーっ、むぅ、うぅ」

硬い切っ先が蜜口を押し広げ、野太い剛直が侵入してきた。口を塞《ふさ》がれたまま優花は唸《うな》り、アレクサンドルの舌に翻弄《ほんろう》される。

彼が何度か腰を揺すって亀頭を最奥に押しつけた瞬間、優花はアレクサンドルの舌を思いきり吸ってこみ上げる淫悦を必死に堪《こら》えた。

「ん……は」

ちゅるっと糸を引いてアレクサンドルが唇を離し、優花は赤くぼんやりとした顔で彼を見上げる。

「熱く蕩《とろ》けてきつきつで、とても気持ちいいよ。優花」

「はずかし……」

両手で顔を隠そうとするが、それを遮《さえぎ》ったアレクサンドルが手の甲にキスをしてきた。彼の腰が揺れ、ゆっくりと最奥近くを穿《うが》たれる。

「んン、あぁ……あ……あっ、あぁ」

柔らかな唇が手に何度もキスをし、くすぐったい。それだけでなくアレクサンドルは優花の指にねっとりと舌を這わせてきた。

指先から側面、指の股に至るまで舐められ、手が性感帯になったようだ。その間もアレクサンドルの腰は動き、クチュンクチュンと粘ついた音がしている。

「あ……、ァ、奥……熱い……っ」

口腔《こうこう》に溜まった唾を嚥下《えんげ》し、優花が掠《かす》れた悲鳴を上げた。アレクサンドルの抽送は激しくないものの、最奥の一番感じる場所を執拗《しつよう》に突き、ときおり腰を回してこねてくる。

アレクサンドルの肉棒は日本人である優花の膣には大きすぎて、彼は根元まで埋《うず》められないそうだ。それなのに彼は優花が快楽を得ることを優先させ、大事に抱いてくれるのだから女冥利《おんなみょうり》に尽きる。

そんな静かだがひたすら優花を感じさせようという抱き方は、いつも彼女の理性をゆっくり確実に引き剥《は》がしていく。今日もとんでもない痴態《ちたい》を晒《さら》すのだと思うと、カァッと顔が熱を持った。

「あぁ、美味《おい》しかった。優花の体は手まで甘美だ」

銀糸を引いて優花の手から舌が離れる。すっかり敏感になった手はポスンとシーツの上に落ち、体内に名状しがたい熱が燻《くすぶ》る。

「優花、優花……」

アレクサンドルが繰り返し名前を呼び、赤い跡のついた胸を揉んでくる。掌《てのひら》で包み、指先で勃ち上がった先端をスリスリと撫で、柔らかな肉を優しく揺さぶる。

「ん、あぁ、あ……っ、むね、やぁ、あ……っ」

鼻に掛かった声を上げ、優花は腰を揺らす。それが猫のようだとアレクサンドルが笑った。

トントンと最奥に優しいノックが繰り返され、優花の意識を酩酊《めいてい》させる。

「ふぁ……っ、あ、あぁーっ、ンッ、きもち……っ、あっ、あぁ……っ」

はばかりなく猥《みだ》りがましい声を上げ、優花はクネクネと腰を揺らし首を振った。そうでもしなければ、与えられるあまりの悦楽に耐えられない。

「もっと……っ、もっと、愛してっ」

乞いながら腕を伸ばし、彼の逞《たくま》しい首筋を引き寄せる。

それに応《こた》えるかのように、アレクサンドルは優花の両脚を抱え上げ、自分の肩の上に担《かつ》ぎ上げた。

「ぅんっ！　あっ」

どっ、と強く突き上げられて苦しげな声が漏れ、次にねりねりと子宮口がいじめられて意識が真っ白になる。

「っぁ……っ、あっ――ひぃっ！　…………っく、ぁ――ア、あぁ……っ」

お腹の奥がひくつき、アレクサンドルの分身を強く吸引する。快楽に蕩《とろ》けた膣肉が持てる力を総動員して、男の射精を促《うなが》した。

「ア……っ、優花……っ、奥がピクピクしていて可愛いよ」

彼女の体を揺さぶるように突き上げつつ、アレクサンドルは大きな手で優花の下腹を撫で回す。

その声は熱く掠《かす》れていて、彼がとても感じてくれていることが分かる。

触れられるだけでも感じるのに、時にぐぅっと掌《てのひら》を押しつけられると掌《てのひら》と体内の狭間で屹立《きつりつ》がゴリゴリと動いているのが分かり、非常に卑猥《ひわい》な気持ちになった。

「あぁあっ、それ……っ、ダメぇっ、おなか……っ、感じちゃう……っ」

「もっと感じなさい。気持ち良かったらいくらでも達《い》っていいから」

より深い場所まで届く体位になったあと、アレクサンドルはまた執拗《しつよう》に腰を回し優花の最奥をいじめた。

柔らかな子宮口をつつき、押し、時に腰を細かく揺さぶって振動を与えてくる。

「つあ――あぁあっ、ダメっ、ダメぇえっ、奥ばっかり……っ、あ、サーシャも、気持ちよく……なってっ」

自分ばかり感じるのが嫌で、優花は涙目になってアレクサンドルの抽送を望む。

その最中《さなか》も最奥がピクピクと痙攣《けいれん》し、絶頂に終わりがない。

今まで自慰をするにも突起を弄《いじ》る程度だった。アレクサンドルに愛撫される最初のうちは、陰核でしか感じられなかった。

だがこの二週間少しアレクサンドルに抱かれ続け、優花はすっかり最奥で感じるよう仕込まれてしまったのだ。

「じゃあ、優花が私を気持ち良くしてくれるか？」

持ち上げていた脚を下ろしたかと思うと、彼は優花の体を抱き起こし、自分の腰の上に座らせた。

対面座位になって深く口づけると、アレクサンドルが優花の背中や腰を撫でてくる。それに応《こた》え、優花はねっとりと腰をくねらせた。

「胸、吸わせて」

耳元で熱く掠《かす》れた声がしたかと思うと、アレクサンドルが優花の胸にしゃぶりつく。その邪魔をしないように、優花は膝立ちになりゆっくりと腰を上下し始めた。

「ん……っ、あ、サーシャ……感じて」

立て続けに達して、優花にはもうほとんど体力が残っていなかった。

だが少しでもアレクサンドルに感じてほしいと思い、懸命に下腹に力を入れ腰を動かす。あまり上下に動くとアレクサンドルが胸を吸いにくいだろうと、前後に腰を揺すったり回したりもした。

彼が乳首から唇を離し、「凄《すご》い締め付けだ」と眉を寄せ呟《つぶや》いた時は、誇らしい気持ちにすらなる。

――感じてほしい。

――私だけを見てほしい。

――私をもっと認めてほしい。

とめどない欲望が泉のように湧き出て、優花という女の形から溢《あふ》れてしまいそうになる。

だがふとミーナの顔が脳裏をよぎり、ズキンと優花の胸を刺す。

――彼女なら、もっと奔放《ほんぽう》に動いてアレクサンドルを満足させられるのだろうか。

――自分に自信のない私より、同じ国の者同士分かり合えるし、より彼を愛せるのではないだろうか。

アレクサンドルに感謝と尊敬、そして好意を持つがゆえに、優花は自分では力不足なのでは、とまた不安になる。

不安は体の動きに表れ、腰の動きが小さくなっていく。

「……優花？」

顔を上げたアレクサンドルは、優花の目から涙が零《こぼ》れていることに気付き、驚愕の表情を浮かべる。

「……っ、う……うっ……っ」

食い縛った歯の間から嗚咽《おえつ》が漏れる。

「どうしたんだ？　優花」

アレクサンドルは優しく優花を抱き締め、ちゅ、ちゅと顔中に優しいキスを降らせる。その包み込むような愛情が、今ばかりは辛かった。

「……っ、優しくするのも……っ、契約の恋人……っだから、でしょっ」

言ってはいけない――ひねくれた言葉が唇から漏れてしまう。

卑屈な言葉に加え、〝契約だから〟という理由でアレクサンドルを責めるのは、一番してはいけないことだと分かっていたのに――

最初から契約だと前置きされているため、アレクサンドルが心の底から優花を「好きだ」「愛している」と言う訳がないのは理解している。彼がその言葉を口にするのは、皇太子として結婚する前に理想の恋人を演じたいからだ。

だが毎日抱かれて褒められ続け、優花はいけないと思いつつもアレクサンドルに恋心を抱いてしまった。

こんなに優しく、心から愛するふりをされたら、誰だって勘違いしてしまう。

騙《だま》し騙《だま》しやっていけると思っていたが、ミーナが現れて嫉妬を自覚してから、優花はこの契約の終わりを意識してしまった。愛するふりをされるほど辛くなる。

（もう……ダメだ）

優花の腰は止まり、細めた目から新たな涙が零《こぼ》れる。それを乱暴に拭《ぬぐ》い、優花は自《みずか》ら繋《つな》がりを解いた。

屹立《きつりつ》が抜ける瞬間、この上ない寂しさを感じる。

もっとこの人を感じていたいのに、この人を独占していたいのに、という気持ちを押し殺し、蜜口からも涙が滴《したた》る。

「優花、私の気持ちが分かっていないのか？」

どこか苛立《いらだ》った様子でアレクサンドルが立ち上がりかけるが、優花は彼を思いきり突き飛ばしてベッドに寝かせた。

「私、あなたの契約恋人です。だから、ちゃんとあなたを最後まで気持ち良くさせないと」

――あぁ。

――こんなことが言いたい訳じゃない。

心の中で血の涙を流し、「本当は違うの」と優花は声なき声で叫ぶ。

「優花……。やめるんだ」

再び起き上がろうとしたアレクサンドルの胸を掌《てのひら》で押し、優花は張り詰めた屹立《きつりつ》から避妊具を取った。

バサッと黒髪を掻き上げ、優花は彼の下腹部に顔を埋《うず》める。

「ん……ぐ」

巨大な質量を口内に押し込み、喉の奥まで入れてじゅうっと吸い込んだ。

口での奉仕は今までしたことがなかったが、何となく概要は掴《つか》んでいる。男性が弱いとされている場所を刺激すれば、彼も気持ち良くなってくれるはずだ。

「優花っ」

苦しげなアレクサンドルの声が聞こえるが、構わず顔を上下させた。

──私は契約恋人なんだから。

──気持ちなんて求めないで、彼を気持ち良くすればいい。

──彼は皇太子なんだから、いずれミーナさんと結婚するんだ。

──彼のような素晴らしい人を、私のような人間が独り占めするなどおこがましい。

──お金で買われることをよしとして、寵愛《ちょうあい》を受けていると勘違いしている痛い女。

──こんな女、サーシャが本気で好きな訳がない。

ポトポトと涙を零《こぼ》し、喉奥にねばついた汁を感じつつ優花は頭を動かし続ける。

「優花……優花っ！」

初めてアレクサンドルの怒鳴り声を聞いたと思った瞬間、優花は仰向けになっていた。

喉の奥にまだ苦しさがあり、ケホッと咳《せ》き込む。

涙で歪んだ視界には、今にも泣き出しそうなアレクサンドルがいる。

――いや、彼は泣いていた。

綺麗な青い瞳から、片方だけツッと雫《しずく》が滴《したた》る。

（流れ星みたい）

綺麗な人が泣くと、それだけで得も言われぬ美しさが生まれる。

呆けたまま彼を見上げていると、アレクサンドルは乱暴に涙を拭《ぬぐ》ってベッドから下りた。

「お互い、少し冷静になろう」

体の上に毛布が被せられ、こんな状況だというのに優しく頭を撫でられる。

そのあと唇が額《ひたい》に押し当てられ、「愛している」と彼が呟《つぶや》いた。

それが彼の本音なら、どれだけ幸せだろう――

でも彼は律儀に、最後まで契約の恋人を演じてくれようとしている。

「サーシャ……」

しかしそれ以上アレクサンドルは何もせず、何も言わず、避妊具を片付けてから服を着て、静かに部屋を出て行ってしまった。

「…………」

一人部屋に残されて、優花はゆっくりと息を吸い、吐く。

感情の高ぶりは収まりつつあり、思考も冷静になろうとしていた。

「……越えちゃいけない一線、越えちゃった。……契約だから好きなフリしているんでしょ、とか……絶対言っちゃいけなかったのに……。勘違い、したらダメだったのに……」

か細い声が静まりかえった部屋に落ち、闇の中に消えていく。

ドサッとベッドの上に横になり、優花は今後のことを考える。

非日常を味わいすぎて、ずっと妙な高揚感のままフラクシニアでの生活を楽しんでいた。

だがこんな感情を抱いてしまった以上、このまま続ける訳にはいかない。

約束の一か月も、あと半分ほどだ。約束した以上契約は果たすとして、これ以上深みに入らないように、体の関係は断るべきだ。

「……契約書、見直して関係の改善ができないか考え直そう」

それでも、この契約は優花にとって天から与えられたギフトだと思っていた。

こんな苦しい思いをしても、誰かを本気で好きになれたのだ。夢のような生活を送れて、皇太子殿下に愛を囁《ささや》かれ、もう十分幸せな思いをした。

あと半月、肉体関係はなくてもきちんと彼の側で恋人らしく過ごせば、きっとアレクサンドルも満足してくれる。

ゆっくりと起き上がり、まずバスタブにお湯を溜めようとぼんやり考える。

それから契約書をもう一度読み直し、アレクサンドルの干渉をこれ以上深めさせないための理由を見つけようと思った。

第五章　罠

その晩は食欲がないことをヨハンに伝えると、部屋に軽食が運ばれた。

サンドウィッチやスープなどだが、しっかりと手間のかかった物なので逆に申し訳なくなる。

「殿下と喧嘩《けんか》でも致しましたか？」

ワゴンを押してきて優花のために給仕をしてくれているヨハンが、やんわりと言う。

もしかしたらアレクサンドルに頼まれたのかもしれないし、彼自身が主《あるじ》を気遣って探りを入れてきた可能性も否《いな》めない。

喧嘩《けんか》をしたことは事実なのだから仕方がない、と優花は苦く笑う。

「……私が我儘《わがまま》を言ってしまっただけです。このままじゃいけないと思うので、契約書の見直しをしたいと思っています」

「見直しとは？　殿下が何か失礼なことをしましたか？」

心配してくれるヨハンに、優花はゆるりと首を横に振る。

「私が悪いんです。……契約なのに、サーシャを好きになってしまいそうだから」

優花の言葉を聞いて、ヨハンは何とも言えない表情を浮かべた。

小さく「お気の毒に」という呟《つぶや》きが聞こえた気がしたが、誰を気遣っての言葉なのか分からない。

しばらくヨハンは黙っていたが、やがて慎重な様子で優花に問いかける。

「優花様は……ご自身がこれ以上傷付かないようにしたいのですね。確かにミーナ様のこともありますし、お気持ちはお察しします。ですが――。あー……殿下のお気持ちはどうお考えでしょう？　あの方が戯《たわむ》れに女性に手を出すとお思いですか？」

ヨハンの問いに、優花は手に一口分残っていたサンドウィッチを口に入れる。もぐもぐと咀嚼《そしゃく》しながら考え、心に思い浮かんだ素直な言葉を口にした。

「……サーシャがいい加減な人でないのは分かっています。彼はいつも紳士ですし、礼節を尽くすべき相手には相応の振る舞いをなさいます」

だからこそ、彼が『恋人契約』などと言い出したのが理解できない。

「日本に興味があると言っていましたし、側に日本人を置いてみたかったのではないでしょうか。でもフラクシニアの王族が日本人と公《おおやけ》に付き合うなど、どだい無理な話なんです。だから宮殿内部で事足りる、ごく私的な恋人のつもりで……」

チラリとヨハンを見ると、彼は珍しく目だけで天井を仰《あお》ぎ何か言葉を探しているようだった。

海外でよく使われるアイロール――目だけで天井を向くジェスチャーは、その状況を何とかしてほしいと願っている意味がある。

きっとあまりに優花が自分勝手なので、ヨハンは呆れているのだろう。それでも優花だって自分がボロボロに傷付く前に自衛したい。

かといって、フラクシニア滞在の思い出を悪いものにしないように、アレクサンドルと相談したいと思っていた。

「サーシャに『時間に余裕があったら、契約内容の見直しについて話し合いたいです』とお伝え願えませんか？　契約にも『契約内容を見直したい場合、Contractee（被契約者）はMain contractor（主契約者）に話し合いを要求することができる』とありましたし」

「そうですね。……あー……」

ヨハンはまた言葉を濁《にご》し、それからふと思いついたというように話題を変えた。

「明後日に国王陛下と王妃陛下との謁見《えっけん》を予定しているのですが、そのあとでも構いませんか？」

「もちろん、予定はいつでも構いません。ですが一国の国王陛下と王妃陛下に謁見《えっけん》するなど……あまりに畏《おそ》れ多いです。海外視察をなさっていたのでしょう？　ご帰国されてすぐ私などに構わずとも……」

——どうしてこの宮殿の人たちは、自分にここまで良くしてくれるのだろう？

よほどの日本びいきなのだろうか？　考えても考えても、分からない。

困惑した表情の優花に、ヨハンはいつものように温厚に微笑むだけだ。

「陛下たちがお望みです」

「……分かりました。お会い致します」

ヨハンに気付かれないように息をつき、優花はティーカップに残っていた紅茶を飲み干す。

「明日はトゥルフ内を、もう一度ぶらりと回ってきます。道は分かりますので、護衛や案内の方は結構です」

何か言いたげなヨハンの視線を感じ、優花は苦笑いをする。

「お願いします。一人でゆっくりしたいんです」

「……承知致しました」

不承不承《ふしょうぶしょう》ヨハンが頷き、優花はこの話は終わりだと努めて明るい声を出した。

「ごちそうさまでした。美味《おい》しかったです。わざわざサンドウィッチを作らせてしまってすみません。料理人さんにお伝えください」

「いいえ。お口に合ったのなら何よりです」

その空気をヨハンも汲《く》んでくれ、空になった皿などをワゴンに戻していく。

やがて室内に一人になった優花は、溜め息をついて寝る支度をし始めた。しかし気持ちは依然憂《ゆう》鬱《うつ》なままだ。

(サーシャに会いたい。抱き締められて、甘やかされたい。声が聞きたい)

じわじわと恋慕の情が胸を支配し、切なくなって涙がこみ上げそうになる。

ほんの数時間離れただけで、こうだ。

(もうとっくのとうに、私はサーシャに恋をしてる)

これは夕方に体を重ねている時気付いてしまった気持ちだ。

(でも……忘れないと。私は彼と本物の恋人になれないし、結婚もできない。未来が描けない関係なら、期待するだけ無駄だから……)

グスッと洟《はな》をすすり、洗面所の鏡の自分を見る。

以前は自分の顔を見るたびに、海外生活の経験がある〝タフそうな顔〟と思っていた。

それが今やすっかり、〝好きな人を求める女の顔〟になっている。

（弱く……なったなぁ）

ヘアバンドとクリップで髪を留め、パンッと両手で頬を叩いた。

「せめて好きな人に、みっともない姿を見せないようにしないと」

鏡の中の自分に言い聞かせ、優花は顔を洗い始めた。

＊＊＊

翌日の朝食は、エアハルトが迎えに来てくれた。いつもと違うなと思っていると、案の定朝食室にアレクサンドルの姿はなかった。

気まずいながらもエアハルトに尋ねると、「今日は遠方までお出かけのご予定なので、ヨハンと共に早朝からお出かけです」という返事が来た。

避けられていると知って胸に痛みを感じたが、自分からアレクサンドルに酷いことをしてしまったので、優花には傷付く権利はない。

朝食が終わったあと、優花は予定通りトゥルフの街へ下りることにした。

フラクシニアの宮殿は小高い丘の上にあり坂が急なので、街の入り口まではエアハルトが送ってくれた。

「どうぞお気を付けて」

ノースサイドと呼ばれる街の入り口近くで、車から降りたエアハルトは折り目正しくお辞儀をする。

「もしお帰りの際に車が入り用でしたら、いつでも私にご連絡ください。見ての通り坂道ですので、歩き回られたあとはお疲れかと思いますから」

「ご親切にありがとうございます」

ぺこりとお辞儀をし、優花は歩き出す。

日本と違って足元はアスファルトではなく、石畳がどこまでも続いている。確かに足が疲れることと請け合いだが、これも大事な思い出だ。

（えーと、可愛い雑貨屋さんはあっちだったっけ）

もう一度回りたいと思っていた店を思い浮かべ、優花はショルダーバッグ一つで歩いていく。

移動しやすいように、今日の服装はジーパンにTシャツと軽装だ。靴も歩きやすいスニーカーを履いたし、悔いが残らないよう楽しい思い出を作ろうと思った。

可愛らしいトゥルフの街並みを歩き、優花はときおり写真を撮りつつショッピングを楽しむ。

トゥルフは人口五十万人ほどの都市で、そこまで大都市ではない。だが今も宝石や石油などが採れる豊かな国の都市なので綺麗に整備されており、世界中の観光客が「また行きたい」と言うほどの街だ。

メインストリートにはハイブランドのショップが並び、道路も入り組んでおらず分かりやすい。

優花は一本西側に入った、チョコレート店やコーヒー・紅茶の店が並ぶストリートに入り、友人に買っていくお土産《みやげ》を吟味《ぎんみ》する。
そろそろランチの時間かなと思った頃、突然英語で話しかけられた。
《すみません。ミズ・ユウカ・スミカワ？》
振り向けば、そこには警察の制服を着た体つきのいい男性が二人立っている。
《は、はい……。何か？》
ビザはまだ余裕があるはずだし、警察のお世話になる覚えはまったくない。だがここは異国であるため、何があってもおかしくない。
自分がアレクサンドルの客人として宮殿にいても、国から見れば渡航者の一人なのだ。
緊張して返事をすると、一人が慇懃《いんぎん》な態度で側にあるパトカーを示した。
《失礼ですが、お尋ねしたいことがあるのでご同行願えますか？》
《……理由をお聞かせ願いますか？　任意ですよね？》
胸は緊張でドクドクと鳴っているが、努めて平静に応《こた》える。
絶えず持ち歩いているパスポートは何ら問題がないはずだし、いわゆる〝いけない物〟なんて関わりがない。
懸命に心当たりを探していると、返ってきた言葉は予想外のものだった。
《あなたに窃盗容疑がかかっています》
「えっ!?」

思わず優花は日本語で声を上げる。周囲の人々が何事かと振り返った。
《ちょ、ちょっと待ってください。私、泥棒なんてしていません。私はフリーランスの通訳をしています。個人事業主なのでレシート類などもすべて保管しています。買い物した物とレシートをすべて照らし合わせてくださってもかまいません》
店から何か窃盗をしたと思われているようで、優花は慌てて説明する。できるだけ冷静に対応するが、胸の奥では心臓がずっとドキドキと嫌な音で鳴っていた。
もしこれがアレクサンドルやヨハンの耳に入り、彼らに迷惑をかけることがあったら申し訳ない。明後日には国王夫妻と謁見《えっけん》するというのに、とんだトラブルだ。
《店舗から盗難をしたという理由ではなく、失われた国宝を所持しているという理由です》
警官の目が優花の胸元に注がれる。
《え……。だって……これは……》
無意識に手をやった胸元には、幼い頃から澄川家にあり、両親に「優花の物だから大事にしなさい」と言われ続けてきたピンクダイヤがある。
両親が誰からこのピンクダイヤを手に入れたのかは知らない。
混乱しきった優花を、警官が変わらず青い目でジッと見たまま、もう一度パトカーを示した。
《お話を聞くだけです。そのペンダント……〝アフロディーテの涙〟がどのような経緯であなたの首にあるのか、我々はフラクシニアの国民として聞く義務があります》
《待ってください。私、警察に行くようなことは何一つ……》

警官に腕を取られ、優花は絶望的な気持ちになって周囲を見回した。

しかし周りにいるトゥルフの人たちや観光客などは、取り立てられようとする優花を興味津々《きょうみしんしん》の目で見るだけだ。誰一人助けてくれなさそうな雰囲気を察し、優花は目の前が真っ暗になった。

（こんなことになるんだったら、エアハルトさんに同行をお願いするんだった……！）

そう思っても後の祭りだ。

《待ってください！　せめて殿下に連絡を……っ》

スマホを取り出すと、なぜか警官に取り上げられてしまった。

《これから先、個人的な連絡はお控え願います。まずは署で事情をお聞きしてから、こちらで事実関係を確認したいと思います》

そう言って警官は優花の体と頭を押し、むりやりパトカーに乗せた。

《任意なんでしょう？　私は絶対に窃盗などしていません！》

車内で懸命に抵抗するが、優花の反対側に一人が座り、もう一人が運転席に座るとすぐに、パトカーは走り出してしまった。

一人で気兼ねなく観光を……と思っていた日だったのに、とんでもない事態に巻き込まれ、優花は溜め息をついたのだった。

＊　＊　＊

《――ですから、何度言えば分かってくださるんですか？　これは私が物心ついた時から持っていた物で、幼い頃フラクシニアに滞在していた際、両親が誰かから頂いた物です。本当にそれだけで、私の両親が盗みを働いたなどあり得ませんし、私も何一つフラクシニアに失礼なことはしていませんね》

取調室で、優花は苛々《いらいら》しながら何度も同じ話を繰り返していた。

室内には無機質なデスクとパイプ椅子があり、調書を取る者がタイピングをする音のみが響く。気が滅入るような環境の中、知っていることをすべて話しても、警察は同じような質問を繰り返して取り合ってくれない。

自分だけでなく、「これを大事に持っていなさい」と言ってくれた両親まで侮辱された気持ちになり、悔しくて仕方がない。

そんな状況が一時間以上続いた時、ふと廊下から話し声が聞こえ、取調室のドアがノックされる。

優花に向かって鉄仮面のような表情と態度を貫《つらぬ》いていた警官が立ち上がり、彼女はホッとする。

もしかしたら、一連のことを誰かが見ていてくれて、宮殿に伝えてくれたかもしれない。きっと迎えが来たのだ。

期待してドアの方を振り向いて――顔が強張《こわば》った。

《こんにちは》

笑みを浮かべるでもなく立っているのは、ミーナだ。

（どうして――）

一瞬思ったあと、優花はハッと気付いた。

彼女のような人がなぜ警察署に用事があるのかと思うと同時に、一瞬ミーナがアレクサンドルに言われて助けに来てくれたのかと期待してしまった。

だが、違う。

考えてみれば優花は現在ペンダントについて尋問されている。ミーナに『アフロディーテの涙』という名前を聞かされた、このペンダントだ。

あの時ペンダントに執着を見せていた彼女が、ここに姿を現したということは――何か繋《つな》がりがあると疑った方がいいだろう。

ミーナはコツコツとパンプスの音をさせ、モデルのように優雅に歩いてくる。

そして先ほどまで警官が座っていたパイプ椅子に座ると、尊大な態度で脚を組んだ。警官は見張りのつもりなのか、室内の隅に立つ。

加えてそれまでパソコンに向かって尋問の様子を記録していた警官は、いつの間にか退室していた。つまるところ、これはオフレコなのだ。

《どうして……。私が盗んだことになっているのですか》

相手に合わせて英語で告げると、ミーナは眉を上げたあとに嘲《あざけ》るような笑いを浮かべる。

《日本人は挨拶《あいさつ》もできないの？》

《っ……》

こんな状況でのんきに挨拶《あいさつ》だなんて、と思ったが、今の自分に一番必要なのは冷静さだと思った。

《……失礼致しました。非礼をお詫び致します》
《一応、常識はあるみたいね。安心したわ》
おすわりができた犬のように言われ、様々な感情が湧き起こる。しかし警察署の中で騒ぎ立てても優花が不利になるだけだ。その思いを胸にとどめ、優花はグッと押し黙る。
《あら、〝アフロディーテの涙〟をまだ図々《ずうずう》しくも身につけているの？　盗んだ物なのだから、外しなさいよ》
ふとミーナは優花の首元を見て、あからさまに顔をしかめた。
《……私はこのペンダントがそういう名前だということや、特別な事情があることを何も知りません。幼い頃、確かに私はこの国にいて、両親伝いに誰かからペンダントを受け取りました。それ以来、私はこのペンダントを宝物として大事に所持しています。それがどうして今になって盗人《ぬすっと》扱いされるのか、納得できません》
彼女の青い目を真っ直ぐ見つめて、今まで何度も繰り返したことをもう一度口にする。
するとミーナは冷たい目で優花を一瞥《いちべつ》したあと、呆れたように目を天井に向けた。
《あなたは何も分かっていないようだから、特別に教えてあげる。そのピンクダイヤ……〝アフロディーテの涙〟は、このフラクシニアの王妃となる存在に代々受け継がれてきた物よ。そんな国宝を、なぜ日本人のあなたが持っているのか逆に私が聞きたいのだけれど》
《――――!!》
思ってもみない情報を教えられ、優花の全身の血がざっと引く。

そのような事実は、両親にも教えられていなかった。
《そんな……》
《本来ならそのペンダントは、現在の王妃陛下の首にあるか、皇太子妃となる女性の首にあるはずだわ》
トントン、と自《みずか》らの鎖骨あたりを指で打つミーナは、自分こそが正統な持ち主だと言いたいのだろう。
《サーシャが左手の親指にレッドダイヤの指輪を嵌《は》めているでしょう？　あれは〝王者の血〟と言って、〝アフロディーテの涙〟と対になる物なの。このピンクダイヤを持っている者が、〝王者の血〟を持つ者の伴侶になると言われているわ》
《知りません……私、本当に知らなくて……》
ずっと大事に持っていた宝石が、他国の王家に関わる物だとは寝耳に水だ。
あまりに話が大きくなり、優花は無意識に声も手も震わせていた。
《だから盗んだって言っているのよ。あなたみたいな日本人が持っているなんて許されるはずがないでしょう？　よこしなさい》
ミーナが立ち上がり、優花の首元に手を伸ばす。
とっさに彼女の手を払うと、ミーナが柳眉《りゅうび》を逆立て優花を睨《にら》んできた。そして警官に向かって声を張り上げる。
『ちょっと、この女を押さえて』

背後に控えていた警官が動いたかと思うと、優花はデスクに上半身を押さえつけられ、両手を後ろにいましめられた。

《ちょ……っ、やめて！　やめてください！》

体つきのいい男性警官にしっかり押さえられてビクともしない。

手足を必死に動かしても、背中を凄《すさ》まじい力でデスクに押さえられているので、上半身が起こせないのだ。

そのあいだミーナはペンダントのチェーンを外し、嬉々とした表情でピンクダイヤを奪う。

《泥棒はどっちですか！　返してください！　それは私の宝物です！》

必死に抵抗して顔を上げると、バンッと思いきり頬を叩かれた。

《嫌だわ。卑《いや》しい人間って心まで浅ましいのね。盗んだ物を最後まで自分の物だと言い張る上に、正統な持ち主を盗人《ぬすっと》呼ばわりするだなんて》

ミーナは蔑《さげす》みの表情で優花を見下ろし、立ち上がる。

そしてフラクシニア語で軽やかに警官に指示をした。

『もうこの女に用はないわ。サーシャに二度と会えないよう犯して、国外退去にしてやってちょうだい。日本人は狭い島国にいればいいのよ』

「ちょっ……」

とんでもないことを言われ、冷水を浴びせられたかのような心地になり、優花は思わず固まる。

『しかしミーナ様……』

さすがに警官も及び腰になったのか、当惑を隠せない。

『あなた、先日の不祥事をもみ消しにするって言われて安心していない？　その気になればいつでも煙を立てられるのよ』

『しょ、承知致しました』

《待って！　お願い！　返して！》

もしあのペンダントが王妃の物ならば、優花は何らかの意味を持ってあれを託されたことになる。

物心つくかつかないかの頃で、フラクシニアで何があったのか思い出せない。

だがアレクサンドルの母が何らかの気持ちで大事な物を優花に……と思ったのなら、それを守り切るのが自分の役目なのではないだろうか？

《ミーナさん！　ミーナさん！　待って！　お願い！》

ガタガタとデスクが鳴るほど、優花は必死の抵抗をする。

『せいぜいたっぷり可愛がられて、発情したメスネコのように啼《な》きなさい』

目の前でミーナが美しく、そして醜悪に笑い、優花のジーパンのファスナーを外し膝まで下げてしまう。しかも信じられないことに、下着一枚の姿を写真に撮られてしまった。

《な……っ》

『これでサーシャもあなたたなんか見なくなるわね』

高笑いのあと、彼女の靴音が遠くなって無情にもドアが閉められる音がした。

『……悪く思うなよ』

背後で警官がフラクシニア語で言ったあと、優花の手首がデスクの脚に手錠でいましめられた。大きく腕を広げる形でデスクにうつ伏せになり、警官に対して尻を突き出す格好になる。

「ちょ……っ、やめて！　やめて！」

鳥肌が立ち、優花は持てる力のすべてで暴れた。

懸命に後方に脚を振って警官を蹴ろうとするが、見えないので当たるはずもない。

《お願いしますっ！　やめて！　やめてください！》

手首が痛くなるのも構わず、優花はガタガタとデスクを鳴らし暴れ回る。

しかし背後から聞こえてきたのは、妙な興奮を含んだ警官の独り言だ。

『日本人とヤッたことはないが、こうなったら楽しんでヤってやる』

カチャカチャと金属音がし、『ちょっと待ってろ』と男が自身の男根を扱《しご》いている気配がする。

《待って……やめて……っ、やめてくださいっ》

ボロボロと涙が零《こぼ》れ、優花は冷たいスチール製のデスクに顔をつける。

アレクサンドルに愛され、もし契約が終わってフラクシニアを離れても、彼以上の男性は現れないと思っていた。

当分次の恋など探さず、アレクサンドルとの甘い思い出をよすがに生きていこうと決めていたのに——

それが、こんな風に汚されるとは——

「サーシャ……っ！　サーシャ！　助けてぇ！」

警官の手が優花の尻にかかり、残り一枚の布を引き下ろそうとした。

「いやあああぁぁあぁっ！　サーシャーーっ!!」

力一杯絶叫した時、廊下の方でバタバタとせわしない人の気配がした。誰かと問答するような激しい声が聞こえ、勢いよく部屋のドアが開く。

「優花っ！」

姿は見えない。

けれど、すっかり耳に馴染《なじ》んだ愛《いと》しい人の声を、聞き間違えるはずがなかった。

「サーシャ……っ、サーシャっ！」

優花が必死に彼の名を繰り返す中、背後から鈍い音と男性の低い呻《うめ》き声が聞こえた。ガタガタッと何かが激しくぶつかり合う音がし、ガシャーンッとパイプ椅子が倒れる音も耳に入る。

争いが行われているのを察し、優花は目を閉じて全身を硬くしていた。

やがて室内が静まりかえり、荒くなった呼吸を整える音と、痛みを堪《こら》える呻《うめ》きが聞こえる。

アレクサンドルがフラクシニア語のスラングで何か罵《ののし》ったあと、少し冷静さを取り戻した彼の声がした。

『手錠の鍵を置いて、今すぐこの部屋から出て行け』

『おおせのままに……っ』

不明瞭な声で警官が応《こた》え、ベルトを直すような音が聞こえる。そのあと優花の目の前に小さな鍵が置かれ、慌ただしい物音と同時にドアが閉められた。

「……うっ、うぅっ」

あまりの恐ろしさに震えて泣いている優花のジーパンを、アレクサンドルが元に戻してくれた。

「優花、もう大丈夫だ」

優花を落ち着かせるように大きな手が背中を丸く撫で、ポンポンと軽く叩く。

温かな掌《てのひら》の感触に優花はホ……と息をつき、強張《こわば》っていた体の力を緩《ゆる》める。両手を縛《いまし》めていた手錠もやっと外された。

「サーシャ……っ」

振り向けば、スーツ姿のアレクサンドルが髪を乱して立っている。

「……優花。怖かったね」

両手を広げ眉を寄せて微笑む彼に、優花は体当たりする勢いで抱きついた。

「――っう、うぅっ、うーっ……うっ、うぅっ」

ブルブルと酷く震えて嗚咽《おえつ》する優花を、アレクサンドルはしっかりと抱き締めてくれる。

そのまま彼は壁際に座り込み、優花を抱えて何度も何度も頭や背中を撫でた。優花の額《ひたい》にキスをし、涙で濡れている頬にも唇を這わせ、しょっぱい雫《しずく》を吸い取る。

「君のすべての感情を私も味わおう。喜びや楽しさはもちろん、悲しさや悔しさだって一生共にすると誓う」

まるで結婚の誓いのようなことを言う彼に、優花は気が抜けたようにフ……ッと笑う。

「サーシャ、ありがとうございます。……私は、その想いだけでもう……」

――契約の恋人以上のことをたくさんしてもらったし、気持ちも一杯もらった。

(本当に私、幸せ者なんだ……)

ピンチになったら必死に助けてくれて、自分が契約以上の存在だと思ってしまう。

「優花、君が無事だと教えてくれ」

「え……? ――んっ」

やにわにそのようなことを言われた瞬間、優花は唇を奪われていた。

「ふ……っ、ぅ、――ん、……ん、ぅ……」

優しく唇を啄《ついば》まれ、優花はトロリと目を閉じる。馴染《なじ》んだアレクサンドルの舌に唇を舐められ、思わず自《みず》らの舌で迎えに行ってしまう。

チロチロと舌先同士で探り合い、体がじんわり温まっていく。

ちゅ、ちゅう……っとリップ音がしたあとに、彼の舌が優花の口内を動き回る。

「んふ……っ、ン、んぅ――ンんっ」

鼻に掛かった声を上げると、アレクサンドルがいつものように頭を撫で褒めてくれる。

グチュリと口内を掻き回され、脳髄や全身に痺《しび》れるような心地よさが広がっていった。いつの間にか優花はアレクサンドルに縋《すが》り付き、懸命に彼の唇を吸う。

やがて二人の唇が離れ、銀糸がフツリと途切れる。

はぁ……はぁ……と呼吸を整える頃になると、疑いを持たれた悔しさや、警官に襲われかけた恐怖がすっかり消えていた。

「優花……本当に間に合って良かった」

心の底からアレクサンドルが呟《つぶや》き、切なそうな溜め息をつく。

「サーシャ……」

この世界に二人しかいないかのように、彼の体温と優しい声に包まれ、優花の鼓動がゆっくりと落ち着いていく。

優花が完全に落ち着きを取り戻すまで、アレクサンドルは床の上に座ったまま抱き締め、キスを贈り続けてくれた。


恐怖が収まったあと、優花はアレクサンドルにエスコートされ取調室の外に出た。

少し離れた場所に恰幅《かっぷく》のいい男性がいて、引き攣《つ》った顔でこちらを見ている。

その後ろに憤然とした表情のミーナがおり、ヨハンにしっかりと腕を掴《つか》まれていた。

『殿下。このたびは殿下の婚約者という方に、とんでもないご迷惑を……』

恰幅《かっぷく》のいい男性がフラクシニア語でアレクサンドルに謝罪し、へこへこと頭を下げる。だがアレクサンドルは微笑みを返すこともせず無視した。

その男性よりも優花を優先すると言わんばかりに、アレクサンドルは男性を紹介する。

《優花、こちらはトゥルフの警察署長。首相とは〝友人〟のようだが、私にも警察庁長官や弁護士の〝友人〟がいるのでね。これから良い話し合いができればと思っている》

アレクサンドルがこれほど冷ややかな声を出すのを、初めて聞いた気がする。

《殿下、こちらを取り戻しておきました》
しっかりミーナの二の腕を掴《つか》んだまま、ヨハンはアレクサンドルにペンダントを渡した。
《ご苦労、ヨハン》
短く言い、アレクサンドルは優花に向かってニコリと微笑する。
《優花、後ろを向いて。これは本当に君の物だから。皇太子である私が保証する》
《で……でも、元の持ち主が王家の方だと……。ええと、王妃様……？》
先ほど聞かされた内容を思い出して口にするも、アレクサンドルはゆるりと首を振って微笑むだけだ。
《それは明日、両親と会う時にちゃんと説明する。だから今はこれを受け取ってくれないか？》
《……はい》
アレクサンドルに背中を向けると、まずギュッと優しく抱き締められ、首筋にキスをされた。他に人がいるというのに、優花は思わず感じて体を震わせた。そんな優花に彼は小さく笑い、アレクサンドルは大粒のピンクダイヤのペンダントをつけ直してくれる。
《〝アフロディーテの涙〟をつけて許されるのは、祖母と母の他は優花だけだ》
誰かに向かって告げるような意志の強い声がし、ハッとして優花はアレクサンドルを振り向く。
だが彼は優花を見ておらず、怒りに燃える目でミーナを凝視していた。
《ミーナ・サルミャーエ。私は絶対にあなたを許さない。今後公《おおやけ》の場であなたと会う機会があったとしても、相応の礼は尽くすが私的に話さない。あなたがどんな立場であろうが、私には関係な

い。私の大事な人を傷付けるつもりなら、私の持ちうる力を駆使して父上を失脚させてもいい》
アレクサンドルの厳しい言葉に、ミーナは顔面蒼白になる。
《成り上がりの首相如《ごと》きが、連綿と続く王家に勝てると思わないことだ。王家は他国の王室や企業、様々な有力者に深い繋《つな》がりがある。自分が敵に回したものの巨大さを、あなたはもう少し思い知るべきだ》
優花の肩をグッと抱いて言い放つアレクサンドルに、ミーナは堪《たま》らず哀願する。
《だって……！　その女、日本人よ⁉　調べたら一般家庭生まれの凡人なのに、なんでこんな女があなたに選ばれるの⁉　顔だって、スタイルだって、音楽家として成功している私の方があなたに相応《ふさわ》しいわ！　そんなぺちゃんこの体で鼻の低い不細工、サーシャに似合わない！》
対抗心を隠さないミーナは、ギラギラとした目で優花を睨《にら》んでいる。
彼女が言う外見の美しさは、日本人の多くが白人に抱くコンプレックスなので分かる。
優花だってもっと脚が長ければとか、鼻が高ければとか、金髪碧眼《きんぱつへきがん》になってみたいと思ったことがある。してみたい髪型があっても、後頭部が絶壁になりがちのアジア人では似合わないこともあった。
だからと言って、見た目が美しくないから、気に入らないから女性を犯させようなど、世界共通の犯罪だ。
《日本人だからどうした？　あなたは先日世界平和や差別撤廃を謳《うた》ったチャリティーで演奏をして、それは立派な演説をしていたようだが？》

《あれは……》
とりつく島もないアレクサンドルの言葉に、ミーナはぐ……と言いよどむ。
《この際だからハッキリ言っておこう。私はあなたに魅力を感じたことは一度もない。どれだけ胸を強調しようが、脚を出そうがあなたに欲情したことなどない。それはあなたの心の浅ましさがすべて表に出ていたからだ。私が自分の隣に立つ人間を選ぶ時は、その心の気高さや趣味や性格、価値観の一致を重視する。ミーナ・サルミャーエ。あなたは優花に到底及ばない》
アレクサンドルからボロカスに言われ、ミーナは朱唇を噛みしめた。
そしてバッとヨハンの手を振り払い、足音高くその場を離れようとする。
しかしアレクサンドルはそれを許さなかった。
《どこへ行くつもりだ？　私の婚約者を犯させようとしたのだから、その罪を償《つぐな》わなければならないだろう。丁度ここは警察署だし、監視カメラもある。証拠はすべて揃っているだろうから、逃げても無駄だ。それとも事前に取調室のカメラは切っておいたか？　お得意の〝もみ消し〟をしたいのなら、私は持てる力すべてを使ってあなたを叩き潰すが、それでもいいんだな？》
《私を犯罪者にしたいの？　残念だけど同席したノール巡査が、勝手に日本人に欲情したようだわ。私には関係ないことだけど》
ツンと顎《あご》をそびやかせミーナが不敵に笑った時――優花が口を開いた。
『私の記憶では、あなたが私を犯すようにと命令し、私のジーパンを脱がせてスマホで写真を撮っていましたが』

優花の口から発せられるフランス語に、ミーナは一瞬にして顔色を変える。

《な……っ、あなた、話せるの？》

『一応、職業は通訳ですから』

おおかた優花を、フラクシニア語の分からない日本人だと思って侮《あなど》っていたのだろう。

呆然とするミーナのハンドバッグをヨハンが取り上げ、《失礼》と言って彼女の手でスマホを起動させる。その中に優花の写真があったのか、彼はアレクサンドルに《これを……》と写真を見せた。

アレクサンドルに写真を見られるのは恥ずかしいが、証拠になるのなら我慢できる。

すっかり顔色を失ったミーナを一瞥《いちべつ》し、アレクサンドルは警察署長の肩にポンと手を置いた。

《優花のジーパンはあとでそちらに提出します。きっとボタンやファスナー部分に彼女の指紋がついているでしょう。このスマホも証拠品として押収してください。あとはそちらの〝誠実な対応〟を期待しています。フラクシニアの国民として恥ずかしくない選択をしてください》

警察署長の前でアレクサンドルはにっこりと笑い、優花の肩を抱き悠々と歩いて行く。

二人が立ち去ったあと、ヨハンがミーナと警察署長に向かって告げた。

《警察内部にも王家の〝犬〟はいます。あなた方のことは逐一《ちくいち》見張っておりますので、ゆめゆめ下手な考えは抱きませんよう。もし殿下や優花様へのお詫び、申し開きがございましたら、いつでも宮殿にご連絡ください。ただしお二人のお耳に入れるべき言葉であるかは、私が判断致します》

慇懃《いんぎん》な態度のまま、ヨハンは絶対零度の微笑みを浮かべる。

言葉の裏で、アレクサンドルの意向に反することをすれば容赦はしないと脅《おど》しているのだ。またよほど正当な言い訳がないかぎり、今回のことで警察庁長官からどんな命令があっても知らないと言っている。

ヨハンが一礼して立ち去ったあと、ミーナはゆっくりと壁に体をもたれさせ座り込んだ。

＊＊＊

宮殿に戻る車の中でも、アレクサンドルは優花を抱いたまま離さなかった。

優花はアレクサンドルの胸板に顔をつけ、彼の香りを吸い込んでは吐いて、自分を落ち着かせる。幸い車は仕切りがあり、ヨハンに見られて恥ずかしい思いをすることはない。

「……未遂、と考えていいね？」

やがて聞こえた低い声に、優花の肩がピクッと跳ねる。

警察署でのことを思い出し、一瞬にして恐怖が蘇《よみがえ》るが、側にアレクサンドルがいるのだからと自分を落ち着かせる。

「……はい。下着姿になっただけで、あとは大丈夫です」

恐怖に耐えるようにギュウッと力一杯アレクサンドルを抱き締めると、彼も同じだけしっかりと抱き返してくれた。

「可哀想に、優花。可愛い顔が赤くなっている」

ミーナに叩かれた頬はジンジンと熱を持っている。ヨハンがくれた保冷剤をタオルに巻き、頬に押し当てているが、すぐには引かなそうだ。

「大丈夫です。ちょっとのことでしたから」

やんわりと微笑むと、額《ひたい》にキスをされた。

「私は何をすればいい？　君は今、何を望んでいる？」

耳元でアレクサンドルの切ない声がする。体を引き彼の顔をジッと見ると、アレクサンドルこそ被害を受けたような、悲しい顔をしていた。

「……私、サーシャに謝りたいです。私、サーシャに迷惑をかけてばかりなんですっ。昨日も悲しませて、なのに今日は助けてくれた……っ。どうしても、あなたに謝りたくて……っ」

涙混じりに、優花が言う。

アレクサンドルから離れた方が互いのためになると思い、そしてこれ以上傷付きたくなくて契約を見直そうと思った。だが他の者に傷付けられ、優花がまず縋《すが》りたいと思ったのはアレクサンドルだったのだ。

昨日自《みずか》ら彼の手を振りほどいておいて、自分が弱ればアレクサンドルに頼る。

(私、なんて狡《ずる》くて卑怯なんだろう。こんな人間、呆れられて捨てられても仕方がないのに)

言ってしまってから優花は俯《うつむ》き、手を額《ひたい》に当てて苦悶する。

だがそれをアレクサンドルが宥《なだ》め、励ます。

「優花、大丈夫だ。私は迷惑などとは思っていない。君は悩んで当たり前の状況にあったし、そういう時に一人になりたいのも分かる。その上で危険な目に遭った君を私が迎えに行くのは、君を愛している者として当たり前だろう?」

大きな掌《てのひら》が、優しく頭を撫でてくれる。

何度も、何度も、飽きることなく繰り返し——

「私……っ、昨日あなたを酷く傷付けてしまったのに、怒られて嫌われても仕方がないのに……っ。ごめんなさいっ」

大粒の涙で次々と頬を濡らし、優花は心のすべてを晒《さら》け出し号泣していた。

「ずっと、不安だったんですっ。ミーナさんみたいに綺麗な人が側にいるのに、なんで私なんだろうって。これという理由も見当たらないのに、どうして私みたいな一般人がサーシャの側にいて許されるのか、分からなかったんです……っ」

「そうか……いずれ両親に会わせる時が来たら、すべて話すつもりでいたが……。それが逆に優花を苦しませていたんだね」

嗚咽《おえつ》して酷く震える肩を、背を、アレクサンドルは守護者のように包み込んでくれる。

「本当はあなたが好きなのに……っ。契約恋人だし、愛してはいけないと思ったんです。いつか別れる運命なら、最初から本気にならなければいいって……。なのにっ、サーシャはとっても素敵な人で……っ。どんどんあなたに惹かれる自分が、怖くて堪《たま》らなかった」

きっと、また目元がマスカラで真っ黒になっているのだと思う。

どうしてアレクサンドルの前だと、自分はいつも泣いてばかりなのだろう。

日本にいた時は、異性に対して心を動かすことなどほとんどなかった。バーで飲んでお誘いを受けてもやんわりと断っていたし、勝也と上手くいっている時だってこんなに感情が高ぶったことはない。

自分の心をまるごと見せても、馬鹿にせずそのまま受け止めてくれる人。それがアレクサンドルだ。

優花にとってアレクサンドルは、家族以外に唯一、心から信頼できる人になっていた。

フラクシニアに滞在するようになって二週間そこそこで、優花はすっかりアレクサンドルに惚れ込み、信頼してしまっていたのだ。

「優花、泣かないでくれ。私も機会を待っていたため君を不安にさせた。ミーナがあんな暴挙に出ると思わず後手に回ってしまい本当に悪かった。私を好きなだけ罵《ののし》ってても打ってもいい。だから……君はこれ以上自分自身を傷付けないでくれ」

額《ひたい》に唇が押し当てられ、彼の手がゆっくり優花の拳《こぶし》を開く。

力一杯握られた掌《てのひら》には爪の跡がくっきりとついていて、血が滲《にじ》んだ箇所もあった。

優花の掌《てのひら》にもキスをし、至近距離でアレクサンドルが優しく微笑む。

「……キス、してもいいか？」

「…………っ」

滲《にじ》み出る慈愛と愛情を感じ、優花は堪《たま》らず自分からアレクサンドルに口づけていた。

いつも彼がしてくれるように、最初は何度も彼の唇を啄《ついば》む。そのあと思いきって舌を忍ばせれば、すぐにアレクサンドルも応《こた》えてくれた。

静かな車内で、くちゅ……くちゅと舌が絡まり合う音が響く。アレクサンドルの手がやけに熱く、Tシャツ越しに彼の熱が伝わってくる。

そのうちキスはどんどん深くなっていき、優花の体はシートの上に仰向けにされてしまった。アレクサンドルが覆い被さってくるが、彼ならば恐怖を覚えることもない。

「……私が怖いか？」

優花の気持ちを察してくれたのか、アレクサンドルが尋ねてくる。

「いいえ。サーシャを怖いと思ったことはありません」

彼の目を真っ直ぐ見つめて答えると、アレクサンドルが困ったように笑った。

「参ったな。少しは男として本気を出されたら怖いとか、思ってほしいが……」

冗談ぽく言われ、優花も思わずクスッと笑う。

「サーシャが私に無理なセックスを強《し》いるなど、あり得ないと分かっていますから」

アレクサンドルの首に両腕をかけて微笑むと、彼も満足そうに目を細めた。

「優花……」

彼の手が優花の頭を撫で、再びアレクサンドルが顔を傾けてキスをしようとした時——

「はい、そこまでですよ。続きはお部屋でどうぞ」

コンコンとドアがノックされ、ヨハンがドアを開けた。

「ひゃあっ⁉」

いつの間にか車は宮殿に着いていたようだ。停車していたことにすら気付けず、優花は真っ赤になる。

(見られた見られた見られた見られた……!!)

頭の中が羞恥《しゅうち》一色の優花は、居住まいを正して俯《うつむ》く。ぎこちなくヨハンの手を借り、優花はなんとか平静を保って車から降りた。

「どうぞお気になさらず。主《あるじ》のプライベートに口は出しませんとも」

にっこりと綺麗に微笑むヨハンは、あとからアレクサンドルに何かお小言を言われそうだ。だがヨハンならそれすらも右から左に聞き流し、「殿下、次の執務ですが」とさり気なくなかったことにしてしまうだろう。

「ヨハン。このまま私の部屋に向かう」

「畏《かしこ》まりました。ではすぐにお茶の準備を致します」

車から降りてヨハンが別の者に車の鍵を渡し、三人は宮殿に入っていった。


二人に付き添われて優花はアレクサンドルの部屋に向かう。初めて彼の私室に入り緊張するが、心を落ち着かせる彼の香りに包まれて一気に安堵する。

すぐにヨハンは熱い紅茶とクッキーを用意し、風呂を用意すると言って続き部屋に行く。

いつもは向かい合うように座るが、今回はアレクサンドルの隣に座るよう言われる。今は肩が触れ合うほどの距離の方が安心するので、彼の意向がありがたかった。

「お風呂……入るんですか？」

疑問に思って尋ねると、彼はジャケットのボタンを外して微笑む。

「今までは優花の部屋でばかりだったが、私の部屋に招いてのんびりするのもいいと思って。あと、君を消毒したい」

ニコリと上品に笑うが、その言葉はこれからの交わりを仄《ほの》めかしている。

消毒という言葉にアレクサンドルの独占欲を感じて、優花はほんのり頬を染めた。

「あの……。嫌じゃないですか？　私、他の男性に犯されそうになっていたのに……」

おずおずと言う優花の肩にアレクサンドルの手が回り、優しく抱き寄せられる。

「では逆を考えてみないか？　もし私が女性優位で望まないセックスを強《し》いられたとする。心に傷を負って君を求めたら……君は私を受け入れるだろうか？」

「もちろんです！　サーシャさえ私を求めてくれるのなら、応《こた》えたいです！」

たとえ話なのに、優花はとっさにアレクサンドルの手を握りしめ目を見つめた。

「ありがとう。私は君が思ったことと同じ思いを、今抱いている」

「……はい」

納得し、優花はアレクサンドルの腕に抱きつく。

「……あなたが来てくれるって、信じていました」

甘えて頬をすり寄せると、つむじのあたりに柔らかなものが押しつけられた。

「あんなことになる前に、見つけられなくてすまない」

「そんなことありません」と言いかけて、ふと優花はなぜアレクサンドルがすぐに駆けつけてきてくれたのか疑問に思った。

いくら何でも、タイミングが良すぎる。

「あの……どうしてあそこが分かったのですか？　誰か秘密の見張りでもついていましたか？」

そろりと彼を見上げると、アレクサンドルは珍しく視線を彷徨《さまよ》わせ、何か言葉を探している。

「その……あー……」

「……言いづらいことでしょうか？」

きょとんと目を瞬《しばたた》かせると、非常に気まずそうな表情でアレクサンドルが口を開く。

「……引かないで、くれるか？」

「……恥ずかしいところを舐められている以上、私はもう何をされても驚かないと思います」

ボソッと小さな声で言い、優花は困ったようにアレクサンドルを睨《にら》む。

彼との行為で言葉責めされたり意地悪されたりするのは嫌ではない。だが後ろの孔を弄《いじ》られるのは、抵抗があるので少し恨みに思っている。とはいえ、あの時「嫌だ」と言いつつ感じてしまったのは確かなので、本気で嫌な訳ではないのだが。

「では言ってしまうが、あのペンダントには超小型のＧＰＳ発信器と盗聴器が仕込まれている」

「は……はあぁ!?」

口をパクパクとさせた優花は、焦って胸元のペンダントを見てみる。

表の宝石に仕込むのはないとして、裏側の台座に当たる部分なら可能かもしれない。

ペンダントトップ自体が二センチはある大ぶりの物なので、超小型の精密機器なら隠れてしまいそうだ。

「い……いつから……？」

アレクサンドルと一緒に寝て、自分が気絶してしまっている時だろうか？

おそるおそる問えば、彼はもっと気まずそうな顔で、だがハッキリと答えた。

「最初からだね」

「最初？」

優花がこのペンダントを手にしたのは、おそらく六歳くらいの時だ。

「私、小学校に上がる前からこれを持っていたのですが……」

信じられないという表情で呟《つぶや》く優花に、アレクサンドルは無言で頷いた。

――え。

しばし、時が止まったかのように沈黙が続く。

「元々の持ち主が私の母だということは、ミーナから聞かされたと思う」

「え、ええ」

突然アレクサンドルが真面目な話をするので、優花は不思議に思いつつも座り直して彼を見た。

「このピンクダイヤは、確かにフラクシニア国王の妃となる女性が持つ、〝アフロディーテの涙〟と呼ばれる物だ。だから貴人の無事を守る意味で、半永久的に作動する最新機器が取り付けられている」

「……なるほど」

「普段は王妃のプライベートを守るために、いたずらに盗聴しないという暗黙の了解がある。だがどうしても必要な場合……王妃が行方不明になったり、出掛けた先が心配な場所の場合は、伴侶である国王ないし婚約者となる皇太子が場所を突き止め、何をしているか知る権利が発生するんだ」

「まぁ、正当な言い分ではある……と思います」

不承不承《ふしょうぶしょう》頷き、優花はまた大粒のピンクダイヤを手に取った。

指先で弄《もてあそ》び、角度によって輝きが異なる宝石の美しさに、思わず溜め息が漏れる。

長いあいだ、この宝石はフラクシニア国王からの愛を受けてきたのだ。

「では、私が幼い頃にフラクシニアを離れたあとも……。私がどこにいるのか分かっていたんですか？」

責めるでもない、穏やかな声で問うと、アレクサンドルが柔らかく笑った。

「十歳の私に命を与えてくれた君を、いつも想っていた」

「十歳の……サーシャ？」

何かを思い出しかけ、優花は記憶を懸命に手繰《たぐ》ろうとする。

「君は覚えていないだろうね。六歳の勇敢な女の子が、一人の少年の命を救ったことなど」

「………」

脳裏に一瞬、日差しを受けて輝く海が蘇《よみがえ》ったが、どうしてか前後の記憶は曖昧《あいまい》だ。どことなく、美しい顔立ちの少年がいた気もするが、それもはっきりしない。

「……待って。……思い……出せない……」

「いや、いいんだ。一方的に恩を感じているのは、私たちフラクシニア王家の方なのだから」

アレクサンドルは思い出せなくてもいいと言うが、重要なことなので気になって仕方がない。

「私は……ずっと小さい頃から、サーシャに見守られていたということですか？」

「……優しい解釈で助かるよ。ストーカーとか束縛とか言われたら、身も蓋もないから」

確かによく考えれば、重度の束縛とも言える。

しかし相手がアレクサンドルなら、ちっとも嫌だと思わないので不思議だ。これも惚れた弱みなのだろうか？

「今まで……私の声や物音など、盗聴したことはありますか？」

気になって聞いてみると、アレクサンドルは非常に気まずそうな顔で頷く。

「……ほぼ毎日、ＧＰＳで君の位置を把握していた。気になって堪《たま》らない時は、聞いてしまった時もある。……すまない」

「………」

ふぅ、と溜め息をつき、優花はこれを許すべきか怒るべきか考えた。

確かにプライバシーの侵害ではあるだろう。

だがやはり相手がアレクサンドルだと、嫌だと思わないし怒る気持ちにもならないのだ。

「何だか……。私が知らないところで色々あったんですね」

考えても、思い出せないものはどうにもならない。また溜め息をついて温《ぬる》くなった紅茶を飲むと、ソファに背中を預けた。

ヨハンはバスルームの準備をしたあと、いつの間にかそっと出て行ったらしい。

「それも、明日全部教えて頂けるんですね？」

「あぁ。もちろん、今私から話すことも可能だ。しかし当時の状況を、私以外の視点で知る両親が同席していた方が、君も納得できると思っているんだ」

「そう……ですね。当時のことをよく知る人が複数いるなら、その全員から話を聞いた方が、真実が分かりやすいと思います。あなたのことを全面的に信用していますが、当時の話にはあなたの主観もあるでしょうから」

「君は物事を公平に見ようとするね。そういうところが好きだよ」

アレクサンドルの手が優花の肩を抱き、頬に唇が押しつけられる。

先ほどはあまりの恐怖に、自身を失いつつあった。だが今は、穏やかな彼と会話を重ね、元の冷静さを取り戻している。

「……ミーナさんやあの警官は、どうなるのでしょうか？」

ポツリと呟《つぶや》いた言葉に、アレクサンドルは静かに息をついた。

「大事な君に手を出されたんだ。私は本当に怒っている。使える人脈を使い、あの女を破滅させるまでは満足しないだろう」

「破滅って……そんな」

焦ってアレクサンドルを見ても、彼はアイスブルーの目に冷たい光を浮かべたまま前を向いている。

「女性を合意なしに抱く、犯すという行為は、心に深い傷をつけ一生の負い目になる。レイプされた女性が耐えきれず自殺するケースだって多いし、長いあいだ精神を病《や》んでしまう例もある。そういう悲しい事例に対して力になりたいと思っても、私は寄付金を出すぐらいしかできない。とても……自分を無力だと思うよ」

暗い声は、まるでアレクサンドルが直接被害者を知っているかのような口ぶりだ。

「……誰か身近な方がそういう目に遭われたのですか？」

そろりと問うと、傷付いたような笑みが返される。

「ミーナと出会って以来、私に近付く女性は必ず去っていった。中には友人になれると思うほど好意を持った女性もいたが、一人も私の側に残ることはなかった」

「それは……」

嫌な予感を覚えて彼を見ると、アレクサンドルはアイスブルーの瞳を悲しそうに細める。

「私に近付く女性は、ことごとくミーナによって遠ざけられていたらしい。本気で私を想ってくれた女性ほど、陰湿なやり方をされたそうだ。それを知ったのは随分とあとになってからで、私は自分の無力さと、彼女を止められなかったふがいなさで落ち込んだ」

「そんな……。サーシャのせいではありません」

優花は彼の腕に触れてさすりながら、ミーナが彼女なりのやり方でアレクサンドルを想っていたことを知る。

彼女がもっとアレクサンドルの気持ちを慮《おもんぱか》り、正々堂々とアプローチしていたら、今こんな目に遭うこともなかっただろうに……。そう思うと、やりきれない気持ちになる。

するとまた、アレクサンドルが優花の頭を撫で、額《ひたい》にキスをしてきた。

「だから私は、同じことを繰り返したくない。優花を絶対に守り抜きたい。卑怯な真似をしようとした人間は、社会の制裁を受けるべきだと思っている。そこに首相の娘だからとか、警察だからとかいう隠《かく》れ蓑《みの》は関係ない」

強い声で言われ、それ以上優花は何も言えなくなった。

ミーナが陰でしていたことを知った時、アレクサンドルは本当に酷く傷付いたのだろう。それでも皇太子としてすべきことをし、堂々とい続けた。

その上で優花を求めて大事にしようとしてくれているのだから、これ以上彼の幸せを優花が奪ってはいけないと言い聞かせる。

「……たくさん傷付いて、それでも皇太子らしくあろうとしたのですね」

優しく囁《ささや》いてアレクサンドルを抱き寄せると、優花の腕の中で彼は驚いて目を瞠《みは》った。

「もしこれからも私が側にいて許されるのなら、私の前でだけ弱さを見せてください」

いい香りのするアレクサンドルを抱き締め、優花は彼の額《ひたい》にキスをする。

遅れて彼の腕が優花の体に回され、ソファの上で二人はしっかりと抱き合った。

そのあと二人で風呂に入り、ゆっくりと語り合った。

それぞれの学生時代や恋愛、家族のことや社会人になって出会った人々——二人が離れていた二十年の空白を、互いに話して埋めようとしたのだ。

やがて自然に体が求め合い、優花はベッドでアレクサンドルに組み敷かれ、熱い吐息を零《こぼ》す。

あの警官に酷く嫉妬するアレクサンドルを宥《なだ》めるいっぽうで、彼をここまで激しくさせるのは自分なのだと優花の心が悦《よろこ》んだ。

「どこにも行くな」と耳元で熱く囁《ささや》かれ、体の奥深くで怒張が揺さぶられる。

アレクサンドルの嫉妬の混じった声と共に、彼の手が優花を確認するかのように体中を探る。優花はそのいちいちに酷く感じ入り、高い声を上げて何度も達した。

体を貫《つらぬ》く熱杭の大きさも、彼の気持ちなのだと思うと嬉しくて堪《たま》らない。

一度でもアレクサンドルを手放そうと思った自分が、バカみたいだ。

涙を流して彼を受け入れ、汗みずくになって交わり——執拗《しつよう》に攻められた挙げ句、優花は快楽の限界を超えて気絶した。

第六章　二十年前の真実

「よくお似合いです。優花様」

部屋まで迎えに来たヨハンに笑顔で褒められ、優花は「ありがとうございます」とはにかんだ。

国王夫妻に謁見《えっけん》するため、アレクサンドルがまた贈り物をしてくれたのだ。

ベビーピンクのレースの膝丈ワンピースはIラインで、優花を大人っぽく見せてくれる。黒いウエストマークにはリボンもついていて、甘さと大人っぽさのバランスがいい。

胸にはもちろんあの〝アフロディーテの涙〟があり、アレクサンドルが見繕《みつくろ》ってくれたという大ぶりなピンクダイヤのピアスも、耳元でキラリと光っている。

エナメルのパンプスはベージュで、こちらも踵《かかと》の部分に小さなリボンがついていた。

「何もかもサーシャに用意してもらって……。ありがたいやら、申し訳ないやらです」

ヨハンに案内されて廊下を歩きつつ言う優花に、彼は上品に笑って緩《ゆる》く首を振る。

「特別な時の男性の贈り物は、素直に受け取っておいた方がスマートですよ。日本人の謙虚さは私も好ましく思っていますが、嬉しい時は『嬉しい』でいいのです。逆に殿下のような富裕層に遠慮をする方が、失礼に当たる時もありますからね」

「それは……そうですね。教えてくださってありがとうございます」

国王夫妻とは昼食の席で話をすることになっている。

だが肩肘張ったフォーマルな姿でなくとも良く、ごく身内の食事会だから……と、アレクサンドルが着る物を贈ってくれたのだ。この国で最も位の高い地位にいる人たちを前に、何を着ようと悩んでいた優花は、彼の気遣いに感謝する。

「サーシャは昼食の席で、先に待ってくれているのですか？」

「はい。正確には昼餐室《ちゅうさんしつ》の前でお待ちです。優花様をエスコートして入室したいとのご意向ですので」

「じゃあ、待たせてしまってはいけませんね」

「いえ。すべて時間通りですから、大丈夫です」

何事もそつなくこなすイメージのヨハンが、時間に追われている姿など想像できない。

今までアレクサンドルのことで頭が一杯だったが、ふとヨハンという人にも興味が湧く。

「ヨハンさんはどのようなご出身なんですか？」

質問をすると、彼が前を向いたまま微笑んだのが分かった。

「特筆すべき点はありませんが……。私は殿下の学友をさせて頂いておりました。学生時代から懇《こん》意《い》にさせて頂いており、その頃から自分は一生を殿下に捧げるのだと決意しておりました」

「凄《すご》い……覚悟ですね」

「そうでしょうか？　むしろ私は自分を幸運な男だと思っています。将来についてまだ悩むことも多い年齢から、自分の進む道を見つけられたのです。フラクシニアの言い伝えで運命を見つけた時〝星が瞬《またた》いた〟と表現しますが、私にとっての星は殿下です」

よどみなく話すヨハンの言葉に、優花は彼の臣下としての揺るぎない忠誠を感じる。

「素敵ですね。お二人は信頼し合っている、とても理想的な主従だと思います」

「ふふ、ありがとうございます」

「サーシャがヨハンさんに対してあまり強く言えないところがあるのも、きっと友人だからとか、敵《かな》わない部分を認めているからなのでしょうね」

優花は二人が醸《かも》し出す雰囲気がとても好きで、やりとりの軽快さに思わず笑ってしまう時もある。きっと学生時代から二人は信頼を築いてきたのだろう。

「まぁ、世界を股に掛けて、二十年好きな女性をウォッチしている殿下には負けますけれどね」

ヨハンが軽やかに笑った時、前方から咳払《せきばら》いが聞こえた。そちらを見ると、廊下の先にはやけにいい笑みを浮かべたアレクサンドルが立っている。

「ヨハン、あまり優花の前で私を変態扱いするなよ？」

「おやおや、聞こえておりましたか？　これでも声を潜《ひそ》めていたのですが。まさか優花様と私が二人で歩いていたから、妬いていた訳ではありませんよね？」

白々しいヨハンの言葉に、アレクサンドルは再度わざとらしく咳払《せきばら》いをする。

「誰がお前を喜ばせることを言うか。さて、優花。行こうか」

ヨハンに憎まれ口を叩いてから、アレクサンドルは優花に向かって腕を差し出した。折り曲げた肘にそっと手を掛けると、扉の前に立っている二人の衛兵が敬礼をする。

ヨハンが静かに扉を開けた先、広々とした昼餐室《ちゅうさんしつ》にはすでにテーブルセットがされてあった。

家紋入りの食器セットが並べられ、花が生けられた花瓶やキャンドル、ピカピカに磨き上げられたグラスが光っている。

その一番向こう側には、アレクサンドルが歳を重ねたらこうなるのかと思わせる初老の男性が、向かいには品のいい五十代の女性が座っていて、にこやかにこちらを振り向いた。

「まぁ、まぁ。その子があの小さな優花さんなのね」

女性――王妃が立ち上がって口を開く。紡がれた言葉はやはり日本語だ。

フラクシニア国王も立ち上がってこちらに来るので、恐縮しきった優花は土下座でもしそうな勢いで頭を下げた。

「こ、今回はお招きありがとうございます。本当に光栄で……なんと言ったらいいのか分かりません」

通訳の仕事をしていても、王家の人間と会うことなどまずない。王族関係の通訳をしている人は、一般の通訳とは別世界の人間だと思っている。

なので優花の頭に浮かんだ挨拶《あいさつ》は、何のひねりもない実にシンプルなものだった。

昨日の夜パソコンで色々と挨拶《あいさつ》の言葉を検索してメモしておいたが、本人を前にすると、緊張のあまりすべてが飛んでいってしまう。

だから本当の意味で、「なんと言ったらいいのか分かりません」だった。

「本当に可愛いわね……。今はアップにしてあるけれど、その髪を下ろしたらサラサラのストレートなんでしょう？　日本人形みたいに愛らしいわね」

「ありがとうございます。陛下の御髪《おぐし》もとても綺麗な色です。殿下はお二人の色を受け継がれたのですね」

素直に思ったことを口にすると、二人は嬉しそうに笑った。

そのあと優花は二人にハグとチークキスをされ、一通り挨拶《あいさつ》が終わって全員着席する。

「最初に言っておく。私たちは国王と王妃だが、今だけはただの〝サーシャの両親〟と思ってほしい。畏《かしこ》まる必要もなく、なるべく気軽にランチを楽しんでもらえたら嬉しい」

国王ローベルトの言葉に、王妃ビルギットも上品に笑んで頷く。

「分かり……ました。緊張しますが、なるべく気軽に楽しませて頂きます」

四人の前に運ばれた前菜を見たところ、どうやらコースはフレンチのようだ。

初夏を意識した涼しげなジュレ掛けのサーモンや、野菜のムースの絶妙な味付けに舌鼓《したつづみ》を打っている優花に、アレクサンドルが話しかける。

「私の下に弟が二人いるのだけれどね。一つ下の弟は妻と海外に行っていて、一番下の弟は留学中だ」

「あ、はい。フラクシニアに渡航する前に少しネット記事を拝見しましたが、そのように書かれてありました」

ネットの画像で見た三兄弟は全員、金髪碧眼《きんぱつへきがん》が美しい美男子だった。

「本当なら家族揃って優花に挨拶《あいさつ》すべきなんだろうけど、色々と事情があってすまない」

「いいえ」

アレクサンドルの言葉に、優花は気にしないでほしいと首を横に振る。

「優花さんはサーシャと仲良くしてくれているの？」

ビルギットに問われ、優花はどう答えるべきかとアレクサンドルを見て、視線を逸らしてはまたチラ見して……を繰り返す。

「母上、私たちの仲は実に良好ですよ」

その問いにアレクサンドルがサラリと答えた。優花はじんわりと頬が赤くなるのを感じると同時に「母上と言うのだな」と妙な感動を覚える。

「それは良かったわ。優花さんのご両親とも、この二十年やりとりをさせて頂いているけれど、本当にいいお嬢さんに育ったわね」

「えっ？」

ビルギットの言葉に、優花は思わず目を丸くする。

「うちの……父と母とお知り合いなのですか？」

王妃に問えば、彼女は夫を見て微笑み、互いに頷き合っていた。

ローベルトがおもむろに語り始めたのは、二十年前フラクシニアであった出来事だ。

「当時は周辺国の財政危機で、フラクシニアも少なくない影響を受けた。その頃フラクシニアは石油・天然ガス産業に力を入れようとしていた時期で、様々なことが不安定になっていた。王家への不満もあり、一部の過激な者たちによってサーシャは誘拐されたのだ」

「誘拐……」

スープが運ばれてきたが、ローベルトはあまり手をつけず話を進める。

「警察が動き、サーシャに危険が及ぶ前に犯人グループは捕まるはずだった。だがその混乱の最中《さなか》サーシャは自力で逃げ出し、犯人に追いかけられた」

「あぁ……」

ふいにフラクシニアのテレビや新聞で、金髪の少年の姿と共に『アレクサンドル王子、無事保護』と書かれていた記憶が蘇《よみがえ》る。

「海岸まで逃げたサーシャが出会ったのが、当時六歳の優花さんだった」

ローベルトの言葉の続きを、次はアレクサンドルが引き継ぐ。

「息を切らせた私を見て、小さな優花もただごとではないと悟ったのだろう。黒髪の日本人の女の子がフラクシニア語で『こっちにきて』と言い、彼女の秘密基地らしい消波ブロックの隙間に私を隠してくれた。あとから追いかけてきた犯人を前に、優花はフラクシニア語の分からない日本人を演じて、彼らの言葉に首を傾げたり肩をすくめたりしていた。犯人が『Blondboy!（金髪の少年だ）』と言ったところで、ようやく優花は反対側を指差したんだ」

「…………！」

それを聞き、薄《うっす》らとしていた記憶の断片が次々と浮かび上がる。

あの時は夏が始まる前ぐらいで、海岸で両親と離れ冒険をしていた優花は、汗だくになって駆け回っていた。そこに自分より大きいのに泣き出しそうな顔をした少年が現れて、追われている様子の彼を「助けてあげないと」と思ったのだ。

ここは毎日のように遊びに来ていた場所だったので、優花は十歳の少年が入れる隙間を知っていた。

彼をそこに隠すと、怖そうな顔をした大人が二人やってきた。

初夏だというのに黒っぽい格好をしていたので、幼い優花は直感で「悪いおじさんだ」と察したのだ。

だから、あの困っていた男の子の居場所を教えてはいけないと思った。

フラクシニアに来て二年半ほどで言葉もそこそこ話せていたが、何も知らない日本人のふりをした。

苛々《いらいら》した様子の男二人を前に優花は日本語で「おじさんたち、なぁに？」とわざとゆっくりと喋《しゃべ》った。

男たちは知らない言葉で話すアジア人の子を、面倒臭そうな目で見て……それから先ほどの金髪の少年について何やらまくし立てた。

だがその言葉が「あのガキどこ行った」「殺してやる」など物騒なものだったため、優花は精一杯の意地悪をしようと思ったのだ。割と長い間言葉が分かりませんというふりをし、ようやっと簡単な英語を言われた時、真逆の方向を指差した。

礼も言わず走って行った彼らの姿が見えなくなるまで、優花はその場に立っていた。

その状態が十分は続いただろうか。遠くから優花の両親が大きな声で呼びに来て、優花は「パパとママが来たから大丈夫」と判断した。金髪の男の子のところに行って、「もう大丈夫だよ」と教えると、彼は安堵しきった顔で這い出てきた。そして優花に向かって礼を言ったあと、ハッキリとこう告げたのだ。

『今、僕の星が瞬《またた》いたよ』

あの時は何を言われたのか分からなかったが、今思えば「あなたに運命を感じました」とフラクシニア風に告白されたのだ。

「優花のご両親は、薄汚れた格好をした私を見て……いや、新聞か何かで私の写真を見ていたのだろう。すぐに警察を呼んでくれた。私は無事保護されて、その前に優花のご両親に『お礼をしたいから』と名前や住所を聞いた」

二十年前の話を聞き、ビルギットは当時のことを思い出して涙ぐんでいる。

「事件が落ち着いたあと、私たちはお礼のために澄川さんのご家族を宮殿に招待したわ。可愛らしいチュールのドレスを着た優花さんが、不思議そうに宮殿の中を見回していて、とても可愛かったのを覚えているわ」

「あ……」

今回フラクシニアの宮殿に呼ばれて、どことなく既視感を覚えたのはやはり間違いではなかったのだ。

優花は幼い頃、この宮殿を訪れていた。

「どうして……両親は教えてくれなかったんでしょう。陛下たちと親交があるということも私は教えてもらっていませんでした。定期的にフラクシニアから季節のカードや贈り物が届いていたのは知っています。ですが両親は世界中に友人がいるので、その中の一人だと思っていたのです」

「その秘密は……そのピンクダイヤにある」

話がピンクダイヤのことへ変わり、優花はアレクサンドルを見る。

彼はとても幸せそうな顔で両親を見て、最後に優花に微笑みかけた。

「優花。フラクシニアの宝石には一般的な石言葉の他に、言い伝えがあると教えたね？」

「あ……はい。『女性がフラクシニアの宝石を贈られると、贈った男性と結婚する』とサーシャは仰《おっしゃ》いました」

アレクサンドルが言った言葉をちゃんと覚えていた優花に、彼は目を細める。

「完璧だ」と呟《つぶや》いてから、アレクサンドルは続きを口にした。

「私は自分の危機を救ってくれた日本人の女の子を、すっかり好きになっていた。もともとアジアに興味を持っていて、私の祖父母も親日家だ。だからどうしても、命の恩人と親密になって……あわよくば恋人になりたい、結婚したいとまで思った」

「え……えっ？」

まさかそんな小さい頃から想われていたとは知らず、優花は面食らう。

「母上に話をしたら、『それならフラクシニアの言い伝えを信じてみて、願いが叶ったら私と陛下もあなたの恋を応援します』と〝アフロディーテの涙〟を託されたんだ」

「それは……」

今問われたフラクシニアでのピンクダイヤの意味を思い出し、優花はじわっと頬を染める。

「そう。優花にピンクダイヤを渡して、君が私の花嫁となるべくまたこの国を訪れたら……。何がなんでも口説いて、自分のものにしようと決めていた。同時に父上も〝王者の血〟を託し、この恋が成功するよう祈ってくれた」

左手の親指にあるレッドダイヤを見て、アレクサンドルが感慨深そうに頷く。

「……王妃陛下の大事な宝物を……日本人の私にくださったのですか？」

信じられない気持ちでビルギットを見ると、彼女は深い笑みを湛《たた》えて目を細めている。

「私は息子が見初《みそ》めた女性を信じようと思ったわ。〝アフロディーテの涙〟に隠された、〝知りたがりの秘密〟を伝えなかったのは申し訳ないけれど……。それでも〝知りたがりの秘密〟を使わなくても、澄川さんは優花のことを教えてくださったわ。優花さんが恋をしたようだとか、逐一《ちくいち》手紙で知らせてくれて、私たちは優花さんの成長を見守っていたの」

「まぁ、それでサーシャは婚期が遅れてしまったけれどな」

茶化すようにローベルトが言い、全員が笑う。優花は自分のせいなのかと思うと、苦笑いしかできなかったが……。

「私の両親も一枚噛んでいたのですね……。確かに、子供がこんな綺麗な宝石をもらえるなんておかしいと思う時もありました。でも両親から『大切な人が優花に持っていてほしいと言っている』と教えられていたので、疑わなかったのだと思います」

日本にいる父は世界を股に掛ける自動車会社の管理職をしていて、母も海外転勤を経た現在ではしっかりと肝の据わった女性になっている。仕事で守秘義務などもあるだろうし、娘一人に隠し事をするぐらい、どうということはなかったのかもしれない。

「それはそうと、優花さんはサーシャが〝アフロディーテの涙〟であなたの行動を把握していたことに引かなかったのか？」

ローベルトに言われ、優花はチラリとアレクサンドルを見る。

彼はどこか気まずそうな顔をしているが、今まで何度も自分の気持ちを確認した通り、彼に対して嫌悪を抱いたことなどない。

「はい。確かに常軌を逸した行為かもしれませんが、相手がサーシャなら私は嫌だと思いません。そこにちゃんと理由と愛情があって、私が彼を好ましく思っている以上何の問題にもならないと思います」

どんなストーカー行為でも束縛でも、互いの気持ちが通じ合って嫌だと思わなければ、それはちゃんとした想いということになる。

「良かったわぁ。私自分の息子ながら、ちょっと心配だったのよ……」

食事はメイン料理を終え、食後のデザートを食べつつのティータイムだ。

「母上、だから私は道を踏み外していないと……うっ」

そこまで言いかけて、アレクサンドルは壁際に控えていたヨハンの視線に気付き、言葉を詰まらせる。

にこやかなヨハンの顔は、「盗聴やGPSで相手をストーキングしておきながら、自分がまともだと言いたいのですか?」と言っている。

彼の表情の意味を優花も察し、「あはは……」と苦笑いした。

そんな優花にビルギットが言葉をつけ加える。

「フラクシニアは親日国です。他国のロイヤルファミリーには、一般家庭からプリンセスになられた方や、他国出身のプリンセスもいらっしゃいます。あなたは自身が日本人だからといって、サーシャへの想いを遠慮しなくていいのよ」

「……ありがとうございます」

雰囲気で察してはいたが、どうやらアレクサンドルの両親としても息子と優花が結ばれることを望んでいるようだ。

優花は徐々に心の奥に覚悟を固めつつ、彼らの話を聞く。

「私も妻と同じ気持ちだ。フラクシニアの国民も、サーシャが選んだ女性ならどんな人でも受け入れるだろう。それも二十年前のあの事件でサーシャを救った影の英雄なら、なおさらだ」

ローベルトはそこまで言うと、ふと顔を曇らせる。

「サーシャや近衛の者から聞いたが、ミーナのことは本当に申し訳ない。サルミヤーエ首相とは懇《こん》意《い》にしているが、今回の事件で彼の立場は危うくなるだろう。私も息子の恩人に危害を加えそうになったと聞いて、心の底から怒りを感じている」

「いえ……。サーシャが助けてくれましたから」

気にしないでほしいとゆるりと首を振るが、国王と王妃はそろって頭を下げた。

「これからフラクシニア王家の皇太子妃として迎えたいと思っている女性に、我が国の人間が大変申し訳ないことをした。どうか許してほしい。フラクシニアという国を嫌いにならないでほしい」

目の前で綺麗な金髪のつむじが見え、優花は焦って胸の前でブンブンと手を振った。

「そ、そんな！　どうか頭を上げてください！　私は特に害はありませんでしたし、大事に至る前にサーシャが救ってくれました。そのように頭を下げるなんて、どうかおやめください」

　必死になって頭を上げるよう頼むと、ようやく二人は顔を見せてくれる。

「優花さん。私はあなたに長いあいだ会えなかった時も、澄川さんから写真を送って頂いて、ずっと娘のように思っていました。今後もしあなたがフラクシニアにとどまることを選んでくれるのなら、私と陛下、この宮殿の者全員、フラクシニアの意志があなたを守ります」

　重ねられたビルギットの手は、しっとりと柔らかい。彼女からはサーシャとはまた違った、女性らしい良い香りがした。

「それでなんだが……こういう風に我々フラクシニア王家が、澄川家および優花をとても好ましく思っていることを理解してもらえたと思う」

「は、はい」

　改めてアレクサンドルに言われ、優花は背筋を伸ばす。

「その上で、もう一度君に聞きたい。私と結婚してくれないか？」

　決定的な言葉に、優花の体が緊張した。

「今度は契約など関係ない。ずっと昔君に命を助けられ、一目惚れした男としてプロポーズしている」

「え……と」

　彼の両親も同席している状況で、どう話せばいいのか戸惑う。

　言葉を選んでいると、ビルギットが助け船を出してくれた。

「私たちの前だと、優花さんも萎縮《いしゅく》してしまうと思うわ。私たちは退席しましょうか」

王妃が立ち上がり、「そうだな」とローベルトも席を立つ。

「あ……あの、今回はご多忙の中、本当にありがとうございました！」

立ち上がって頭を下げた時、ビルギットが優花の肩にポンと手を置いた。

「あなたが思うままに、サーシャに返事をしてあげてちょうだい。私たちも優花さんの意志を尊重します」

そう言って微笑み、二人は昼餐室《ちゅうさんしつ》から出て行った。

いつの間にかヨハンもいなくなっており、そこにはアレクサンドルと優花だけになる。

しばらく沈黙が続いていたが、先に口を開いたのは優花だった。

「きっと……私の両親はすべてを知っているのだと思います。将来的に私がフラクシニアをまた訪れて、そこでどういう決断をくだすのか、両親はずっと見守っていてくれたのではないかと……私の気持ちはもう決まっていますが、婚姻は両家のものでもありますので、両親と兄の意見を聞いてみてもいいですか？」

「もちろんだ」

優花の提案に、アレクサンドルがしっかりと頷く。

優花の兄は現在日本におらず、アメリカの大企業で働いている。優しくて気の利く兄で大好きだが、最近はテレビ通話でしか話していないので、寂しさも覚えていた。きっと兄も両親から話を聞かされているだろうが、改めてちゃんと話す必要がある。

「その上で……お返事をしたいと思っています」

「分かった。パソコンや電話などは、自由に使っていいから」

アレクサンドルは微笑み、優花の意見を尊重してくれたのだった。

＊＊＊

それから優花は時差を確認して日本の両親とビデオ電話をした。

兄がいるニューヨークでは早朝に当たるので、母が「私が伝えておくわ」と言ってくれた。母いわく、「あの子は優花と殿下の結婚を心の底から喜ぶと思うわ。全員祝福しているから、安心しなさい」とのことだ。

両親は画面に映る優花とアレクサンドルの姿を見て、すべてを察した顔をする。そのあと、アレクサンドルと優花から「お願いします」と結婚の許可を求められ、笑顔で承諾した。アレクサンドルがいずれ日本を訪れ、正式に挨拶《あいさつ》をすると申し出て、両親との電話は終わった。

「はぁ……。やっぱりサーシャに出てもらうと、あっという間に片付きますね」

ソファに戻って紅茶を飲むと、向かいで彼が微笑んでいる。

「これでも、用意周到さはヨハンのお墨付きだからね。……まぁ、奴なら『ずる賢い』とか言いそうだが」

リラックスした姿の彼は、珍しく今日は黒いパンツにシャツというラフな格好だ。

優花はといえば、ランチの時に着ていた綺麗なワンピースはすでに着替え、らくちんなスウェットワンピースを着ている。

「サーシャ、日本のこれからは蒸し暑いですからね？　覚悟して来てもらわないと」

冗談めかして優花が脅《おど》すと、彼は負けじと目を輝かせる。

「花火大会があるのなら、浴衣を着て優花と楽しみたいな。それに汗ばんだ肌で抱き合うのもオツなものだろう？　畳の上でメイクラブとか、情緒があっていいな。日本には確か……ラブホテルというものがあるんだっけ？」

必要以上に日本文化に詳しすぎるアレクサンドルに、逆に優花が閉口した。

「なんでそんなに詳しいんですか」

「そりゃあ、時間のある時に日本の神社仏閣のサイトや、地方の祭りサイトや、ラブホテルのサイトも覗《のぞ》いてるよ？」

「も、もぉお……！　皇太子殿下なのに……」

「おや、優花はそんな私は嫌いかな？」

余裕たっぷりに言われ、何も言い返せないのが悔しい。

「……す、好き。……ですけど……」

モゴモゴしながら告白すれば、アレクサンドルが人の悪い笑みを浮かべて優花の隣に座る。

「じゃあ、キスをしようか」

アイスブルーの目に見つめられ、優花が何かを言う前に柔らかな唇に言葉を奪われた。

「……ん」

アレクサンドルの唇を受け入れ、隙間から入り込んだ舌に優花も応《こた》える。ヌルヌルと舌先が擦《こす》り合い、堪《たま》らず開いた口唇から吐息が漏れた。

「あ……サーシャ……」

すっかり覚え込まされたキスにトロンとなり、優花の声はすぐに甘く掠《かす》れたものになる。

アレクサンドルの手がEカップの胸を覆うが、ブラジャーの感触が気に入らなかったらしい。すぐに彼の手が優花の背に回り、器用にも服越しにホックが外された。

「……あの」

ある種の不安を抱いてアレクサンドルを見つめると、彼はキョトンとして目を瞬《しばた》かせる。

「なんか……。いつも手慣れている感が強いです。本当に今まで特定のお相手っていなかったんですか？」

これから自分がアレクサンドルと正式に付き合えるのだと思うと、急に今までの彼の女性関係に嫉妬してしまう。

「私の言葉を信じていなかったのか？　言ったじゃないか。右手が恋人だったと」

真っ直ぐな目で優花を射貫き、彼の右手が軽く握られて上下した。

「も……っ、もぉ！　皇太子殿下がそんな卑猥《ひわい》な手つきをしたらダメです！」

バッと彼の右手に飛びつくと、アレクサンドルが肩を揺らして笑う。

「服を脱がせるのが手慣れていると言いたい？　それとも……キスやセックスが上手い？」

ストレートに言われると、逆にこちらが照れてしまう。

「ぜ……全部ですっ」

恥ずかしさのあまりむくれて横を向いた優花を、アレクサンドルが横からギュウッと抱き締めた。

そして、優花の耳元で「可愛い」と嬉しそうに笑う。

「だ、だって……。学生時代のガールフレンドとは何もなかったかもしれません。でもその後の『ほぼ縁がなかった』というのはなんだか怪しいじゃないですか」

言えば言うほど、だんだん自分が惨《みじ》めになってくる。

大人の余裕でアレクサンドルを愛したいのに、彼の昔を詮索し始めるとムカムカして堪《たま》らない。

するとアレクサンドルは優花を抱き締めたまま、はぁー……と大きく溜め息をついた。

呆れられたと思った優花は、情けなく恥ずかしく、背中を丸めて謝罪する。

「……ごめんなさい。もう、こんなこと言いませんから……」

小さな小さな声で謝り、目に滲《にじ》んだ涙を拭《ぬぐ》おうとすると、耳元でアレクサンドルがボソッと呟《つぶや》いた。

「日本では童貞のことをＤＴって言うんだっけ？」

「え？」

突然の話題に、優花は思わず顔を上げる。目の前には、恥ずかしそうな……とても微妙な顔をしたアレクサンドルがいた。

「笑わないでくれるか？　優花を抱くまで、私は童貞だった。三十年、右手が恋人の筋金入りの童貞だったんだ」

「………」

思ってもみないことを言われ、優花は口をポカンと開けたまま固まってしまった。

「三十路《みそじ》になってまで童貞なんてそうそういないと思うが、皇太子という立場上、女性と派手に遊ぶ訳にもいかなくてね。それよりも前に、私は優花と絶対に結ばれたいと思っていたから、本気ではない女性と済ませる気にもならなかった」

「え……と。『ほぼ縁がなかった』というのは……」

「他国のプリンセスや女優、モデルと、友人になったことはあった。勘違いをされてパパラッチに報道されたというトラブルもあったが、私はずっと優花一筋だった。仲良くしていた彼女たちにも、私にはずっと恋をしている女性がいると最初に言っておいたしね」

長らくモヤモヤしていたことが解消され、優花の体の力が抜けていく。

「……それで、あんなに上手なんですか？」

「ん？」

今まで抱かれた記憶が次々に蘇《よみがえ》り、優花の頬を赤く染めていった。

「色んな体位を知ってるのも、こ、言葉責めも……っ。全部〝素〟なんですか？」

「そりゃあ、好きな女性を前にしたら意地悪したくなるだろう。可愛い姿を見たいし、自分の手であんあん言わせたいし……。これでも予習復習はきっちりするタイプなんだ」

「も、もおお……」

安堵した優花は、ギュウッとアレクサンドルに抱きついた。

「安心しました。……ダメですね。こんな嫉妬や束縛ばかり……」

「いいんじゃないか？　私が君にしてきたことを思えば、実に可愛らしいものだ」

「確かに」

悪びれもせず盗聴のことを言うので、優花も思わず破顔した。

そのあと二人は、昼日中にもかかわらず、服を脱ぎ捨ててバスルームに消えた。


「……っあ、……あぁっ、ン……」

蜜壷をクチョクチョと舌で暴《あば》かれ、優花は蕩《とろ》けた顔で天井をぼんやり見つめ、喘《あえ》いでいた。

もう二人のあいだに何も障害はなく、心から安心して彼の愛撫を受け入れられる。

「ゆう……か。ん、おいし……」

感じ切ってふっくらとした花弁を舌で弄《もてあそ》び、アレクサンドルは下から上へれろっと舐め上げる。

「んぁんっ」

腰が跳ねそうになるのを両手で押さえられ、一番敏感な肉真珠を唇で包まれる。かと思うと、アレクサンドルの舌先がチロチロと素早く左右した。

「――ひっ、それ……っ、ダメぇっ、達《い》っちゃうから……っ、やっ、ダメ……っ」

アレクサンドルの頭をグイグイと押し返すも、鍛えられた彼の体はがっしりとして敵《かな》わない。

チュッチュッと何度も音を立てて陰唇にキスをされ、休む間もなくまた肉真珠が攻められる。更にとうに蜜まみれになった指が二本差し込まれ、温かな膣壁を押してきた。

　空いた手は優花のたっぷりとした乳房を包み、やんわりと揉んではときおり先端を指で弾く。

「あぁん……っ、あ……あぁ、……あー、ン、あぁ……」

　そろえられた指が優花の膣壁を押し、感じる場所を擦《こす》り立てては中で指をバラバラと動かす。

「んぁっ、あ……っ、待って……っ、感じてるから……っ」

「ん……たっぷり、感じてくれ」

　優花の肉真珠にキスをしたアレクサンドルが、凄絶《せいぜつ》なほど妖艶《ようえん》な笑みを浮かべ舌なめずりをする。

　皇太子殿下だというのにその口元は優花の蜜にまみれ、彼女の秘部にしゃぶりついては、それが極上の甘露《かんろ》だと言わんばかりに音を立てて吸い付く。

　あまりに不敬で、それなのに「いけないことをしている」という背徳感が優花をゾワゾワとさせた。それがよりいっそう官能を深め、アレクサンドルからの刺激を大きくしていく。

　ジュクジュクと音を立てて優花の蜜洞が探られ、優花は一度目の高みに上り詰めた。

「あぁーっ、あ……っぁ、あ、ダメぇ……だめ……ぁ、――ア」

　太腿でアレクサンドルの顔を思いきり挟み、優花は白い喉を晒《さら》して絶頂を味わう。

「……ん……あぁ……」

　くたりと脱力したあと、優花は心地いい疲労に身を任せ目を瞑《つぶ》る。

　アレクサンドルはキスマークを執拗《しつよう》につける癖があるのか、短期間のあいだで優花は人前で脱げない体にされていた。デコルテの開いた服を着る予定がある時などは配慮してくれるのだが、それ以外の場所はほぼ絶え間なく所有印が咲いている。

優花がぐったりとしているあいだ、アレクサンドルは手早く避妊具を取り付けた。

「優花、入れるよ」

優しく声を掛けられ薄《うっす》らと目を開けると、視界には金髪を乱した皇太子がいた。唇を赤い舌でペロリと舐め、今にも優花という獲物を食べてしまいそうだ。

「サーシャ……。好き……」

素直な気持ちを伝えた時、どうしてか眦《まなじり》から涙がポロッと零《こぼ》れ落ちた。

「私もだよ。可愛い花」

クプリと先端が蜜口に押し当てられ、巨大な熱塊が侵入してくる。

「あ……っ、あぁ、ア、んーっ」

何度も抱かれているとはいえ、彼のモノは巨大だ。優花の秘唇が引き延ばされ、蜜口もこれ以上ないぐらい口を開いている。精一杯頬張って、ぐちゅぐちゅと咀嚼《そしゃく》しながら呑み込んで、優花の女の部分はアレクサンドルを受け入れた。

「あぁ、気持ちいい……」

上になっているアレクサンドルが眉間に皺《しわ》を寄せて唸《うな》る。それがやけに嬉しく、誇らしかった。

世界中の誰もが憧《あこが》れる美しい皇太子が、自分というたった一人に溺れているのだ。女の本懐《ほんかい》以外、なんと言い表せばいいのだろう。

「優花、動くぞ」

「は……ぃ」

息も絶え絶えに返事をしたあと、アレクサンドルが優花の腰を抱え、ゆっくりと律動を始めた。グッチュグッチュと最奥まで抉《えぐ》ると、雁首の部分で膣壁を擦《こす》り、最奥に亀頭をトントンと叩き込む。

「ん、んぅっ、うーっ、あぁあっ、……ぁっ、き……もち、ぃっ」

優花は汗をびっしりと浮かべ、苦悶するかのような表情で首を振る。黒髪の毛先がパサパサとシーツを打ち、その音がやけに頼りない。

「優花……。君は美しい。可愛らしい。私の……すべてだ」

ずん、ずん、と優花を穿《うが》ちつつ、アレクサンドルの両手は優花の乳房を揉む。ひととおり満足したのか、今度はウエストのラインから臀部《でんぶ》までをスルッと撫で下ろした。

「あうぅっ！」

穿《うが》たれながらの体への愛撫は、より深い淫悦を優花に与える。ゴクッと喉元で唾を嚥下《えんげ》した優花の腰は、いつの間にかくねくねと扇情的に動いていた。

「ココも悦《よろこ》んで、すっかり膨れているな」

愉悦の籠《こ》もった声がしたかと思うと、優花の肉芽が指先でコロコロと弄《もてあそ》ばれる。

「つきゃああっ！　そこっ、だめぇえっ！」

その瞬間、優花のナカがギュウウッと締まり、アレクサンドルがフラクシニア語で『くそっ』と毒づいた。

彼が射精感を堪《こら》えているあいだも、優花はピクンピクンと絶頂の余韻にいる。

「優花、キスがしたい」

ぐったりとした優花を抱き起こし、アレクサンドルはベッドの縁《ふち》に座り直す。すると優花は彼の腰を抱くように脚を回し、どちらからともなく深いキスを始めた。

「んン……んゥ」

汗でしっとりと濡れた肌が触れ合い、カーテン越しに入り込んだ木漏《こも》れ日がチラチラと二人に陰影を作る。

ちゅ、ちゅと何度もリップ音を立て、二人は見つめ合い、また唇を重ねる。

優花の腰はねっとりと円を描き、時にきゅうっと彼の屹立《きつりつ》を絞り上げた。

「……優花、もっと激しく動いてみて」

唇を離したアレクサンドルに乞われ、優花は頬を染める。だが彼と身も心も結ばれたことが嬉しくて、今ばかりは快楽に染まるのもいいと思った。

「あまり……見ないでくださいね」

アレクサンドルの腰の上でしゃがむポーズを取り、優花はゆっくり腰を上下させ始めた。M字に大きく脚を開いている姿は、恥ずかしくていつもならとてもできない。

しかし結婚を許可された幸福感が、優花を大胆にさせていた。クチュンクチュンと下腹部から水音が聞こえ、膨れ上がった優花の肉真珠がアレクサンドルの下腹に擦《こす》れる。ゆっさゆっさと揺れる胸をアレクサンドルはうっとりとした目で見つめていたが、そのうち口を開けて先端にしゃぶりついた。

「あ……っ、あンっ、吸っちゃ……やっ」

自《みず》ら腰を振って感じる場所に擦《こす》りつける優花は、蕩《とろ》けた顔で懇願することしかできない。しかしアレクサンドルは両手で優花の胸を集めて乳首を寄せ、強引に両方同時に吸ってきた。

「やぁあっ、そんな……っ、そん、なの、や、やぁあっ」

一際《ひときわ》大きくチュバッという音が聞こえたあと、アレクサンドルは優花の尻たぶを掴《つか》み、猛然と突き上げてきた。

「ンっ、ぅうっ、あっ、ダメっ、そんな……っ、突いたら……っ」

「『そんなに突いたら』？　どうなるんだ？」

ドスドスと怒張を叩き込み、アレクサンドルが意地悪に笑う。

その表情を見て、優花は心の奥底にとろりとした優越感を覚えるのだ。

普段紳士然とした彼が、自分の前では一人の男になる。それが得も言われぬ心の快楽を与えていた。

「お……っ、かしく、なっちゃう……ぅっあぁっ」

もはや自分で動く余裕もなくなり、優花はただガクガクと揺さぶられた。更にアレクサンドルの指先が菊孔に触れ、優花はひゅっと息を吸い込み体を緊張させる。

「あ――っ、ぁっ」

不意打ちで触られた部分が引き金になり、優花はあっという間にまた達してしまった。同時にアレクサンドルが低く唸《うな》り、優花をきつく抱き締めたあと彼女の膣内でビクビクと肉棒を暴れさせる。

（あ……。サーシャ……出してるんだ……）

自分の体内で彼のモノが震えているのを感じ、あまりに愛《いと》しくて思わず微笑んだ。

最後にアレクサンドルがキスを求めてきて、ちゅ、ちゅと軽く互いの唇を吸い合う。

そのあと優花を抱いたまま彼は後ろ向きに寝て、ようやっと長い行為が終わったかと安堵した時――

「……もう一回」

優花のナカから屹立《きつりつ》を引き抜き、いまだ衰《おとろ》えを知らぬソレから使用済みの避妊具を外し、手早く処理をした。

開き直ったのか、ベッドの枕もとには避妊具の箱がそのまま置いてある。その中からパッケージを一つ取り出すと、アレクサンドルはあっという間に避妊具をつけてしまった。

「うそ……。ちょ……待って……。少し休ませて」

顔を引き攣《つ》らせて苦笑いするものの、彼のアイスブルーの目は至極真面目だ。

「愛しているよ、優花。今日は夕食まで愛し合おう」

脱力した優花の体をうつ伏せにし、今度は寝たまま背後から挿入する。

「あっ……、あぁあっ」

ズチュリと柔らかくなった蜜口はあっさりと男根を受け入れ、優花の唇から歓喜の声が漏れた。

「ほら、優花だってこんなに悦《よろこ》んでいるだろう？」

舌なめずりをした絶倫皇太子は、優花の白い尻をシュルリと撫で回す。それから彼女に覆い被さるような体勢で、再びガツガツと穿《うが》ち始めた。

「あーっ！　あぁあっ、うぅ、うぅーっ、や、あぁあっ、達《い》った……っ、ばっかり、なのっ、に」

「だからだろう？　私は優花がたっぷり感じている姿を見たい」

背中の真ん中をツゥッと指でたどられるだけで、膣がキュウッと締まった。

普段見られない自分の背中は、彼の目にどう映っているのだろう。ここ数週間の滞在で全身のケアはされていたが、背中は綺麗だろうか？

ふと猛烈な不安に襲われ、優花はモソモソとお尻を振って身じろぎする。

「つく――、優花、そんなに締め付けて悪い子だ。私を早く達《い》かせようというのか？」

白いお尻を丸く撫でられ、ゾクゾクッと震えが走った。優花はまたはしたなくアレクサンドルを締め付け、口からタラリと垂らした涎《よだれ》でシーツに染みを作る。

「そん……っ、な、ぁっ、ちがっ――あぁアあぁっ」

ズンッと深いところまで穿《うが》たれ、ねりねりと子宮口をいじめられ優花が悲鳴を上げた。

ギュウッと下腹部の奥が無意識にきつく締まり、ビクビクッと体が跳ねる。

あまりに強すぎる淫悦に脳髄が蕩《とろ》け、自分が今どこにいて何をしているのかすら曖昧《あいまい》になった。

「優花、おいで」

胴に手を回されてグイッと起こされたかと思うと、優花はアレクサンドルに背後から包まれ、彼の胡座《あぐら》の上に座っていた。

「あぁ、可愛いな。いい匂いがする」

ちゅ、ちゅと首筋にキスをされ、びっしりと浮かんだ汗をれろっと舐められる。

「んふ……っ、ぅ――あ」

その舌使いだけで優花は歓喜に打ち震え、蜜壷に頬張ったモノをキュウキュウと締め付けた。

「可愛いよ、優花。私だけのプリンセス」

アレクサンドルの両手が優花の乳房を揉み、重量を確かめるように下から掬《すく》い上げては、ポンと手の中で弾ませる。

指先でぷっくりと膨らんだ乳首を摘まみ、平らになった先端をカリカリと爪で引っかかれると、耐えがたい快感が襲ってきた。

「んあぁうっ、んーっ、あぁ、やぁ……っ、だ、ダメ……っ、ん、あぁっ」

絶頂を味わったあともジワジワと攻め続けられ、優花は腰を揺らしてもう許してほしいと乞う。

「本当に駄目なのか？　ココはヒクついて私を欲しがっているが」

不意にアレクサンドルの指が伸び、優花の膨らんだ肉真珠に触れてきた。

「っあぁぁアあっ！」

彼を秘唇の奥に含んだまま、優花は全身をひくつかせ敏感な箇所からの刺激に打ち震える。

結合部からは愛蜜が垂れ、シーツはもうびっしょりになっているだろう。

「ほら、『その通りです』って私を締め付けてきた。本当はこうしてほしいんだろう？」

やにわにアレクサンドルが下からズンッと優花を突き上げてきた。

「っひぁあっ」

随分柔らかくなった最奥が彼の亀頭を迎え入れ、結合部から新たに泡立った蜜が流れ出す。

そのまま立て続けに突き上げられ、優花の頭の中はすぐに真っ白になってしまった。

「ココを弄《いじ》るともっと好《よ》くなるんだろう?」

左手を体の後ろにやって自身を支えたアレクサンドルが、右手で優花の肉芽をコリュコリュと弄《いじ》り回す。

「ぅんっ、あ! あぁっ……あーっ! やっ、ダメ……っ、ダメっ、それダメっ」

優花は髪を振り乱して喘《あえ》ぎ、何とかこの責め苦から逃げ出そうと腰を振る。だがそれはより深い官能を煽《あお》るだけで、何の解決にもならない。

「どうして駄目なんだ? こんなに可愛いのに……っ」

またグイッと体を持ち上げられ、優花はベッドの端に座ったアレクサンドルの膝の上で貫《つらぬ》かれている。少しでも暴れたら落ちてしまいそうで、またキュッと膣に力が入った。

「こうしたらよく見えるだろう?」

アレクサンドルが膝の裏を抱え上げ、ヌップヌップと優花を抉《えぐ》る。

「え……っ、あ、や、やだぁっ!」

彼の言うことが一瞬理解できなかったが、優花はふと前方に姿見が置かれてあるのに気付き、両手で顔を押さえて真っ赤になった。

そこには背後からアレクサンドルに貫《つらぬ》かれている自分がいて、思わず見てしまった結合部はとても淫《みだ》らな光景だった。優花の赤く腫《は》れた秘唇にアレクサンドルの野太い屹立《きつりつ》が入り込み、ニュルニュルと上下しているのだ。

あまりに淫猥《いんわい》で、なのに目が離せなくて――。優花の羞恥《しゅうち》と快楽が一気に引き上げられる。

「ほら、自分の姿を見て極めてごらん」

耳元で意地悪な声がし、ぐちゅりと彼の舌が耳孔《じこう》に入り込んできた。

「ひぁ……っ、あっ！　あぁああぁっ、やぁああぁっ、いっ達《い》くっ、からっ――ゆるしてぇっ！　も、ダメなの、ほんっと、に、おねっ、が――」

最奥まで届く彼の屹立《きつりつ》が優花の中で暴れ回り、グッチュグッチュと憚《はばか》らない音を立てて愛蜜を飛び散らせる。

そのたびに優花の秘唇は可哀想なほど形を変え、彼を懸命に頬張っていた。二人の性器は優花の愛蜜でテラテラと光り、昼日中だというのに悩ましい。

最奥を突かれるたび、優花の目の前で星が散る。アレクサンドルの舌がぐちゅぬちゅと耳の中で蠢《うごめ》き、直接脳髄を舐められているかのような錯覚に陥《おちい》った。

いきんで――もうこれ以上はないというほどいきんだ時、またアレクサンドルの指がぽってりと膨らんだ優花の肉真珠に触れてきた。

こまやかに揺さぶられただけで、あっけなく崩壊の時が訪れる。

「っダメえぇエぇえぇえっ!!」

啼《な》き声とも断末魔の声ともつかない悲鳴を上げた瞬間、耐えきれずこみ上げたものがビュッと小さな孔から噴き上げた。放物線を描いたそれは離れた場所にある姿見に、透明な飛沫《しぶき》を作る。

「いやっ、いやぁあっ!!」

アレクサンドルはずんずんと最奥まで優花を穿《うが》ち、爛熟《らんじゅく》した女の弱点を刺激し続けた。

何度も優花は蜜潮を飛ばし、恥辱にまみれた悲鳴を上げる。そして絞り上げるかのようにアレクサンドルの肉棒を締め付けたあと――ようやく彼が胴震いして優花を抱き締めた。

「……っあ、あぁ……っ」

優花の体内で彼の質量がぐぅっと増し、お腹が弾けてしまうのではと思った直後、ドクドクッと薄い膜の中に欲望が解き放たれた。

「――あ、……あぁ……あ………」

ぐったりとアレクサンドルの胸板にもたれかかった優花は、自分の秘唇からちゅぽんと大きな陰茎が飛び出る様《さま》を見た。

途中まで避妊具に覆われたそれは、先端に信じられない量の精液を溜めている。

更に信じられないことに、アレクサンドルの男根はいまだ衰《おとろ》えをみせず漲《みなぎ》ったままだった。

（もうだめ……）

仰向けにされた優花は、今度こそ行為が終わったのだと思った。

だがアレクサンドルは蜜でぐっしょりと濡れそぼった秘唇を見て舌なめずりをすると、優花の脚を広げそこに顔を埋《うず》めてきた。

「や……だめ……。やすませ……ぁ、あぁ……」

ねろり、と温かな舌に舐められ、意図せずあえかな声が漏れる。

「優花、私はもっと君を愛したい」

下から上に優花の秘唇を撫で上げたアレクサンドルが、その指を見せつけてくる。彼の綺麗な指には、卵の白身のようにドロッとした愛蜜がたっぷりと纏《まと》わり付き、太い糸を引いていた。

「やぁ……見せ、ない……で」

アレクサンドルは愛《いと》しげに愛蜜を見ると、優花を見つめたままその指をしゃぶりだした。

ピチャピチャと音がし、美しい人が赤い舌を見せつけて優花の恥辱の蜜を舐めている。

あまりに常軌を逸した光景に、優花は抵抗するのも忘れて思わず見入ってしまった。

アレクサンドルは最後にスナック菓子の粉でも舐めるように自身の指をしゃぶったあと、その指を優花の蜜口に挿入してきた。

「あん……っ、ぅ……あ、あぁっ」

すぐにクプックプッと蜜を掻き出す音が聞こえ、駄目だと思うのに優花の意識まで攪拌《かくはん》されていく。

「優花のココはすっかり柔らかく蕩《とろ》けているな。そろそろ私の〝全部〟も受け入れられるんじゃないか？」

「ぁ……」

全部と言われ、優花は今まで自分がアレクサンドルの屹立《きつりつ》を、すべて受け入れられていなかったことを思い出す。

「優花、私を受け入れてくれないか？」

クチュクチュと蜜壷を暴《あば》きながら、アレクサンドルが優しく尋ねてくる。

カーテン越しの日差しを浴びた彼は、金髪や汗に濡れた肌が輝き、得も言われず美しい。

こんな美しい人に求められているのだと思うだけで、優花は嬉しくなる。

「ゆっくり……なら」

小さく頷いた彼女にアレクサンドルは嬉しそうに微笑むと、覆い被さってキスをしてきた。

「ありがとう、優花」

ちゅ……と唇が触れ合ったあと、アレクサンドルは避妊具を取り替え、いまだ漲《みなぎ》ったモノで優花の秘唇を擦《こす》った。チュクチュクと濡れた音がし、彼の雁首がぷつんと勃ち上がった肉芽を擦《こす》るのが、堪《たま》らなく気持ちいい。優花も自然に腰を揺らし、疲弊しながらも彼が満足してくれることを望んでいた。

「優花、愛してる」

やがて心の底からアレクサンドルが愛を囁《ささや》いたあと、大きな亀頭が蜜口を広げ押し入ってくる。

「ん……っ、う、……うぅ」

圧迫感に優花は喘《あえ》ぎ、それでも今回こそ彼を気持ち良くさせてあげたいと、懸命に体の力を抜いた。

「優花、奥まで入れるよ」

「はい……。きて……っ」

汗で顔に貼り付いた髪を手でどけ、優花はうっすらと微笑む。

「我慢してくれ」

そう言ってアレクサンドルは優花の腰を掴《つか》み、ずんっと突き上げた。

「っあ……っ」

たやすく最奥にアレクサンドルの切っ先が届き、優花は唇から掠《かす》れた呻《うめ》きを漏らす。そのあとにもずんっずんっと更に奥を目指され、久しぶりに感じる微《かす》かな疼痛《とうつう》に優花は眉を寄せた。

「……入った……」

内臓を押し上げられたと思うほどの圧迫感に呼吸を荒らげていると、アレクサンドルが満足げに呟《つぶや》き微笑んだ。

「優花……。キスを……」

アレクサンドルが覆い被さり、ねっとりと濃厚なキスをしてきた。舌をすり合わせ、ちゅぷちゅぷと濡れた音が室内に響く。

あまりの愛《いと》しさに優花は涙を流し、彼の背中に手を回して懸命に舌を動かした。

いち日本人に過ぎない自分が当たり前にした行動を、彼はいつまでも大事な思い出にし、一途《いちず》に想ってくれていた。彼の両親も快《こころよ》く受け入れ、優花が自然にこのフラクシニアを訪れる運命を宝石に託してくれた。

彼に生活を覗《のぞ》かれていたことは少し恥ずかしいけれど、これからはずっと一緒にいられる。

ちゅ……とアレクサンドルの舌先にキスをし、優花はとろりと微笑んだ。

「サーシャ、あなたを心から愛しています。私、立派な皇太子妃になりますね」

アレクサンドルは優花の頭を大きな手で撫で、額《ひたい》、頬、鼻筋にキスの雨を降らせる。

「私もずっと昔から優花だけを愛しているよ。君が私の運命で、私が君の運命だ。二人の頭上には
フラクシニアの言い伝えにある女神の星が瞬《またた》き、ずっと国の未来と共に見守ってくれている」

アレクサンドルが教えてくれたフラクシニアの神話がある。

フラクシニアには人間の男に恋をした女神がおり、彼女は男が恋しいあまり泣き暮らしていた。

それを不憫《ふびん》に思った神々や人々が協力し合って二人は結ばれた。女神が流した涙の雫《しずく》は、フラクシ
ニアの地底に眠る宝石となったそうだ。そして二人と同じく強い運命に惹かれた恋人たちにだけ、
フラクシニアで言う女神の星――北極星が瞬《また》くのが分かるのだと言う。

女神の涙であるフラクシニアの宝石は、〝恋を叶える魔法の石〟とされ、今でも信じられている。

優花の胸元に光るピンクダイヤも、アレクサンドルの左親指に輝くレッドダイヤも、いずれも二
人を引き合わせた女神の涙なのだ。

「ん……っ」

アレクサンドルがゆっくりと腰を引き、ずちゅ……と濡れた音を響かせる。やがて長大な屹立《きつりつ》が
優花の蜜壷から姿を現し、雁首あたりまで引き抜かれたあと、またゆっくりと蜜壷に埋まっていく。

最後には優花の子宮口をぐぅっと押し上げ、根元まで完全に収まった。

「あぁ……。気持ちいい……優花……」

何度も何度もその動きを繰り返され、優花は乱れる呼吸を整えながらも彼のすべてを受け入れる感覚に慣れていく。やがてズッチュズッチュと音が速くなっていくと同時に、優花のたわわに弾む胸の谷間で、ピンクダイヤも跳ねた。

「あぁ……っ、あぁあっ、サーシャっ、サーシャぁっ！」

あまりに切なくて彼の名前を呼べば、すぐに彼の手が優花を撫で、濡れた唇をなぞって「大丈夫だ」と教えてくれる。

「優花……っ、愛してる……っ、あいしてる……っ」

最奥まで貫《つらぬ》かれるたびに名状しがたい随喜が駆け上がり、優花は嬌声《きょうせい》を漏らし続ける。

汗が飛び散り、愛液を吸ったシーツはもうしっとりと濡れていた。

それでもその上で二匹の獣《けもの》は激しく交わり、快楽の咆吼《ほうこう》を上げ交じり合う。

アレクサンドルは二十年もの想いを解放し、優花は自分が身も心も投じて愛することができる運命を見つけられ、法悦に浸《ひた》っていた。

バチュバチュと凄《すさ》まじい水音が響き、大きなベッドが激しく軋《きし》んだあと――二人は同じタイミングで高みへ昇り詰めた。

「あ……、ン……ん」

深い絶頂を味わったあと、優花は繋《つな》がったままアレクサンドルにのし掛かられ、ねっとりとしたキスを与えられる。キスだけでも次々に官能が引き出され、知らないうちに蜜壷が潤《うるお》ってしまう。

はしたなく涎《よだれ》を垂らし、アレクサンドルをヒクヒクと締め付けると、彼はペロリと舌なめずりをした。

「まだまだ、できそうだな？」

「えぇっ!? そ、そんな……無理……っ、ァア！」

しかし濡れそぼった肉芽を摘まれて甘い声が漏れる。

その声に満足したアレクサンドルは、また避妊具を取り替え優花に覆い被さってきた。

＊　＊　＊

フラフラになった優花を支えながら夕食を終え、アレクサンドルは自室で書類に目を通していた。

日本に行くために仕事を前倒しにしたが、仕事というものは際限なく増えるものだ。とはいえ面倒なことは先に済ませておいた方があとが楽になるので、アレクサンドルは無理なく自分のペースで仕事をこなす。

『今夜は優花様と愛し合われないのですか？』

ヨハンがカフェインレスティーをデスクにそっと置く。

『昼間さんざんしたから、夜は駄目だと言われた』

釈然としない表情のアレクサンドルは、まるで「何が悪かったのか」と言いたそうな顔で顎《あご》に手をやる。

『いやぁ、それにしても封印を解放された伝説の童貞は、凄《すご》いですね』

『その魔王みたいな言い方やめろ』

二人きりになると、ヨハンの口調もかなり砕ける。こういう時間になると、二人は学生時代の雰囲気に戻るのだ。

『それにしても……。優花様に〝本当のこと〟はお伝えしないつもりですか？』

優秀な秘書は呆れたように唇を歪め笑う。

『フラクシニアに来るよりずっと前。日本の通訳エージェントに、彼女が宝石商のもとで働くよう誘導させましたよね？　宝石商がクライアントなら、アフリカやブラジルやオーストラリア、ロシアなど多々候補はあれど、いずれフラクシニアにも来る。そう踏んでエージェントに圧力を掛けたのでしょう？』

『……察しの良すぎる従者だな』

不敵に笑ったアレクサンドルの言葉に、今度はヨハンが閉口する。

『それ、映画だと私が消されるパターンじゃないですか』

軽口を叩き合って二人で笑うと、アレクサンドルはカフェインレスティーを一口飲む。

『どちらにせよ、優花を誰かのものにするつもりなどなかった。ミスター澄川のもとで素直でいい子に育ててもらっている間も、彼女の成長を画像や動画で送ってもらった。遠くから見守り、時に使える人脈を駆使してあの一家を守った。そこまでしたんだ。私が彼女を娶《めと》っても、正当な対価となるだろう？』

『まったく……。悪い人ですね？』

呆れたような口調だがヨハンは笑顔だ。

『それにミズ足立にだって、ミスター富樫に気付かれないよう別口で契約したじゃないですか。彼女の今後の仕事の保証をするから、二人を別れさせろだなんて……。あなたもとんだ悪人だ。優花様が失恋をして、どれだけ傷付いたのか分かっているんですか？　可哀相に……』

咎《とが》めるヨハンの言葉に、アレクサンドルは特に悪びれず答える。

『優花を手に入れるためなら仕方がないだろう？　あのままだと優花はあの男とくっついていたかもしれない。日本で彼女の身辺調査をさせていた者も、「ミスター富樫は人としてどうかと思う」と言っていたしな。そんな男に任せるぐらいなら、私が優花を幸せにした方が、誰だってハッピーエンドだと思うさ』

そう言ったアレクサンドルはパソコンの画面をちらりと見た。フリーメールには、〝Sarina Adachi〟という差出人からメールが入っている。

【親愛なる殿下。ご依頼通り富樫と優花さんを別れさせました。彼女の信頼は失ってしまいましたが、私も自分の夢を掴《つか》むためなら何かを犠牲にすべきだと思っています。このまま日本に戻れば望み通り殿下が推薦してくださった会社に、デザイナーとして入社できるのですよね？　足立沙梨奈】

思いきったことをした沙梨奈に対し、アレクサンドルはこう返信してある。

【ミズ足立。突然の依頼にもかかわらず受けてくれて非常に助かった。あなたには気まずい思いをさせただろうから、事前に教えてもらった口座に、日本円にして五百万円ほど振り込んでおいた。

好きに使ってほしい。あなたが望む会社については、私の知り合い筋ということで推薦状を送っておく。そこから先はあなたの実力次第となるので幸運を祈る。分かっていると思うが、今後優花には一切接触せず、ミスター富樫にも何も話さないこと。そうすればあなたには素晴らしい未来が待っているだろう。このメールアドレスは破棄するので、あなたもそのつもりで。A】

優花がフラクシニアへ来る前から、アレクサンドルはすでに彼女と勝也を別れさせるつもりでいたのだ。

恐ろしいまでの執着で優花を自国におびき寄せ、そこで恋人と派手に別れさせ自分が慰《なぐさ》める。昔からの想いを遂げ、今度こそ完全に優花を自分のものにするつもりだった。

『それはそうですが……。あなたの執着は常軌を逸していると言うんです。優花様が一度付き合ったことのある男性……。彼は今も路頭に迷っているでしょう？　ああ、とんだとばっちりだ……』

やれやれと首を左右に振るヨハンに、アレクサンドルはうっすらと笑う。

『優花の処女を奪った男など、私が許しておくはずがないだろう』

当然、と頷いたあと、アレクサンドルは含んだ笑みを浮かべる。

『だがお前はそれぐらいのことを平気でやる私だから、側にいるんだろう？　お前ほどの男の主《あるじ》になるなら、ただお綺麗で正義感のあるだけの皇太子ではつまらない、と』

『……まぁ、私たちはお互い似たもの同士だということです』

ニッコリと微笑んだヨハンこそ、自分の従者に相応《ふさわ》しいとアレクサンドルは思う。

『これから先、日本人である優花がフラクシニア王家に嫁いで、少なからず波風は立つだろう。私は優花を全力で守るが、その供として側にいてくれるな？』
『承知致しました。我が主《あるじ》』
いつもと変わらない従者の返事に、アレクサンドルは満足気に笑って目を閉じる。
眼裏《まなうら》に浮かんだ運命の人を、一生手放さないと決意しながら——

番外編　夏の日本にて

羽田空港に下り立ったアレクサンドルを、周囲の日本人女性がそれとなく気にしている。

彼は白いTシャツにジーパン、スニーカーという姿なのに、やはり溢《あふ》れ出る気品が人目を引くのだろうか。濃いサングラスをかけてもその顔立ちの良さが分かるのか、女性たちの視線は女豹《めひょう》の如《ごと》く鋭い。

「サーシャ、時差は大丈夫ですか？」

その隣を歩く優花は、長時間のフライトでも大丈夫なようにスウェット素材のマキシワンピースを着ていた。こちらも足元はスニーカーで、傍目から見ればただの国際カップルに見える……といいのだが。

「ああ。飛行機の中で少し眠ったから大丈夫だ。優花は？」

逆に尋ねられ、優花は初めて乗ったファーストクラスの席を思い出す。

「いやぁ……。最高でした。まさか飛行機に乗っているのに、体を横にしてお布団で眠れるなんて。お食事もちゃんとした食器でコースが出て……。ワインも美味《おい》しかったですね？」

「酔っ払った優花は、ご機嫌になって可愛かったな」

フラクシニアを出る時、スーツケースには見るも初めてなＶＩＰタグをつけられた。

ヨハンいわくＶＩＰ扱いの荷物は、ファーストクラスの荷物より出てくるのが早いのだとか。

「飛行機だと酔いやすいのって何ででしょうね？　気圧……とか関係あるんでしょうか？」

「多少あると思うよ。機内は地上より低気圧、低酸素になっている。それで脳内の酸欠によるパフォーマンス不足になり、酔いを認識するのだと思う」

「へぇ……。もうちょっとこう……気圧による人体の変化とかかな、と思いました」

「そちらについては諸説あるが、医学的エビデンスはまだないそうだ」

そんなことを話しながら、二人は空港内の通路を歩く。

一般客が通らないルートで入国審査を通過する時も、飛行機を降りた時から出迎えてくれたスタッフにより案内されている。

そしてスムーズに出てきたスーツケースを受け取り、車寄せまで少し歩いているのだが、まぁ周囲からの視線が凄《すご》い。

若い美女から年配の上品なご婦人までが興味津々《きょうみしんしん》の目でアレクサンドルを見るので、優花にとってはヒヤヒヤものである。

自分のようなボケッとした一般人がアレクサンドルの側にいていいのか、と思ってしまう。

飛行機や空港にちょっと詳しい人なら、空港スタッフに案内されて移動している〝それっぽい人〟がＶＩＰなのはすぐに分かるだろう。

（やっぱり空気が違うんだろうなぁ……）

ぼんやりと思いつつ、自分もサングラスを掛けていて良かったと内心頷く。

日本の夏の日差しを気にしてのサングラスだが、目立つアレクサンドルと一緒にいるので、変装の意味もあった。

「殿下、このままザ・パンテオン東京まで参ります。車はフラクシニア大使館の物を用意してあります」

「ああ、分かった」

ヨハンの口から出て来たホテルは都内でも屈指の高級ホテルで、優花は内心「ひええ……」となる。

興味半分で公式ホームページの客室ビューを見たことがあるが、桁外れの豪華さだった。まさかそれに泊まれる日が来るとは……

おまけにアレクサンドルのスーツケースは、ハイブランドのエメ・クザンの物だ。クザンと言えば、茶系の色使いに特徴的なロゴマークのデザインが有名だが、誰もがアレクサンドルのスーツケースを見たあと、彼を見て納得している。

だが目立つスーツケースを持っている理由も、彼が特にエメ・クザンのコレクターである訳ではなく、デザイナーに頼まれて仕事を請け負った時、礼として色々ブランドの服やアイテムをもらったのだそうだ。

正直、ちょっと羨《うらや》ましい。

彼のサングラスはBのロゴが輝くハイブランドのバジーリオ・バッジの物で、それを自然に纏《まと》っている彼はまさしく〝本物〟だと思う。

それはともかく空港内の熱い視線を回避し、車寄せに到着するとスムーズに大使館の車に乗り込んだ。青いナンバープレートに丸で囲った『外』が記載された黒塗りの車だ。

「優花？　落ち着かないか？」

「そっ、そりゃあこんな車に乗るなんて初めてですよ！」

あわあわとする優花に比べ、アレクサンドルはスマホを開いて車内Ｗｉ‐Ｆｉを繋《つな》いでいる。

「車は車だ。それ以外の何でもない」

「そんなぁ……」

泣きそうな優花の声を聞き、助手席にいるヨハンが忍び笑いをした。

＊　＊　＊

日比谷にあるザ・パンテオン東京に着いたのは、それから五十分ほどしてからだ。

目立ってはいけないからと地下駐車場から入り、そのまま最上級のスイートルームがあるフロアまで特別なエレベーターで上がった。

「うわぁ……。すごぉい……」

広々としたリビングにはグランドピアノがあり、モダンなグレーのソファセットのテーブルには、冷やされたシャンパンとフルーツがあった。皇居が見える窓の前に、これまたソファがある。

ダイニングは八人掛けで、テーブルの上には豪奢《ごうしゃ》なシャンデリアが金色の明かりを発していた。

別室にはトレーニングマシーンがあり、広々としたウォークインクローゼットに、東京を一望できるバスルームがある。そこには向かい合わせになった位置で、二台の洗面台があった。

ベッドルームにはもちろんキングサイズのベッドがドンと鎮座しており、寝ながらテレビを見られる他、脚を伸ばしてゆったり座れるソファもある。

内装はウッド調に落ち着いたゴールドやシルバーを使い、日本らしい模様が描かれている。どこを見ても上品で優雅で、優花はすっかりこの空間の虜《とりこ》になってしまった。

「サーシャ、ありがとうございます。サーシャと一緒じゃなかったら、私一生こんな部屋に泊まれませんでした」

「部屋ぐらいで大げさだな。でも優花のためなら、世界中のスイートに泊まってもいいよ」

「そ、それは……。こ、皇太子殿下なのですからお金の使い方は控えめにしたほうが……」

「はは。でも公務で訪れる時は国賓《こくひん》としてもてなされるし、プライベートの時は私がビジネスで稼いだポケットマネーで宿泊するからね。どちらにしても似たようなものだよ」

「殿下。今回はプライベートですので、特に決められたスケジュールはございません。ですが大切なお体ですので、護衛のことも考え部屋から出られる際は私までご連絡をお願い致します」

ヨハンの忠言に、アレクサンドルは微笑して「分かっているよ」と頷く。

「それでは我が忠臣よ。フライトで少々疲れたので、ルームサービスにアフターヌーンティーを頼み、あとは優花と二人きりにしてほしい。いいか？」

少し芝居がかった言い方をしたアレクサンドルに、ヨハンも仰々《ぎょうぎょう》しくお辞儀をして「畏《かしこ》まりました」とフロアコンシェルジュに用件を伝えに行った。

「優花、おいで」

リビングのソファに座り、アレクサンドルが両腕を広げた。

「は……はい」

彼の隣に座って体を預けると、スゥッと首筋の匂いを嗅《か》がれた。

「ひゃっ……」

「あぁ、いい匂いだ。私の膝の上に乗ってごらん」

「そんな……。長時間のフライトのあとなんですから疲れますよ？」

文句を言いつつも、優花はアレクサンドルの脚のあいだにお尻を置き、横向きになって彼に抱きついた。

アレクサンドルがアイスブルーの眼で優花をジッと見つめ、「可愛い」と微笑む。

やがて形のいい唇が近付いたかと思うと、目尻や頬にキスをされた。

「ふふ……。サーシャ、くすぐったいです」

「君が可愛いのが悪い。食べてしまいたくなる」

いちゃいちゃしていると、キスがだんだん本格的になってくる。

「ん……、ン、ぁ……」

ちゅ、ちゅと互いの唇を軽く啄《ついば》み合い、最大限に高まった時にどちらからともなく舌を伸ばした。

舌先を舐め、吸い合い、やがて口腔《こうこう》にアレクサンドルの舌が侵入してくる。

グルッと口内を舐め回されただけで、体の奥に淫猥《いんわい》な火が灯《とも》ってしまった。フラクシニアに滞在していたあいだに、優花の体はすっかり開発されている。

アレクサンドルの手が優花の太腿から臀部《でんぶ》を執拗《しつよう》に撫で回し、彼女の官能を煽《あお》る。

気が付けば優花は自《みずか》らアレクサンドルの腰に跨《また》がり、首に腕を回して懸命に彼の寵愛《ちょうあい》を乞うていた。

彼の舌に口内を支配されるのが気持ちいい。

ただ彼の支配を求め、舌を蠢《うごめ》かせる。

ヌチュクチュと粘液の音がし、下になっているアレクサンドルが二人分の唾液を嚥下《えんげ》する。わざと優花の恥辱を煽《あお》るような喉の鳴らし方に、体温が上がっていった。

「優花……一回セックスしようか」

それと分かる手つきでお尻を揉まれ、下腹部でジン……とメスの本能が疼《うず》く。

「ダ、ダメです。サーシャは一回がとても長いから」

「どうして？　今はプライベートで来ている。確かに滞在日数は少ないが、自由に過ごせるじゃないか」

アレクサンドルが甘えるような声を出し、優花のワンピースを捲《めく》る。丸出しになった脚や下着に包まれたお尻を撫でられ、優花も気が付けば腰を揺らしていた。

「でも……」

その時部屋のチャイムが鳴り、優花が「ぴゃっ」と悲鳴を上げる。

アフターヌーンティーを頼んだことを、すっかり忘れていた。

慌てて優花はアレクサンドルの膝の上からどき、「はい！　今出ます！」とドアに向かう。

アレクサンドルは珍しく、溜め息をついて手で顔を覆った。


アフターヌーンティーを楽しんだあと、優花はタブレット端末でネットニュースを見ていた。

これからのことを考えて、優花は最近ワールドニュースを積極的に見ている。フラクシニア国内のニュースは当たり前だが、国に深い関わりのある周辺国のニュースなどにも目を通していた。

今見ているのは、『フラクシニア王国の首相の娘・ミーナ・サルミャーエ逮捕』という見出しがついたニュースだ。警察署でのあの事件以降、数日してそのニュースはフラクシニア中を巡った。

内容は王家も関わっているので深くは触れていないが、ミーナが警察を使い国賓《こくひん》を襲わせたと書かれてある。警察内部がどれだけ首相と癒着《ゆちゃく》しているかは、これから調査するらしい。

「またそのニュースか？　特に代わり映えしないだろう。首相が失墜するのは目に見えているし、近いうちに選挙が行われる。実にシンプルな話だが」

ひょい、と優花のタブレットを覗《のぞ》き込み、アレクサンドルが歌うように言った。

「……でも少し、後味が悪いです」

自分がきっかけで誰かが断罪されれば、そう感じて当たり前だ。

だがアレクサンドルは「分からないな」と軽く小首を傾げる。

「君はミーナに嵌《は》められてレイプされそうになった。更にミーナはフラクシニア王家が君に贈った宝石を盗もうとした。彼女は立派に犯罪者だ。おまけに権力を笠に着て警察に言うことをきかせようとしていたのは、今回が初めてではないらしいしね。彼女が相応の目に遭うのはすでに決まっていたんだ」

チラッと彼の横顔を見ても、特に何の感情も抱いていないようだ。

(きっと王族にもなると、もっと大きな国際問題とかがあって、こんなことにいちいち反応していられないんだ。私もサーシャの妻になるなら、ドンと構えられるようにならなきゃ)

そう思った優花は、こくんと頷いた。

「分かりました。私、きっと自分が関わったから、自分が理由で彼女が不幸な目に遭うのが気まずいだけなんだと思います。常に〝いい存在〟でありたいとか、そういう考えはずっと前に捨てたはずなのに」

学生時代を経て社会人になり、優花は様々な人と関わってきた。

上手に仕事をしたいと思っても、中にはどうしてもウマの合わないクライアントもいる。

そういう時は「仕事だから」と心を殺して、あとで友達に愚痴に付き合ってもらい居酒屋で飲み明かした。そうして経験を重ね、こちらがどれだけ誠意を尽くしても「万人に好かれるのは無理だ」という結論に至ったのだ。

「それは優花の優しいところだと思う。私は立場上、特定の人に必要以上の情を持つのは、あまり良くないと教育されていたから」

「あぁ……」

「もちろん、国民のことは愛しているし、各国の王族や政府、教会関係者と交流する時も相手を尊敬している。だが存在そのものが〝公《おおやけ》〟である私が、皇太子として何かに執着し、情を見せるのはあまり良くない。個人的なものはすべてスキャンダルに繋《つな》がるし、王家の醜聞《しゅうぶん》になる。災害への見舞いや、ボランティアは別だけどね」

「……ですよね」

頷いた優花の肩を、アレクサンドルがポンと叩いた。

「だが優花は私の妻になるのだから、君は堂々としておいで？　日本人であることで何かしら言われるかもしれない。だがフラクシニア王家は国民を〝親日家〟として育ててきたし、政府に対しても日本との友好関係を維持すると伝えている。加えて優花が過去に私を救ってくれた勇者だと知れば、ほとんどの者が君を拍手で歓迎するだろう。『運命だ！』ってね」

「……はい」

この人がいるのなら、自分はどれだけ辛い局面に立ったとしても真っ直ぐ前を向いていられる気がする。しっかり頷いた優花に、アレクサンドルは美しく微笑んでみせた。

もう一つ優花の胸を暗くさせていたことがあったが、それはアレクサンドルには伏せておくことにした。

帰国したあと勝也がさんざんな目に遭ったと、宝石店関係の仕事仲間から連絡が入っていたのだ。どうやら店に空き巣が入り、勝也自身にはケガなどはないものの、めぼしい貴金属類をすべて盗まれたらしい。それで彼はすっかり抜け殻のようになっているのだとか。

彼と嫌な別れ方をした上にこんなことになり、優花としては非常に気まずい。

浮気をされて憎く思った相手だとしても、人生が変わるほどの不幸に遭ったと聞き「ざまあみろ」などと思えるはずもない。

とはいえ優花と勝也はもう袂《たもと》を分かっており、きっともう二人の人生が交差することはない。これ以上気にしても仕方ないだろう。

(……彼にも、それなりの幸運がまだありますように)

優花は心の中でそっと願うのだった。

＊＊＊

優花の実家は目黒区青葉台にある。

海外転勤が終わった父がローンで購入した一戸建てだ。

閑静な住宅地ながら、渋谷、代官山、目黒といったお洒落《しゃれ》スポットに近い。公園もたくさんあって子供が遊べて、治安も良かった。

あらかじめ両親には昼くらいに向かうと伝えていたのだが、車が着くと家の前に人影が立っていた。

「やだ！　お父さんとお母さん、外で待ってる！」

二人して外に立っていたら、夏なので暑いだろうし何事だろうと近所から思われるかもしれない。

「もぉ……」と赤面すると、アレクサンドルが「ありがたいことだよ」と笑った。

「暑いでしょう！　熱中症になるから入って！」

両親に会うなり開口一番、優花が言ったことがそれだった。ポカンとした両親を前に、アレクサンドルが快活に笑う。その笑い声にハッとした両親は、金髪の美丈夫《びじょうふ》に向かって深々と頭を下げた。

「殿下、ご多忙の中、よくぞ日本まで……」

「殿下のご活躍はテレビやネットなどで拝見していましたが、本当に美しくなられて……」

両親の言葉にアレクサンドルは微笑み、まず二人に向かって親愛のハグをした。

「お義父《とう》さん、お義母《かあ》さん。よければ中に入れてくださいませんか？　あなたたちも暑いでしょう」

さりげなくアレクサンドルが両親の体調を気遣ってくれ、優花は内心感謝した。東京の殺人的な暑さの中、いくら自宅の前とはいえ外で立っているのは辛いものだ。

「狭い家ですが、どうぞ」

両親にいざなわれ、優花は婚約者と共に久しぶりに実家に入った。

ヨハンと後続の車に乗っていた護衛の一人は一緒に居間に来て、残りは玄関に配置される。

「水出しの緑茶を作っておいたんです。お嫌いでなければどうぞ」

「ありがとうございます。お義母《かあ》さん」

優花とアレクサンドルはソファに座り、両親はその向かいの席だ。ヨハンはアレクサンドルの背後にピシッと立っており、何だか申し訳ない。

「お寿司の出前を注文したのですが、お嫌いではないですか？」

「ああ！　寿司ですか！　日本で本場の寿司を食べたいと思っていたんです。お気遣いありがとうございます」

久しぶりの和食、しかも寿司だと聞いて優花も喜ぶ。

「お母さん、茶碗蒸しある？」

つい食い意地が張って母に尋ねると、呆れたように笑われた。

「優花が好きだから注文しておいたわよ」

「優花、チャワンムシ、とは？　虫？」

親日家のアレクサンドルでも、ネットのみの情報ではカバーしきれない部分がある。

それに対し優花はパパッとスマホで画像を検索し、アレクサンドルに見せた。

「お出汁《だし》に卵を混ぜて、蒸した物なんです。美味《おい》しいですよ」

「プリンみたいだな」

アレクサンドルの感想に、優花は思わず笑う。

お茶菓子が出て少し改まった雰囲気になると、最初にアレクサンドルが切り出した。

「今回は急な話にもかかわらず、温かく迎えてくださってありがとうございます。ご存知の通り、今回私は優花との結婚の許しをもらいに日本に来ました」

ピシッとスーツを着たアレクサンドルに言われ、少し畏《かしこ》まった服を着た両親の表情がやや緊張する。クリーム色のレースワンピースを着た優花も、背筋を伸ばした。

「本当に……うちの優花でいいんですか？　昔のことはもちろん承知していますが、それが理由で結婚とは……。殿下に長い時間、気持ちの面でご負担をお掛けしていたのでは、と心配になってしまいます」

父がそろりと切り出すが、アレクサンドルは穏やかに微笑んで首を横に振る。

「優花があの時私を庇《かば》ってくれたからこそ、今の私がいます。彼女は恩人であり、私のすべてです。この歳になるまで遠くから見守り、彼女を迎えることしか考えていませんでした。私には、優花以外の女性は考えられないのです」

自分の両親に向かってアレクサンドルがストレートに言うのを、優花は耳まで赤くなって聞いていた。いくらアレクサンドルが親日家で考え方が日本寄りだとしても、愛情表現を婉曲《えんきょく》にすることまではしない。どんな言語でも好きなものは好きだとハッキリ言う人なのだ。

「それならいいのですが……」

父は遠慮がちに微笑み、間を取るように水出し緑茶を一口飲む。

すると肝心なことを口にしたのは、やはり母だった。

「殿下、失礼ながら質問をさせて頂きます。殿下のお気持ちを疑うことはしません。優花も殿下を慕っているのでしょう。ですがこの子は日本の一般家庭で育ちました。海外を転々としたという育ちではありますが、名家や社長令嬢などといった身分のある娘でもありません。その子がロイヤルファミリーに加わり、バッシングは受けないでしょうか？」

それは優花も憂慮していたことだ。

さりげなくアレクサンドルを窺《うかが》うと、彼は静かに微笑んでいた。

「お気持ちは理解します。どこのご令嬢であっても、その問題が発生するでしょう。ですが私は自分が妻にすると決めた女性を一生守り抜きます。小さな彼女が私を救うのに何も迷わなかったように、今の私にも迷いはありません。結婚前にメディアの取材に答えることもあるでしょうが、その時に私は妻への愛を国民に精一杯伝えます。彼女が私の命の恩人であること、遠い日本から運命の糸をたぐって私と再会したこと。……フラクシニアの国民はロマンチックな話が好きですから、きっと優花を歓迎してくれます」

アレクサンドルの答えもよどみがない。

「きっとこうお答えしても、お義父《とう》さんとお義母《かあ》さんの不安はつきないと思います。遠い異国の地に娘が嫁ぐのですから。こちらも可能な限りご家族とコンタクトできる環境を整えます。万全を期して優花を迎えるとお約束します」

彼ばかりに言わせたら駄目だと思い、優花も口を開いた。

「お父さん、お母さん。心配かけてごめんね？　でも私、大丈夫だから。サーシャがこうやって全力で守ってくれるって言うし、フラクシニアのご両親もとても優しいの。皇太子妃になるためのレッスンは厳しいだろうけど、サーシャの隣にいたいから頑張れると思う」

両親を真っ直ぐ見て微笑んだ優花に、父がポツリと呟《つぶや》いた。

「……いつの間にか、こんなに一人で色々考えて決められるようになったんだな」

寂しそうな父の言葉に優花は何も言えない。

「お父さん、優花ももう二十六歳なんだから。十分大人よ」

冗談めかした言い方に、父は不器用に唇を歪める。

「そうだな。子供はいつか手を離れるものだ。奏多《かなた》は男の子だからどこへでも行って来いという感じだったが、女の子の場合は……意外とクるものだな」

「そうよ。それに早めに手放しておいた方が、早くに孫を見せてくれるのよ？　殿下との子供だったら、びっくりするぐらいの美人さんになるに決まってるわ。楽しみねぇ」

「もー！　お母さんったら！」

もうはや孫の話をされ、優花が呆れて笑う。アレクサンドルも快活に笑い、父も小さく肩を揺らした。

やがてアレクサンドルが床に下り、正座をした。その行動の意味を察し、優花も慌てて彼の隣に正座をする。

「お義父《とう》さん、お義母《かあ》さん。必ず幸せにし、守り抜きます。優花さんを私にください」

まるで日本人のように床に指をつき、アレクサンドルが綺麗に頭を下げた。

ここまでの展開になると想像していなかった優花は、焦りつつも彼に倣《なら》う。

「お父さん、お母さん、お願いします」

仰天したのは優花の両親だ。

「殿下！　おやめください！」

焦った両親が立ち上がり、床に正座をして頭を下げるアレクサンドルを制止する。

だがアレクサンドルは頭を下げたまま、頑として動こうとしない。

「日本のご両親を持つのだから、日本式で結婚の許しを得るのは当たり前です」

その態度にヨハンが背後で笑いを噛み殺していたが、もちろん当の本人たちは気付いていない。

「よ、喜んで優花を嫁に出しますから！　ですから頭を……！」

悲鳴に似た父の声に、アレクサンドルがにこやかな顔を上げた。

「ありがとうございます！」

やけに爽《さわ》やかな笑顔を見て、両親は腰が抜けたかのように座り込む。

その時頼んでいた寿司が来たのか、玄関のチャイムが鳴った。やけにタイミングが良くて思わず優花が笑い出し、気が付けば全員が笑っていた。

＊　＊　＊

日本で両親から結婚の許しを得たあと、優花はフラクシニアに戻った。

フラクシニアに永住するための手続きを進めているあいだ、皇太子妃となるべくレッスンに励む必要がある。決して楽なレッスンではないが、アレクサンドルの妻となるためなら優花も前向きに頑張ることができた。

そんな折、優花の兄である奏多がフラクシニアへやって来た。

「お兄ちゃん！　久しぶり！」

慣れるため日常的にハイヒールを履いて過ごしている優花は、カツカツとヒールの音をさせてスーツ姿の兄に駆け寄った。

「随分立派になったな。姿勢も良くなった気がする。髪や肌もツヤが出たか？」

スラリとした奏多は、確か身長が一八六センチはあった気がする。優花も身長が高いほうなので、きっと両親譲りなのだろう。

「ふふー。自分でも努力してるけど、エステティシャンさんとかにも色々してもらってるしね」

短い黒髪を整髪剤で軽く撫でつけた奏多は、優花の後ろからやってくるアレクサンドルを見て、綺麗に一礼をした。

「殿下、お久しぶりです。妹がお世話になっております」

奏多は現在二十八歳で、彼もまた家族と一緒に子供時代をフラクシニアで過ごしている。あの事件のあと一緒に宮殿に招待された時に、歳が近いということでアレクサンドルと交流していた。

ふと、両親が今までずっとフラクシニア王家との関わりを黙っていたことを思い出し、兄はどうなのだろう？　と疑問を抱く。

ヨハンに促《うなが》され、迎賓室《げいひんしつ》へ向かう途中、優花は奏多に尋ねた。

「もしかしてお兄ちゃんもうちがフラクシニア王家と関わりがあったって、知ってたの？　〝アフロディーテの涙〟のことも知ってた？」

すると、奏多はチラッとアレクサンドルを見て困ったように笑った。

「黙っててごめんな？　俺は時々アメリカからフラクシニアに飛んで、殿下に拝謁《はいえつ》していたよ」

「えーっ！」

奏多は日本国内の高校を卒業したあと、海外の大学に進みそのまま就職していた。現在付き合っている日本人女性がいるそうなのだが、結婚が決まるまで妹には詳しく教えてくれないらしい。

「もー……。本当にうちの家族って秘密主義だなぁ」

自分だけ知らされていなかったのかと項垂《うなだ》れると、アレクサンドルが慰《なぐさ》めてくれる。

「それだけ皆、優花を大事にしてくれていたということだ。私の気持ちが本気であることを理解してくれ、こうして再会できるまで見守ってくれた。ありがたいことじゃないか」

「そう……ですけど」

迎賓室《げいひんしつ》に着くと、ヨハンが例によって美味《おい》しい紅茶を淹《い》れてくれる。

優花とアレクサンドルはソファの隣同士に座り、その向かいに奏多が座った。

「お兄ちゃんはサーシャとどういう付き合いをしてたの？」

優花の質問に男二人はチラッと視線を交わし、意味ありげな笑みを浮かべた。

「父さんと母さんが優花に内緒でフラクシニア王家と連絡を取っていたように、俺も殿下と個人的にメールのやり取りをしていたんだ」

「えぇ？　いいなぁ」

優花は驚くと同時に、自分よりもアレクサンドルと付き合いの長い兄を羨《うらや》む。

「いいことは……あったかな？　殿下は毎回毎回、『今、優花はどうしてる。最近の優花はどうだ』ってそればっかりで」

思わず隣にいるアレクサンドルを見ると、にっこり完璧な笑みを浮かべたまま奏多を凝視している。その笑顔が少し怖い。しかしアレクサンドルの視線をものともせず、奏多は話を続けた。

「優花が中学生から大学生にかけては、本当に酷かったな。『優花だって普通の女の子だから、恋愛ぐらいしますよ』って言っても、『いいから邪魔してくれ』と懇願されたり……」

「……」

ふと優花は奏多が海外の大学に行くまでのあいだ、外出したり門限を破ろうとすると、必ず兄が迎えに来たことを思い出した。あの時少し兄を鬱陶《うっとう》しく思っていたが、その裏にアレクサンドルがいたとは……

「……サーシャ」

「……いや、すまない。事実だから仕方がないが……何か言いたいことがあるなら、あとで聞こう」

優花の視線にアレクサンドルは珍しく目を合わせず、言い訳をする。

「俺がアメリカに住み始めたら、フラッとニューヨークまで出て来て『仕事のついでだ』と言って食事をしたり。その時もやっぱり話題は優花のことばっかりで、『この人はブレないな』って思っていたな。殿下も当時普通の友人は大勢いたが、女性と噂が立ったことはなかった。この通り、殿下の優花への執着は異常だから、優花は妻としての心構えとかよりも、いかに殿下の独占欲に潰されないかを心配したほうがいい」

最後は冗談めかした奏多の言葉に、優花は冷や汗が出る思いでアレクサンドルを見る。

「何を言うんだ。優花だって私のことを愛しているだろう？　愛は深ければ深いほど良いのだから、何も問題ないじゃないか」

アレクサンドルが反論するが、結婚することが決まってからというものの、毎晩彼の攻めに容赦がなくなっている気がする。

「それはそうと、殿下、お土産《みやげ》です。アメリカからなので、日本の物とはいきませんが」

そう言って奏多は、手に持っていた大きな紙袋をドサッとテーブルに置く。

「お兄ちゃん、何持ってきたの？」

優花が中腰になり覗《のぞ》き込むと、そこには割と安価な菓子やジョークグッズがぎっしりと入っていた。

「ちょ……っ、ふ、ふざけてるの⁉　皇太子殿下だよ⁉」

慌てて兄に注意すれば、アレクサンドルが弾けるように笑い出した。

「いや、いいんだよ、優花。私と奏多は気軽な付き合いをしているから。本当に親友みたいなものなんだ」

言いつつもアレクサンドルは菓子を手に取り、「よし、執務中の糖分補給に食べさせてもらおう」と頷いている。

「本当ですか？　……もー……。心臓に悪い……」

くたりとソファの背もたれに体を預けると、おかしそうにアレクサンドルと奏多が笑った。

「いや、でも実際手軽に買える菓子でも、過去に私が好きだと言った物ばかりだから、奏多も気を使ってくれていると思うよ。……おっと」

そう言ってアレクサンドルは何かを袋の奥に押し込む。彼の手には大人の玩具の写真がついた箱があったのだが、優花には見えていない。アレクサンドルが軽く睨《にら》むと、奏多はしてやったりという表情でにんまりと笑った。

「しかし殿下が伝説を更新せず願望を成就したと聞いて、俺はニューヨークで一人祝杯を挙げましたよ」

〝伝説〟と聞いて業務中のヨハンが珍しく肩を震わせる。

「伝説？」

何のことか分からない優花がきょとんとしていると、アレクサンドルに「君は気にしなくていいよ」と頭を撫でられた。

「ですが、本当にうちの妹なんですね……。いいんですか？　割と気が強いですよ？」

言われている内容はともかく、しみじみとした目を向けられ、優花は少し照れくさくなる。日本の実家に行った時もそうだったが、こういう目を向けられると自分が結婚することをまざまざと自覚させられる。

「すべて愛しているから構わないとも」

「お腹一杯です、ありがとうございます」

アレクサンドルのノロケに、奏多は呆れたように笑った。

「しかしセミを捕まえて笑ってた優花が、プリンセスにね……」

「セ、セミの話は……！」

子供の頃の話をされ、優花が焦る。今は女性らしさを気にしているのだから、短パン姿で駆け回っていた少女時代のことは持ち出さないでほしい。

「……よろしくお願いします」

だがふと奏多は真面目な顔になり、アレクサンドルに向かってきっちりと頭を下げた。

「お、お兄ちゃん？」

戸惑う優花をよそに、奏多は兄としての本音を口にする。

「殿下がずっと妹を想ってくださっていたのは存じ上げています。優花も殿下を想っているのなら、もう誰も口出しする者はいないでしょう。それでも日本で言う世間であったり、フラクシニア国民、また各国の重要なポストについている方々は厳しいものです。優花が皇太子妃として相応《ふさわ》しい振舞いができるか、常に目を光らせているでしょう。アジア人のプリンセスとなれば、余計そうだと思います」

兄も両親と同じことを心配しているのだと理解し、優花は神妙に俯《うつむ》く。その背中を、隣に座っているアレクサンドルが優しく撫でてくれた。

「ですが殿下なら、必ず妹を守ってくださると信じています。どうか妹が泣くことのないように……お願い致します」

綺麗な兄の礼を見て、優花は急に自分がとても家族と遠い場所に行ったのだと自覚した。

距離があっても家族であり何の遠慮もなかった兄が、自分のためにこうして頭を下げてくれている。

「……奏多、頭を上げてくれ。君は私の義兄になるのだから」

アレクサンドルが立ち上がり、ポンと奏多の肩に手を置く。

「約束するとも。優花はフラクシニアの皇太子妃になるが、その前に私の妻になる。愛する妻を一生守るのは、男の役目だ」

温かみのある声で告げたあと、アレクサンドルはしっかりと奏多の目を見て頷いた。

「殿下を信じます」

それに奏多も微笑み、二人は固い握手を交わした。

「奏多様は今晩宮殿に泊まっていかれますか？」

そこに絶妙なタイミングでヨハンの声がし、奏多が笑顔になる。

「もちろん！　殿下に色々と話を聞かなければいけませんから。もう、色々と。妹について、色々と」

立ち上がった奏多はアレクサンドルと肩を組み、やたらと強く握手をし続ける。

「お、お兄ちゃん……？」

兄の突然の行動に、優花は無礼ではないかとハラハラする。だがアレクサンドルもやけにいい笑みを浮かべ、奏多の肩を抱き返した。

「受けて立つとも！　もうバカにさせないぞ！」

「殿下は今回が雪辱戦ですねぇ。今までさんざん奏多様の可愛い彼女のノロケ話を聞かされていましたから……」

ヨハンも何か含んだ言い方をして笑い、優花だけが訳が分かっていない。

「あ、あの……。私も参加していいですか？」

小さく手を上げてアレクサンドルに尋ねると、彼は意味深に笑って首を横に振った。

「優花、たまには男同士で話したい時もあるんだよ。君とご家族を交えて話す機会は、式が終わったあとにゆっくり設《もう》けよう」

「は、はい……」

男同士と言われると、引き下がるしかない。

そして、兄はアレクサンドルとこんなに仲が良かったのだな、と少し嫉妬する気持ちが湧くのだった。

＊＊＊

二人が出会って翌年の六月に、優花はアレクサンドルと式を挙げた。

フラクシニア国内の大聖堂で、優花は形こそシンプルであるものの、総レースでトレーンを五メートル引きずるウエディングドレスを身に纏《まと》っていた。

頭にはフラクシニアで取れた良質なダイヤモンドのティアラが輝き、ヴェールは縁《ふち》に白百合が編み込まれた繊細な物だ。

キャスケードブーケにも白百合が選ばれ、上品に先端が下がっているのが美しい。

アレクサンドルは黒と赤、金を配した軍服を着て、腰にはサーベルを佩《は》いている。

金髪碧眼《きんぱつへきがん》の彼が軍帽の陰で甘く微笑んだのを見ただけで、優花はおとぎ話の王子様が現れたのかと気絶しそうになる。それほど、正装姿のアレクサンドルの破壊力は凄《すご》かった。

荘厳《そうごん》なパイプオルガンが結婚行進曲を奏でる中、優花は父にエスコートされたのち、アレクサンドルに引き渡される。

祭壇の前で変わらぬ愛を誓い、フラクシニアのアルマー地方でのみ採れる、アルマー・ゴールドと呼ばれる稀少な金でできた結婚指輪を交換した。シンプルで何の飾りもないリングだが、その稀少価値は世界的に知られている。その上に燦然《さんぜん》と輝くダイヤモンドの婚約指輪が重なるので、周囲からの羨望の溜め息が聞こえた。

『それでは、誓いのキスを』

司祭に促《うなが》され、アレクサンドルが優花のヴェールに手を掛けた。

緊張が最高潮になり、優花は微《かす》かに震えながら少し膝を折る。彼の手によってヴェールが後ろにフワリと上げられ、専属化粧師によってメイクを施《ほどこ》された優花の顔が露《あら》わになった。

「……綺麗だ」

ティアラとピアス、首元に指にと大粒のダイヤモンドで飾られた優花を見て、アレクサンドルが呟《つぶや》いた。

『今、僕の星が瞬《またた》いたよ』

幼いあの日、先に運命を感じてくれたのはアレクサンドルだった。

優花は運命の糸に絡められ、気が付けばアレクサンドルのもとへ辿《たど》り着いている。それが度を超した執着によるものだとしても、彼を愛しているので問題にならない。

彼の手が頬に触れ、優花は目を閉じた。

神の御前で誓いを果たすため、夫となった人が唇を重ねる。

「…………ン」

さんざん教え込まれた唇の感触に、思わず優花は小さく声を上げていた。柔らかで温かいアレクサンドルの唇に何度も食《は》まれ、苦しくなって少し口を開いたところ、舌が入り込んだ。

「ん……!?」

リハーサルでは触れ合うだけのキスだったのに――――！　と優花が焦ると、アレクサンドルがクス、と微《かす》かな笑いを含めてすぐに唇を離した。

文句タラタラの顔で彼を見上げれば、アレクサンドルは実に楽しそうに微笑むのだった。

式が無事に終わったあと、二人は昔ながらの白馬が引く馬車に乗り、トゥルフの街中を巡る。

世界中から押し寄せた人々に祝福され、優花はこの上ない幸せを感じてアレクサンドルと共に手を振った。

＊＊＊

「疲れたかい？　優花」

貴賓《きひん》を招いての晩餐《ばんさん》を終えて家族とも話をし、二人がシャワーを浴びて落ち着く頃になると、時計は二十三時前を指していた。

優花はこれから夫婦の寝室になる部屋にいて、ハイブランドの白いバスローブを着ている。髪を乾かしスキンケアとボディケアを済ませたあとで、いざ初夜となり、緊張しているのだ。

「明日からハネムーンに向かうんでしょう？　地中海クルーズですよね。モナコにある別荘にも滞在するとか……」

「ああ、楽しみだな」

ベッドに座っていた優花の隣にアレクサンドルが腰を下ろし、チュッと頬にキスをする。

「……あ、あの。新婚ですし、致すのはやぶさかではないのですが、ハネムーンを楽しみたいので、どうぞお手柔らかに……」

言っている側から、絶倫皇太子の手はバスローブのベルトを引っ張っている。

「ああ、嬉しい。優花が私のものになった」

だが心底嬉しそうに言われてギューッと抱き締められると、それ以上釘を刺すのが申し訳なくなった。

バスローブの間からアレクサンドルの手が滑り込み、背中でプツンとブラジャーのホックが外される。

「優花、愛してる」

「か、観光もちゃんとしますからね？」

「うん、分かってる。たっぷり愛し合おう」

「ちょ、ぁ、ア――」

通じ合っているのか合っていないのか分からない状態で優花は押し倒され、あっという間にアレクサンドルに貪《むさぼ》られるようなキスをされた。

「ン……ん。……ぅ、……んぅ」

ちゅ、ちゅと何度も唇が食《は》まれ、徐々に官能が引き出されていく。

「は……っ、ぁ……」

舌を伸ばしアレクサンドルを求めると、すぐに彼も応《こた》えてくれる。バスローブはいつの間にか脱がされ、優花は純白のレースのパンティのみになる。

アレクサンドルの両手がたわわな胸を揉むと、彼の掌《てのひら》の中で優花の乳房が形を変えた。硬い掌《てのひら》に擦《こす》れて乳首も凝り立ち、下腹部にムズムズとした疼《うず》きが宿る。

「優花……」

熱い吐息を漏らしながら、アレクサンドルは唇の位置を優花の頬、首筋、鎖骨と変えていく。結婚式があるのでキスマークをつけるのを控えていた胸元に、チュウッと音を立てて思いきり吸い付いた。

「あん……っ、ン……」

更にきつく噛まれてキスマークをつけられたかと思うと、同じ場所をレロリと舐められ体が熱くなる。だがアレクサンドルがキスマークを自粛していたというのも、見える場所に限ってだ。腹部から太腿にかけて、いまだ消えない赤いうっ血痕がある。

彼はそれを満足そうに見たあと、「私のものだ」とうっとりと呟《つぶや》いて舐め回す。

「あく……っ、ン、んぅ……っ、ぁ」

滑《なめ》らかな舌に舐められるのがくすぐったく、優花は身をよじらせた。するとまるで注意するように両乳首をキュッと摘まれ、また下肢に甘い疼《うず》きが宿る。

アレクサンドルは優花の肌という肌にキスをし続ける。

じっくりゆっくりと全身を愛され、彼のキスの儀式が終わる頃には、優花はすっかりクロッチに淫《みだ》らな染みをつけて全身を火照《ほて》らせていた。

「優花、ココがどうなっているか見せてもらうよ？」

「あっ……」

薄い布越しに秘唇をツウッと撫で上げられ、全身に悦楽が駆け抜ける。

指先で軽くいじめられると、布越しだというのにクチュクチュといやらしい音がし、優花は真っ赤になる。

やがてアレクサンドルの手が白いレースのパンティに掛かり、布地を丸めるようにして優花の脚から引き抜いてしまった。

「可愛い……。綺麗だ……」

彼が優花の裸身を見るなど、もう何度目になるか分からない。

だというのにアレクサンドルは毎回賛辞を惜しまず、優花を〝至上の女性〟として扱ってくれる。

それが得も言われぬ心の快楽を生み、優花は自分が彼に愛されている自信を持つのだった。

あとで聞いた話だが、恋人契約を結んだのには、優花を国王夫妻に会わせるまでフラクシニアにとどめておくためという理由もあったらしい。それでもあの契約期間の心許《こころもと》なさは、今思い出しても泣きそうになる。

「どうせ契約が終わったら、すべてがナシになるのだし」という諦めは、優花を大いに悩ませた。

アレクサンドルに惹かれれば惹かれるほど、どんどん苦しくなっていった。

だが今はすべての始まりを聞かされ、公《おおやけ》に彼の隣にいていい存在となれた。

これ以上の幸せがあるだろうか――

思わず潤《うる》んだ目に気付いたアレクサンドルが、チュッと涙を唇で吸い取ってくれる。

「どうかしたか？」

「……いいえ。あまりにも幸せで……」

微笑むと、夫となった皇太子も甘やかに笑い返してくれた。

「私も幸せでどうにかなってしまいそうだ。見てくれ、コレを」

そう言って彼は優花の手を股間に導《みちび》き、ガウンの狭間からガチガチに強張《こわば》った屹立《きつりつ》に触れさせた。

「きゃ……っ」

顔を真っ赤にさせてアレクサンドルを見上げると、彼は期待の混じった、けれど少し困った顔で笑う。

「私の優花を求める気持ちに、際限はない。二十年間我慢していたものが、解き放たれたんだ。ハネムーンの間も、思う存分愛させてくれ」

下着の薄布越しに彼の熱が伝わり、恥ずかしいながらもアレクサンドルの気持ちが嬉しくなる。

「はい、どうぞお手柔らかに……」

そう言うと、彼も自分の性欲を自覚してか恥ずかしそうに笑った。

「優花……。こんなに潤《うる》ませて……」

白い肌を撫で回し、アレクサンドルの視線と指が優花の秘部を這う。

アンダーヘアの処理も完璧にされたそこは、剥《む》き出しの花弁を露《あら》わにしていた。紅梅色の秘唇が蜜を纏《まと》い、テラテラと光って夫を誘っている。

「新妻を味わわせてくれ」

アレクサンドルは優花の腰の下にクッションを挟み、角度を調節してからおもむろにそこへ舌を這わせた。

「あ……」

ピチャ……と音がし、温かくぬめらかな舌が静かに秘唇を上下する。

優花はアレクサンドルの金髪を掻き回し、コクンと口腔《こうこう》に溜まった唾を嚥下《えんげ》した。

クチャックチュッと蜜を混ぜるように舌が動き、そのうち小さな蜜孔に尖《とが》らせた舌がねじ込まれる。

「うん……っ、あ、あぁ……っ」

舌を屹立《きつりつ》のように出入りさせ、アレクサンドルはときおりジュズッ、ズズッとはしたない音をさせて愛蜜を啜《すす》った。高い鼻先で肉芽を刺激され、柔らかなタッチで撫でられる内腿からも、ゾクゾクとした快楽が生まれる。

「あぁあんっ、んーっ、ン……うぅ、ア……、サーシャ、……あぁ、サーシャ……っ」

甘ったるい声で優花は夫の名を呼び、再び彼の金髪を掻き回した。

一度アレクサンドルは顔を上げ、ふ……と甘やかに微笑むと優花の顔を上目遣いに見て、肉真珠に舌を這わせる。同時に蕩《とろ》けた蜜壺に指が二本挿し入れられ、ゆるゆると潤《うるお》った場所を探り出した。

「っひぁ、ア――っ、そこは……っや、……ダ、ダメ……っ」

一番の弱点を舐められ、優花はすぐに上り詰めてしまう。彼の指も陰核のすぐ裏あたりを執拗《しつよう》に擦《こす》り、トントンと刺激を与えては優花を追い詰める。

「達《い》く時は『達《い》く』と言う約束だろう?」

「ン……っ、い、達《い》く……っ、達《い》き――ますっ」

アレクサンドルの舌が左右にチロチロと素早く動いた時、優花はシーツを握りしめて腰を反らし、ギュウッと彼の指を膣肉で食い締めていた。

フワァッと全身に籠《こ》もっていた熱が解放され、ゆっくり鎮静すると共に体から力が抜けていく。

体を寝具に沈ませて呼吸を整えていると、アレクサンドルが体を起こし指を舐めている音が聞こえた。

ふとその水音が止まり、不思議に思った優花は目を開ける。

すると彼は考え込むような顔で優花を見下ろしていた。

「……どうかしたの？　サーシャ」

そろりと尋ねると、彼は少し困ったように笑ってみせる。

「避妊は……どうしようかと思って。晴れて私たちは夫婦となった訳だが、子作りは計画的にした方がいいか？　優花は通訳としての仕事を終えて、フラクシニアの皇太子妃になった。仕事や産休など考える必要もなくなったが……。君はどう思う？」

アレクサンドルの片手にはいつの間にか避妊具があった。それをつけようと思ってふと考えたのだろう。彼の子を産むことを現実的に考え、優花の胸の奥に温かな気持ちが宿る。

「……何もかも初めてなので、確かに不安はあります。ですが愛するサーシャと結婚できたので、もちろん子供は欲しいと思っています。……わ、私は、つけなくても……いい。……ですけど」

勇気を出して言ったものの、最後は恥ずかしさのあまり小声になってしまった。

「優花……」

アレクサンドルのアイスブルーの瞳が丸くなり――一気に彼は破顔した。

ポイッと避妊具を放り、優花に覆い被さってくる。

「優花、私たちの子供なら絶対に可愛い。フラクシニア王家の血を引く子を……産んでくれるか？」

「……はい」

静かに、だがハッキリと頷いた優花に、アレクサンドルは頬ずりをし、ちゅ、ちゅとキスの嵐を浴びせる。そのあと「耐えられない」と呟《つぶや》いて、これ以上なく昂《たか》ぶったモノを優花の蜜口に押し当てた。

「あ……」

いつもより熱を感じる。アレクサンドルが刀身を滑らせるたびに、彼の先端から零《こぼ》れたぬめりが愛蜜と交じり、グチュリといやらしい水音を立てた。

「優花、愛してる……。私の花嫁」

愛の言葉を呟《つぶや》き、キスをすると共に、彼がぐぅっと押し入ってきた。

「ん、——む。……う、うぅ」

濃厚に舌が絡み合うあいだに、優花の体が彼の侵入を許していく。

隘路《あいろ》がミチミチと押し開かれ、たっぷり潤《うるお》った場所をアレクサンドルの灼熱《しゃくねつ》が滑った。濡れそぼった密道を屹立《きつりつ》が押し進んでいく。ビクビクッと震える優花のお腹を押さえ、アレクサンドルはキスをしたまま彼女の腰を抱え上げた。

「んうっ！」

ずんっと強く突き上げられ、優花は苦しげに呻《うめ》く。

「大丈夫か」と気遣うような優しいキスをされるものの、その間も二、三度突き上げられる。

「ぁ……。は……っ、はぁ……っ、あ、……ぅ」

彼がずっぷりと入り込む頃には、優花はキスによる酸欠と深すぎる結合に唇を喘《あえ》がせていた。

「私の優花……」

アレクサンドルが優しげに目を細め、ゆるゆると腰を動かし始める。濡れそぼった場所はグチュグチュと彼を咀嚼《そしゃく》する音を立て、抽送がスムーズになるほど音が大きくなる。

「あぁんっ……、ぁ、あぁっ、サーシャ……っ、気持ちいい……っ、おっき……ぃ」

ぐぷっぐぷっと愛蜜が泡立つ音をさせ、優花は全身を汗で濡らして悶《もだ》える。

「ココも弄《いじ》ると、もっと気持ち良くなれるだろう？」

不意にピンッと膨らみきった肉芽を指で弾かれ、優花はあっという間に絶頂を迎える。

「ダメそこぉ……っ！　あ、あぁ……っ」

ギューッと膣肉が収縮し、ヒクヒクと震えて彼の射精を促《うなが》す。だがアレクサンドルは下腹部に力を込めてそれをやり過ごすと、優花の肉真珠を撫でながらいやらしく腰を動かした。

「優花、私だけのいやらしい花嫁。今宵《こよい》は初夜だ。何度だって淫《みだ》らに達しなさい」

ねっとりと腰を動かされ、優花の子宮口がぐりぐりといじめられる。

カァッと全身が焼けたような気がし、頭の中が真っ白になった。

「まぁ……っ！　待って……っ、今……っ、達《い》った、ばっかり……っ」

息も絶え絶えにそれだけ言ったものの、彼は笑みを浮かべるだけだ。

「だから、たくさん思う存分達《い》きなさい」

それからアレクサンドルは優花を突き上げ続けた。内臓すら押し上げるようなピストンをしつつ、上下に揺れる優花の乳房を見て捕食者のような笑みを浮かべる。

「優花、綺麗だ」

「あぅっ、ぁ、あぁっ！　ん、あぅっ、う、あぁあっ、あ、あ……っ、ぃあっ」

陶然《とうぜん》とするアレクサンドルに対し、優花は余裕なく喘《あえ》ぐことしかできない。

口端から透明な糸を垂らし、高級なシーツを引っ掻き、足を突っぱらせる。

最奥まで叩き込まれる亀頭の強さは、アレクサンドルのすべてが優花に埋め込まれていることを如実《にょじつ》に知らせていた。本気で自分を抱いてくれているという悦《よろこ》びを感じるのだが、敏感な肉真珠を弄《いじ》られすぎると、優花はたやすく意識を飛ばしてしまう。

「好きなの」「愛してる」と伝えたくても、唇から漏れる言葉はすべて嬌声《きょうせい》に塗り替えられた。

その代わり微《かす》かに目を開き、一心不乱に自分を穿《うが》つ人を見て、満足げな笑みを浮かべる。

（この綺麗な皇太子殿下は、一生私だけのもの……）

とろりとした愉悦が胸を駆け巡り、それだけで優花は体内に頬張ったアレクサンドルを締め付け、何度目かの頂点を味わった。

やがてアレクサンドルも言葉少なになり、額《ひたい》にびっしりと汗を浮かべガツガツと腰を振りたくる。

「あ、あ、あぅっ、う、ぅあ、あ、ん、も……っ、だ……、めぇっ」

達したまま戻れないでいた優花は切れ切れの声でまた絶頂を知らせ、小さな孔から蜜潮をピュッと飛ばす。

「……優、花っ」

同じタイミングでアレクサンドルも低く唸《うな》り、優花を強く抱き締め深い口づけをしてきた。

互いに荒い呼吸を繰り返す合間、クチュクチュと舌を絡ませ濃厚なキスを続ける。

優花の体内でアレクサンドルの怒張が爆《は》ぜ、ビクビクッと震えながら将来フラクシニアの血族となる種を撒き散らした。

「ん、ん――っ」

両手両脚をアレクサンドルの体に回し、がっちりと彼を抱き締めながら優花は随喜に打ち震える。

アレクサンドルは大量に射精しながらも、なおも優花を突き上げていた。

「ふ……っ、ふ、……は、ぁあ、…………あ……」

キスから解放された優花は、焦点の定まらないうつろな目で夫を見上げる。

彼は情欲に濡れた目で優花を見下ろし、一度目の昂《たか》ぶりが収まるのを待つ――つもりはないようだった。

「優花、次は後ろからしよう」

クルッと体をうつ伏せにされたかと思うと、四《よ》つ這《ば》いの姿勢にされる。

「サーシャ……っ、待っ……ア、あぁぁあ……っ」

しかし優花が何か言う前に、何度か屹立《きつりつ》を扱《しご》いたアレクサンドルが、ずぶぅっと優花の中に己《おのれ》を埋め込む。

匂い立つ夜に、優花は何度となくアレクサンドルを受け入れ、朝方になるまで甘い声を上げ続けたのだった。

～大人のための恋愛小説レーベル～

ETERNITY
エタニティブックス

友達以上のとろける濃密愛！

蜜甘フレンズ
～桜井家長女の恋愛事情～

エタニティブックス・赤

有允《ゆういん》ひろみ

装丁イラスト／ワカツキ

商社に勤めるまどかは、仕事第一主義のキャリアウーマン。今は恋愛をする気もないし、恋人を作る気もない。そう公言していたまどかだけれど――ひょんなことから同期で親友の壮士《そうし》と友人以上のただならぬ関係に!?　自分達は恋人じゃない。それなのに、溺れるほど注がれる愛情に、仕事ばかりのバリキャリOLが愛に目覚めて!?　極甘紳士の、至れり尽くせりな独占愛！

※エタニティブックスは大人の女性のための恋愛小説レーベルです。ロゴマークの色で性描写の有無を判断することができます（赤・一定以上の性描写あり、ロゼ・性描写あり、白・性描写なし）。

詳しくは公式サイトにてご確認ください。
https://eternity.alphapolis.co.jp/

携帯サイトはこちらから！

～大人のための恋愛小説レーベル～

ETERNITY エタニティブックス

エタニティブックス・赤

お前はすべて俺のもの

俺様御曹司は義妹《いもうと》を溺愛して離さない

なかゆんきなこ

装丁イラスト／逆月酒乱

訳あって、生まれてすぐ名家の養女となった小春《こはる》。彼女は義理の兄である勇斗《ゆうと》に片想いをしていた。勇斗も小春を可愛がり束縛しようとするけれど、それはあくまで妹に対する愛情……そう思った小春は自分の恋をあきらめようと決心する。そんなある日、彼女は強引にすすめられたお見合いで襲われそうになる。そこへ勇斗が現れ「自分のものに手を出された」と怒って押し倒してきて!?

※エタニティブックスは大人の女性のための恋愛小説レーベルです。ロゴマークの色で性描写の有無を判断することができます（赤・一定以上の性描写あり、ロゼ・性描写あり、白・性描写なし）。

詳しくは公式サイトにてご確認ください。
https://eternity.alphapolis.co.jp/

携帯サイトはこちらから！

～大人のための恋愛小説レーベル～

ETERNITY
エタニティブックス

めくるめく艶甘ロマンス

孤高のCEOと子作りすることになりました！

エタニティブックス・赤

吉桜美貴《よしざくらみき》

装丁イラスト／駒城ミチヲ

会社経営者として、仕事一筋で働く茜音《あかね》と、超有名IT企業のCEOを務める龍之介《りゅうのすけ》。利害の一致からふたりは、契約出産のパートナーとなった。その関係は、あくまでも目的を同じくする同志……のはずが、ベッドの中での彼は情熱的で、しかもとろけるほどに甘く優しくて――？　肌を重ねた瞬間、強烈に惹かれ、求め合う。恋より本能に忠実なエクスタシー・ラブ！

※エタニティブックスは大人の女性のための恋愛小説レーベルです。ロゴマークの色で性描写の有無を判断することができます（赤・一定以上の性描写あり、ロゼ・性描写あり、白・性描写なし）。

詳しくは公式サイトにてご確認ください。
https://eternity.alphapolis.co.jp/

携帯サイトはこちらから！

漫画 水口舞子 Maiko Mizuguchi
原作 有允ひろみ Hiromi Yuuin

岩田《いわた》凛子《りんこ》は紡績会社の経理部で働く二十八歳。無表情でクールな性格ゆえに、社内では「超合金」とあだ名されていた。そんな凛子に、新社長の慎之介《しんのすけ》が近づいてくる。明るく強引に凛子を口説き始める彼に動揺しつつも、凛子はいつしか惹かれていった。そんなおり、社内で横領事件が発生！　犯人と疑われているのは……凛子!?　「犯人捜しのために、社長は私に迫ったの…？」傷つく凛子に、慎之介は以前と変わらず全力で愛を囁き続けて……

B6判　定価：本体640円＋税　ISBN 978-4-434-27007-9

恋愛小説「エタニティブックス」の人気作を漫画化！

Eternity COMICS エタニティコミックス

身代わりのハズが溺愛プロポーズ!?

私と彼のお見合い事情

漫画：秋月綾　原作：幸村真桜

B6判　定価：本体640円+税
ISBN 978-4-434-26847-2

秘密の一夜が本能に火をつける

天下無敵のI love you

漫画：柚和 杏　原作：桧垣森輪

B6判　定価：本体640円+税
ISBN 978-4-434-26886-1

この作品に対する皆様のご意見・ご感想をお待ちしております。

おハガキ・お手紙は以下の宛先にお送りください。

【宛先】

〒150-6008 東京都渋谷区恵比寿 4-20-3 恵比寿ｶﾞｰﾃﾞﾝﾌﾟﾚｲｽﾀﾜｰ 8F
（株）アルファポリス　書籍感想係

メールフォームでのご意見・ご感想は右のＱＲコードから、
あるいは以下のワードで検索をかけてください。

アルファポリス　書籍の感想　検索

ご感想はこちらから

本書は、「アルファポリス」（https://www.alphapolis.co.jp/）に掲載されていたものを、改題、改稿、加筆のうえ、書籍化したものです。

皇太《こうたい》子《し》殿《でん》下《か》の容赦《ようしゃ》ない求愛《きゅうあい》

臣桜（おみ さくら）

2020年 6月 30日初版発行

編集－羽藤瞳
編集長－太田鉄平
発行者－梶本雄介
発行所－株式会社アルファポリス
〒150-6008 東京都渋谷区恵比寿4-20-3 恵比寿ｶﾞｰﾃﾞﾝﾌﾟﾚｲｽﾀﾜｰ8F
TEL 03-6277-1601（営業）　03-6277-1602（編集）
URL https://www.alphapolis.co.jp/
発売元－株式会社星雲社（共同出版社・流通責任出版社）
〒112-0005 東京都文京区水道1-3-30
TEL 03-3868-3275
装丁イラスト－炎かりよ
装丁デザイン－ansyyqdesign
印刷－中央精版印刷株式会社

価格はカバーに表示されてあります。

落丁乱丁の場合はアルファポリスまでご連絡ください。

送料は小社負担でお取り替えします。


ISBN978-4-434-27421-3 C0093